冯骥才 著

冯骥才 散文新编

南乡三十六村

人民文学出版社

图书在版编目(CIP)数据

南乡三十六村/冯骥才著.—北京:人民文学出版社,2016
(冯骥才散文新编)
ISBN 978-7-02-012037-6

Ⅰ.①南… Ⅱ.①冯… Ⅲ.①散文集—中国—当代 Ⅳ.①I267

中国版本图书馆CIP数据核字(2016)第227606号

责任编辑　杜　丽
装帧设计　刘　静
责任印制　王景林

出版发行　人民文学出版社
社　　址　北京市朝内大街166号
邮政编码　100705
网　　址　http://www.rw-cn.com

印　　刷　三河市鑫金马印装有限公司
经　　销　全国新华书店等

字　　数　174千字
开　　本　880毫米×1230毫米　1/32
印　　张　8.375 插页3
印　　数　1—6000
版　　次　2018年2月北京第1版
印　　次　2018年2月第1次印刷

书　　号　978-7-02-012037-6
定　　价　32.00元

如有印装质量问题,请与本社图书销售中心调换。电话:010-65233595

总序:我的散文书架

冯骥才

我将这"散文新编"的选题称之为一种"散文书架",然后放上我为此精选的五本散文小书。

在我的文字生涯中,小说写作之外,便是散文。其实这也很自然,我们日常随手写下的文字:随感、随笔、笔记、日记、手札,不都是散文吗?小说是虚构出来的,是无中生有,要是说得"伟大"一些,是一种艺术创造;散文则是有感而发,信手拈来,要是说得"高贵"一些,是一种心灵实录。小说看重文本,它表现作家的本领;散文则更重人本,它直接显示作家本人的气质。这么一说,散文更难了吗?

要说难,还是难在散文的历史上。中国是散文的大国。唐宋时期的小说还处在故事传奇阶段,散文已是大师巨匠如巨峰林立,名篇杰作似满天星斗。这可能与那时候崇文有关。那时连选取官员都要看文章写得优劣。不像近现代,没什么文化也能做官,甚至还可以做大官。从文学史的另一方面说,诗歌的成熟又在散文的前边,散文辄必受诗歌的影响,讲究方块字的使用,甚至追求一点诗性了。这么一说,在中国写散文就更不易了。中国人太懂得散文,一读就知道文笔如何。我不知深浅,即兴操笔,涂抹为快,一路下来竟写了这么多散文,数一数,长长短短总有几百篇,幸好人文社这套书要求的字数不多,可以尽量去粗取精。

编撰这种散文集在分类上有两种方式:一是由体裁分,一是从题材分。我采用后一种,这是因为我的体裁太杂,样式迥异,长短随性,由题材划分便易于理出头绪,因成抒情(《花脸》)、人物(《四君子图》)、游记(《散漫的天性》)、艺术(《关于艺术家》)、田野(《南乡三十六村》)五卷。抒情卷多是感物时伤,人物卷为怀念故人,游记卷是异域情怀,艺术卷乃艺术感悟,田野卷是我这些年来文化抢救时,在大地深处的文化见识以及种种忧思。编选之时尽力"矬子中拔将军",将心中尚觉有点味道的东西奉献给读者,同时也是将自己小说外的写作,做一次总结与筛选吧。是为序焉。

2016.7.4

目 录

羌去何处？ …………………………………… 1
晋地三忧 ……………………………………… 6
大雪入绛州 …………………………………… 11
榆次后沟村采样考察记 ……………………… 15
南乡三十六村 ………………………………… 32
涂了漆的苗寨 ………………………………… 38
四堡 …………………………………………… 42
客家土楼 ……………………………………… 48
革家·反排·郎德 …………………………… 51

保定二古村探访记 …………………………… 60
太行山的老村子 ……………………………… 67
黄海边古渔村探访记 ………………………… 71
半浦村记 ……………………………………… 75
中国最古老的村落在哪里？ ………………… 79
胡卜村的乡愁与创举 ………………………… 84

武强屋顶秘藏古画版发掘记 ………………… 88

拜灯山	104
打树花	110
王老赏	115
探访缸鱼	119
内丘的灵气	125
守望在田野	129
杨家埠的画儿	133
四访杨家埠	139

细雨探花瑶	145
手抄竹纸	151
湘西的苗画	155
高腊梅作坊	158
追寻盘王图	162
大理心得记	178
长春萨满闻见记	194
贺兰人的唱灯影子	203
草原深处的剪花娘子	207

青州藏佛窖之谜	213
活着的木乃伊	218
一个古画乡的临终抢救	221
废墟里钻出的绿枝	251
游佛光寺记	255
为周庄卖画	260

羌去何处？

羌，一个古老的文字，一个古老民族的族姓，早已渐渐变得很陌生了，最近却频频出现于报端。这因为，它处在惊天动地的汶川大地震的中心。

"羌"字被古文字学家解释为"羊"字与"人"字的组合，因称他们为"西戎的牧羊人"。在典籍扑朔迷离的记述中，还可找到羌与大禹以及发明了农具的神农氏的血缘关系。

这个有着三千年以上历史、衍生过不少民族的羌，被费孝通先生称为"一个向外输血的民族"，曾经为中华文明史做出过杰出贡献。但如今只有三十万人，散布在北川一带白云弥漫的高山深谷中。他们居住的山寨被称作"云朵上的村寨"。然而这次他们主要聚居的阿坝州汶川、茂县、理县和绵阳的北川，都成了大灾难中悲剧的主角；除去少数一千羌民远居住在贵州省铜仁地区之外，其他所有羌民几乎全是灾民。

古老的民族总是在文化上显示它的魅力与神秘。羌族的人虽少，但在民俗节日、口头文学、音乐舞蹈、工艺美术、服装饮食以及民居建筑方面有自己完整而独特的一套。他们悠长而幽怨的羌笛声令人想起唐代的古诗；他们神奇的索桥与碉楼，都与久远的传说紧紧相伴；他们的羌绣浓重而华美，他们的羊皮鼓舞雄劲又豪壮，他们的释比戏《羌戈大战》和民俗节日"瓦尔俄足节"带着文化活化石的意味……而这些都与他们长久以来置身其中的美丽的山水树石融合成一个文化的整体了。近些年,两次公布的国家非物质文化遗产名录已经把其中六项极珍贵的民俗与艺术列在其中。中国民协根据这里有关大禹的传说遗迹与祭奠仪式,还将北川命名为"大禹文化之乡"。

在这次探望震毁的北川县城的路上,到处是大大小小的飞石,树木东倒西歪,却居然看到道边神气十足地竖着这样一块"大禹文化之乡"的牌子,可是羌族唯一的自治县的"首府"——北川已然化为一片惨不忍睹的废墟。

二十天前北川县城就已经封城了。城内了无人迹,连鸟儿的影子也不见,全然一座死城。湿润的空气里飘着很浓的杀菌剂的气味。我们凭着一张"特别通行证",才被准予穿过黑衣特警严密把守的关卡。

站在县城前的山坡高处,那位靠着偶然而侥幸活下来的北川县文化局局长,手指着县城中央堆积的近百米滑落的山体说,多年来专心从事羌文化研究的六位文化馆馆员、四十余位正在举行诗歌朗诵的"禹风诗社"的诗人、数百件珍贵的羌文化文物、大量田野考察而尚未整理好的宝贵的资料,全部埋葬其中。

我的心陡然变得很冲动。志愿研究民族民间文化的学者本来就少而又少,但这一次,这些第一线的羌文化专家全部罹难,这是全军覆没呀。

我们专家调查小组的一行人,站成一排,朝着那个巨大的百米"坟墓",肃立默哀。为同行、为同志、为死难的羌民及其消亡的文化。

通过北川县城路卡

大地震遇难的羌民共三万。占民族总数的十分之一。

在擂鼓镇、板凳桥以及绵阳内外各地灾民安置点走一走，更是忧虑重重。这里的灾民世代都居住在大山里边，但如今村寨多已震损乃至震毁。著名的羌寨如桃坪寨、布瓦寨、龙溪川、通化寨、木卡寨、黑虎寨、三龙寨等等都受到重创。被称作"羌族第一寨"萝卜寨已夷为平地。治水英雄大禹的出生地禹里乡如今竟葬身在堰塞冰冷的湖底。这些羌民日后还会重返家园吗？通往他们那些两千米以上山村的路还会是安全的吗？村寨周边那些被大地震摇散了的山体能够让他们放心地居住吗？如果不行，必需迁徙。积淀了上千年的村寨文化不注定要瓦解么？

在久远的传衍中，这个山地民族的自然崇拜和生活文化都与他们相濡以沫的山川紧切相关。文化构成的元素都是在形成过程中特定的，很难替换。他们如何在全新的环境找回历史的生态与文化的灵魂？如果找不回来，那些歌舞音乐不就徒具形骸，只剩下旅游化的表演了？

在擂鼓镇采访安置点的羌民时，一些羌民知道我们来了，穿着美丽的羌服，相互拉着手为我们跳起欢快的萨朗舞来。我对他们说："你们受了那么大的灾难，还为我们跳舞，跳这么美，我们心里都流泪了。当然你们的乐观与坚强，令我们钦佩。我们一定帮助你们把你们民族的文化传承下去……"

不管怎么说，这次地震对羌族文化都是一次毁灭性的打击。它使羌族的文化大伤元气。这是不能回避的。在人类史上，还有哪个民族受到过这样全面颠覆性的破坏，恐怕没有先例。这对于我们的文化遗产保护工作，无疑是一个巨大的难题。

可是，总不能坐待一个古老的兄弟民族的文化在眼前渐渐消失。于是,这一阵子文化界紧锣密鼓,一拨拨人奔赴灾区进行调研,思谋对策和良策。

马上要做的是对羌族聚居地的文化受灾情况进行全面调查。首先要摸清各类民俗和文学艺术及其传承人的灾后状况,分级编入名录,给予资助,并创造传承条件,使其传宗接代。同时,对于地质和环境安全的村寨,经过重新修建后,应同意原住民回迁,总要保留一些原生态的村落——当然前提是安全!还有一件事是必做不可的,就是将散落各处的羌族文化资料汇编为集成性文献,为这个没有文字的民族建立可以传之后世的文化档案。

接下来是易地重建的羌民聚居地时,必需注意注入羌族文化的特性元素;要建立能够举行民俗节日和祭典的文化空间;羌族子弟的学校要加设民族传统文化教育的课程,以利其文化的传承;像北川、茂县、汶川和理县都应修建羌族文化博物馆,将那些容易失散、失不再来的具有深远的历史和文化记忆的民俗文物收藏并展示出来……说到这里,我忽想做了这些就够了吗?想到震前的昨天灿烂又迷人的羌文化,我的心变得悲哀和茫然。恍惚中好像看到一个穿着羌服的老者正在走去的背影,如果朝他大呼一声,他会无限美好地回转过身来吗?

2008.6

晋地三忧

俗话常说,地下文物看陕西,地上文物看山西。在山西一转,果然没有虚传。倘在北京,指某一老屋,说是建自大明,必然令人愕然,并视做珍宝;但在山西,那些随处可见的古寺古塔,一问便是唐宋!

也许真的是好东西太多,不当作宝。近几年,山西的文物充斥全国的古物市场,文物离开了它的"出生地",便失去了一半的意义。这真叫人忧虑。那么留在山西的文物的境况如何?跑到山西看看,忧心更重。尤使我所忧的乃是如下三处:

一、资寿寺的壁画脱落在即

资寿寺坐落在晋中灵石县。由于寺中十八个明塑罗汉头被盗而流落海外,后经台湾陈永泰先生重金买下,送归故里,重敷金身,资寿寺因之名噪天下。如今这些罗汉们可谓"大难不死,必有后福",寺中的守卫不再是那两位因耳聋而听不到锯佛头声音的老人,而是换上了几个耳聪目明、精力十足的年轻人。罗汉堂的屋角还安装了红外线报警器,有了"特护",足以使人心安。

可是大雄宝殿和药师殿的几面巨幅的壁画却处境不妙,前景堪忧。

依我看,资寿寺的壁画有极高的艺术水准。在我国现存的明代壁画中应属上品。在风格上,一边明显地带着唐代接受外来影响的痕迹,一边具有强烈的本土化的中原风格。大雄宝殿西壁的壁画为工笔重彩画法,富丽华贵,严谨庄重。左下角的护法神为关公。这种将民间崇拜的关公融入佛天之中的画面,极为罕见。大概与关公是山西解州人而倍受晋人尊崇有关。壁画的线描精准而流畅,线条有粗细的变化,应比芮城永乐宫的壁画更具表现力。大殿东壁壁画在风格上就不同了,它明显地出自另一位画工之手。这位画工还画了药师殿的壁画。他技艺超群,用笔十分精熟老到,行笔的速度很快,奔放之中极有神韵,几十平米的壁画好似一气呵成,却毫无轻率之感。而且设色很淡,线条很突出,全幅画几乎是用线结构而成的。其线条的能力可想而知。即令是明代画坛上那些大家,有几位能有这位民间画工如此扛鼎的笔力?

然而,这些极其宝贵的壁画已经开始起甲和酥碱。大雄宝殿东西两壁壁画的酥碱处,显然已经无可救药。起甲之处,随处可见。用手指一碰,便可剥落下来。在靠墙的香案上可以看到许多剥落下来的粉末与带着色彩的碎渣。药师殿壁画受潮情况更重一些。墙壁上可见一大片依然含水的湿迹。西壁的一角已然大片大片地膨起,完全离开墙体,倘若受到震动,或者再经过几次夏胀冬缩,必然会脱落下来。

尤为叫人心忧的是,寺中对这些壁画的病害没有任何治理措施,任凭生老病死和自然消损。我对寺中人员说,可以向敦煌研究院去求援,他们有治理壁画病害的比较先进的办法与技术。寺中人员面带困惑,显然他们是无力解决的,那么谁来挽救这病入膏肓的国宝级的壁画？非要等着哪一天壁画也被盗，成为一个事件，再来应对地加以保护吗？

二、应县木塔不能再上人了！

看过应县木塔，我心里最想说的话，就是这一句：木塔绝对不能再上人了！

早就从媒体上获知，这座辽代木制的宝塔一如比萨斜塔，已经倾斜，因受世人之担忧。但到了应县木塔上一看，比料想的境况糟得多。

虽然木塔的倾斜已久，但近几年变得明显加快。几年来，倾斜度加大了六十多度。现在，五层木塔（不算暗层）对外开放到第三层。就这三层来看，笔直而立的木柱已经不多。有的斜得吓人。梁柱与斗拱之间插接的木榫有的已经完全脱开。此塔是层层叠加，没有穿层的大柱。故而，整座塔的倾斜分成三截，中层向右，上层向左。这就给治理造成极大的困难。故而，治理方案一直没有确定下来。有的主张落架重建，有的主张用吊悬的方式分段调整与加固。现在所做的只是专家们对其险情随时进行监测而已。

在方案没确定之前怎么办？也就是在尚无治疗方案之前，怎样对待这位病体垂危的"老人"？

现在每天上塔的游客，少至一百，多至数百，旅游季节游客如云。虽然管理部门限制每次同时上塔者不能超过三十位，但依我观察毫不严格。塔大人杂，对进塔和出塔很难有效地控制。但每一位游客都会给病塔增加一百多斤的负荷。人们来回走动，还会产生震动，对病塔造成进一步伤害。我发现有的楼板踩上去已经有些颤动。可是有的游人在上面故意颠动双腿,试试楼板是否结实。因此游人上去,只能增加人为破坏的可能。木塔的每一层,至多只有一个看守者。如此力度如何能捍卫这座巨大而罕世的千年宝塔?更不用说,每一层还都有极为精美的辽塑!万一坍塌,损失无可估量!

但可能出现的事就摆在我们面前——反正这塔,无论如何也不能再上人了!

但是,一旦谢绝参观,一笔不算少的门票收入从何而来?门票一张三十元,一天至少几千元,谁来解决?

三、悬空寺的古佛伸手可摸

在悬空寺那些搭在绝壁上的木栈道上,小心翼翼地上上下下时,一边钦佩古人的奇思妙想,一边对古人心怀愧疚——我们这些不肖子孙把你们天才的创造糟蹋成了何种模样!

这座始建于北魏的奇寺,由于身挂悬壁,各个殿堂都十分狭小。里边供奉的神佛就在眼前。悬空寺是一座佛道相融而并存的寺庙,神佛形象十分丰富,而且唐宋以来几代的塑像都有,并多为泥塑,甚是珍贵。有的虽经后代彩绘,其筋骨与神韵仍不失原貌。可是寺中对这些神佛基本上没有保护,游人进入这只有两米进深的殿堂后,塑像就在眼前,伸手便可触摸。游人出于好奇,动手摸头摸脸,寺中又根本无人看管,故而许多塑像的脸颊、鼻尖、额头、嘴唇,全摸得污黑。还有的游客对神佛的琉璃眼珠有兴趣,一些塑像的眼皮都被抠破。一座号称"国家级重点文物保护单位"的古寺,哪里还有尊严可言?简直是游客登梯爬高、"玩玩心跳"的娱乐场!

更可悲的是,悬空寺的另一边,竟然新修了一条水泥栈道,依靠扶摇而上,中间还要穿过一张俗不可耐的巨大的黄色龙嘴,其终点居然也是一个架在崖壁上的红色仿古楼殿。原来这是个新建的旅游景点,而且绝对高度还高居在悬空寺之上。这样一比,悬空寺便黯然失色,哪还称得上什么"中华一绝",我们古人的智能不太"小儿科"了吗?

世界上哪里还会这样糟蹋自己的文化?

当然,这不是文物部门干的,而是一些非文化的单位修造的用来赚钱的旅游景点。

把高贵的历史文化降低为世俗玩物,是"旅游性破坏"的一种本质。

那么,这种事应该谁管?还是根本无人来管?

写到此处,由忧转愤,担心愤极失言,赶紧停笔住口。住口之前,还要说一句,赶快救救这些国宝吧!这样的国宝已经不多了!

2001.11

大雪入绛州

在禹州考察完钧瓷古窑出来,雪花纷纷扬扬,扑面而来,这雪花又大又密,打在脸上有种颗粒感。按计划要取道郑州和洛阳而西,经三门峡逾黄河北上,去新绛考察那里的年画。现今全国的十七个主要的年画产地中,就剩下晋南新绛一带的年画的普查还没有启动。晋南年画历史甚久,现存最早的年画就出自北宋时代晋南的平阳(临汾)。这一带很多地方都产年画。除去临汾,新绛和襄汾也是主要的产地。八十年代末我在京津一带的古玩市场曾买到过一些新绛的古画版。历史最久的一块画版《和合二仙》应是明代的。这表明新绛的年画遗存在二十年前就开始流失了。它原有的历史规模究竟如何,目前状况怎样、有无活态的存在、心中毫无底数。是不是早叫古董贩子全折腾一空了?

车子行到豫西,没想到雪这么大,还在河南境内就遇到严重的塞车。大量的重型载重卡车夹裹着各色小车像漫无尽头的长龙,一动不动地趴在公路上。所有车顶都蒙着厚厚的白雪,至少堵了一天了吧。我们想出各种办法打算绕过这一带的塞车,但所有的国道和小路也全都堵得死死的。在大雪里我们不懈地奋斗到天黑,又冷又饿,直把所有希望都变成绝望,才不得已滞留在新安县一家旅店中。不知何故,这家旅店夜间不供暖气,在冰冷的被窝里我给同来的助手发了一个短信:"我有点盯不住了,再找机会去绛州吧!"然而,清晨起来新绛那边派人过来,居然还弄来一辆公路警车,说山西那边过来的路还通,要我跟他们呛着道儿去山西。盛情难却,只好顶着风雪也顶着迎面飞驰而来的车辆,逆行北上,车子行了五个小时总算到了新绛。

用餐时,当地主人要我先不去看年画,先去看光村。光村的大名早就听到过。还知道北齐时这村子忽生异光,因名"光村"。主人说,你只要去了就不会后悔,村里到处扔着极精美的石雕,还有一座宋代的小庙福胜寺,里边的泥彩塑是宋金时代的呢。我明白,他们想叫我们看看光村有没有保护价值,怎么保护和开发。而今年春天我们就要启动全国古村落的普查,听说有这样好的村落,自然急不可待要去,完全忘了脚底板已经快冻成"冰板"了。

雪里的光村有种奇异的美。但我想,如果没有雪,它一定像废墟一样破败不堪。然而此刻,洁白的雪像一张巨毯把遍地的瓦砾全遮掉起来,连残垣断壁也镶了一圈白绒绒的雪,只有砖雕、木拱和雀替从中露出它们历尽沧桑而依然典雅又苍劲的面孔。令我惊讶的是,千形百态精美的石雕柱础随处可见。还有不少石础被雪盖着,看不见它的真容,却能看见它一个个白皑皑、神秘而优美的形态。它们原是各类大型建筑坚实又华贵的足,现在那些建筑不翼而飞,只剩下这些石础丢了满地。光村原有几户颇具规模的宅院,从残余的一些楼宇中可见其昔日的繁华并不逊色于晋中那些大院。但如今损毁大半,而且毫无保护措施。连村中那座被列为国家文物保护单位福胜寺中的宋金泥塑,也只是用塑料遮挡起来罢了。我心里有些发急,抢救和保护都是迫在眉睫了。根据光村的现状,我建议他们学习晋中王家大院和常家庄园在修复时所采用将散落的古民居集中保护的"民居博物馆"的方式。但这需要请相关专家进一步论证,当务急需的是不叫古董贩子再来"淘宝"了。因为刚刚从村民口中得知最近还有一些石雕的柱础与门狮被贩子买去了。近二十年来,那些懂得建筑文化的建筑师们大多在城里为开发商设计新楼,经常关心这些古建筑艺术的却是不辞劳苦和络绎不绝的古董贩子们,这些古村落不毁才怪呢。

从光村回到新绛县城后,这里的鼓乐团的团长听说我来新绛,特意在一座学校的礼堂演一场"绛州鼓乐"给我们看。绛州鼓乐我心仪已久。开场的"杨门女将"就叫我热血沸腾,十几位杨氏女杰执槌击鼓,震天动地。一瞬间把没有暖气的礼堂中的凛冽的寒气驱得四散。跟下来每一场演出都叫人不住喊好。演出的青年人有的是当地的专业演员,有的是艺校学员。应该说这里鼓乐的保护与弘扬做得相当有眼光也有办法。他们一边把这一遗产引入学校教育,从娃娃开始,这就使"传承"落到实处;另一边将鼓乐投入市场,这也是促使它活下来的一种重要方式。目前这个鼓乐团已经在市场立住脚跟,并且远涉重洋,到不少国家一展风采。演出后我约鼓乐团的团长聊一聊,团长是位行家,懂得保护好历史文化的原汁原味,又善于市场操作。倘若没有这样一位行家,绛州古乐会成什么样?由此联想到光村,光村要是有这样一位古建方面的行家会多好呵!

相比之下,新绛的年画也是问题多多。

转天一早,当地的文化部门将他们保存的新绛年画的古版与老画摆满一间很大的屋子。单是古版就有近二百块。先前,新绛的年画见过一些,但总觉得它是古平阳年画的一个分支,比较零散。这次所见令我吃惊。不单门神、戏曲、风俗、婴戏、美人、传说等各类题材,以及贡笺、条幅、横披、灯画、桌裙、墙纸、拂尘纸、对子纸等各种体裁应有尽有,至于套版、手绘、半印半绘等各类制作手法也一应俱全。其中一种门神是《三国演义》中的赵云,怀里露出一个孩童——阿斗光溜溜的小脑袋,显然这门神具有保护儿童的含意。还有一块《五老观太极》的线版,先前不曾所见,应是时代久远之作。特别是十几幅美人图,尺寸很大,所绘人物典雅端庄,衣饰华美,线条流畅又精致,与杨柳青年画的"美人"有着鲜明的地域差异,富于晋商辉煌年代的华贵气质和中原文明的庄重之感。看画时,当地负责人还请来两位当地的年画老艺人做讲解。经与他们一聊,二位艺人都是地道的传人。所谈内容全是"口头记忆",分明是十分有价值的年画财富,对其普查——尤其是口述史调查需要尽快来做的了。只有把新绛年画普查清楚,才能彻底理清晋南年画这宗重要的文化遗产。可是谁来做呢?当地没有专门从事年画研究的学者,没有绛州古乐团的团长那样的人物,正为此,至今它还是像遗珠一般散落在大地上。这也是很多地方文化遗产至今尚未摸清和整理出来的真正缘故。而一些宝贵的文化遗产在无人问津之时就已经消失了。

雪下得愈来愈大,高速公路已经封了。原计划下一站去介休考察清明文化已经无法成行。在回程的列车上,我的心里真是五味杂陈。三晋大地文化遗存之深厚之灿烂令我惊叹,但这些遗存遍地飘零并急速消失又令人痛惜与焦急。几年来我们几乎天天为一问题而焦虑:从哪里去找那么多救援者和志愿者?到底是我们的文化太多了、专家太少了,还是专家中的志愿者太少了?

我望窗外,外边的原野严严实实和无声覆盖着一片冰雪。

戊子春节初六

榆次后沟村采样考察记

在全国性民间文化普查启动前,我们在为一件事而焦灼。即要找一个古村落进行采样考察,然后编制一本标准化的普查手册。如此超大规模、千头万绪的举动,没有严格的规范就会陷入杂乱无章。但采样选址何处,众口纷纭,无法决断。

突如其来一个电话,让我们决定奔往晋中榆次。来电话的是榆次的书记耿彦波。他由于晴雯补裘般地修复了两个晋商大院——王家大院和常家庄园而为世人所知。他在电话里告诉我,他在榆次西北的山坳里发现一座古村落,原汁原味原生态,他说走进那村子好像一不留神掉入时光隧道,进了历史。他还说,他刚从那村子出来,一时情不可遏,便在车上打手机给我。我感觉他的声音冒着兴奋的光。

我们很快组成一个考察小组。包括民俗学家、辽大教授乌丙安,民间文化学者向云驹、中央美院教授乔晓光、山东工艺美院教授潘鲁生、民居摄影家李玉祥、民俗摄像师樊宇和谭博等七八个人。这几位不仅是当代一流的民间文化的学者,还是田野调查的高手。我们的目的很明确,以榆次这个古村落为对象进行考察,做普查提纲。由于这次普查要采用二十世纪七十年代欧美崛起的新学科"视觉人类学"的理念与方法,来加强我们这次对民间文化的

"全记录",故而这个普查提纲既有文字方面的,还有摄影和摄像方面的。

10月30日我们由各自所在城市前往榆次,当日齐集。转日即乘车奔赴这个名叫"后沟村"的山村开始工作。

是日,天公作美,日丽风和。车子驶入黄土高原深深的沟壑时,强光晒在完全没有植被的黄土上,如同满眼金子。

农耕的桃源

沿着一条顺由山脚曲曲弯弯流淌下来浅浅而清澈的河水,车子晃晃悠悠地溯源而上。依我的经验,古村落大都保存在权力达不到的地方,比如省界或几省交界的地区。谁料车子离开榆次仅仅22公里的地方就停下来。跳下车便进入了另一个世界。一个世外的天地,一个悄然无声的世界,一个顶天立地的大氧吧,喘气那么舒服。身在这个天地里,忽然觉得挤眉弄眼、诡计多端的现代社会与我相隔千里。

路左一道石桥,过桥即是山村。路右数丈高的土台上,居高临下并排着一大一小两座寺庙,像两件古董摆在那里。小庙是关帝庙,已然残垣断壁,瓦顶生草,庙内无像。大庙为观音堂,建筑形制很特殊,几座殿堂给一座高墙围着,墙上有齿状的垛,宛如一座四四方方的小城;只有左右一对钟鼓二楼的高顶和一株古树浓密的树冠超越围墙,挺拔其上,极是诱人。

大致一看,便能看出这两座庙宇占位颇佳。它们守住村口,即进出山村的必经之处,并与山村遥遥相对。待登到观音堂前的土台上朝北一望,整座山村像一轴画垂在眼前。庙门正对山村。无

山村全貌

疑,几乎山村处处都可以遥拜庙中大慈大悲、救苦救难、有求必应的观世音。当年建庙选址的用心之苦,可以想见。

然而乌丙安教授却从整座山村的布局解读出八卦的内涵。古村落与当今城市社区最大的不同,是对风水的讲究。古人择地而居,今人争地盖楼。贝聿铭认为风水的本质是"气",气尚畅而不能阻。我以为风水的真谛是中国人在居住上所追求的与大自然的和谐,即天人合一。对于后沟村来说,首先是这村口,一左一右两座土山(所谓青龙与白虎)围拢上来,形似围抱,身居其中,自会觉得稳妥与安全。而且此处不单避风、避寒,明媚的阳光正好暖洋洋地卧在其中。至于,在这村里阳光是什么感觉,进了村便会奇妙地感受到。

走进观音堂,获益不浅。尽管观音堂内的神像全佚,但幸存在檐板和梁架上彩绘的龙,使我认定此庙由来的深远。我与乔晓光和潘鲁生两位教授讨论这些彩绘的年代。大殿的外檐镶着八块檐板,每板画一龙,或升腾,或盘旋,或游走,或回旋,姿态各异;从龙的造型上看,威猛而华贵,我以为年代应在乾隆。虽然历经三百岁,上边的石青石绿和沥粉贴金依然绚烂夺目;而画在殿内梁架上的龙,只用黑墨、铅粉和朱砂三色,却沉静大气、古朴无华;龙的形态雄健而凝重,气势浑然,深具明代气象。

我们在观音堂各处发现的五块石碑,为我的推断做了佐证。其中一块为明代天启六年(公元 1626 年)重修观音堂的碑记,碑文上说此庙"年代替远,不知深浅"。看来,早在四个世纪前于这座观音堂就是一座古庙了。虽然我们还没有进入后沟村,却已对它心生敬畏。

我向同来的榆次区区委书记耿彦波提出三个要求。一是请省文物局对观音堂主殿建筑的彩绘年代进行认定。二是将这五通碑的碑文拓印下来,交由与我同来的天大文学艺术研究院的助手进行考释。三是对庙院内古柏的年龄做出鉴定。

古村落大多没有村史,在县志上往往连村名也找不到。但由于民间历来有"建村先建庙"一说,庙史往往是村史的见证。而庙中植树大多与建庙同时,古庙常与古树同龄。从这古木一圈圈密密的年轮里是否可以找出庙宇的生日?

带着如此美丽而悠远的猜想,我们过桥跨进这来历非凡的山村。

榆次的后沟村有三个。一在沛森,一在北田。这个后沟村属于东赵乡。全村男女老少只有251人,75户人家,高低错落地散布在黄土高坡上。晋中的高原历时太久,由于水文作用,早已沟壑纵横,山体多是支离破碎。村民的居所都是依山而建的窑洞,不论是靠崖式、下沉式,还是独立式,房门不一定朝南,门上边高高的墙壁上却有一个方洞,里边放一尊小小的石狮,用以驱鬼辟邪。一入大门正对的地方则是嵌入墙内砖雕的神龛,有的神龛朴素单纯,有的神龛精工细致,宛如华屋。且不论繁简粗细,天地神都端坐其中。龛上的对联写着"地载山川水,天照日月星",横批写着"天高地厚"。院内正房的墙壁上通常还嵌着土地爷的神龛,其中一副对联又美又通俗,上联是"土中生白玉",下联是"地里出黄金"。横批是"人勤地丰"。看到这些对联,便可以掂量出黄土在人们心中的分量,以及人与大自然的关系,那便是由衷地虔敬、崇拜,生命攸关,感恩戴德,还有无上的亲切。

后沟村用于耕作的土地都在山顶的高原上。世代的先人将一样样的种子搅拌着汗水放在那里培植,给今天的后沟村民留下了四十多种五谷杂粮。令村民为之骄傲的是本村盛产的梨子。历史上最高产量曾达到百万斤。村人皆知大清乾隆时本村的梨作为贡品运抵京都,进了万岁爷的龙嘴。

山上蜿蜒曲折的鸡肠小道连接着高高低低的人家,都是用脚踩出来的土路。其中一条主干道,由山脚直通山顶。每到秋后,山顶收获的粮谷蔬果便装上小骡子拉的二马车,由这干道运载下来。这条道是用碎石铺成的,坚实有力,可以乘载村民们年年巨大的喜悦和千吨万吨的果实。每逢此时,这碎石道上要铺上黄土,垫上树枝和干草,最怕筐子里的梨子被颠破。后沟村的梨子水多而甜,皮薄且嫩。一车车的黄梨绿菜、红枣白瓜,从山顶运下来后,一半入户入仓,一半拉到西洛、什贴和东赵的集上去卖。直到今天集上交易的方式常常还是以物易物。

村民说,以物易物,相互看得见,不用算计,实实在在,最公平。

此刻已入深秋,但家家户户的院里还堆放着黄澄澄的玉米。有的人家将玉米码成一垛垛,像金库里的黄金。挂在墙上一串串鲜红的辣椒,椒尖东卷西翘,好似熊熊的火苗。它们依然带着两三个月前收获时节的眉开眼笑与生活的激情。但村民的生活已经进入农闲。二十四节气不仅仅指导农耕生产,也调换人的心境。一种富足和休闲的气氛弥满这古老的山村。现代社会城中的休闲间断性地一周两日,农耕的休闲从秋叶满地一直到转年的大雁南来。

一条汉子倚在一架手摇的鼓风机上读报;几个孩子聚在一块平台上玩"跌面面";一个小女孩穿着名唤"外刹孩"的鞋子在一旁独自踢毽儿;还有四五个老人一排靠墙蹲着,晒太阳,抽烟,发怔,相互并不说话。他们几乎整整一生厮守一起,话已说尽,为什么还要坐在一起,一种生命所需求的依靠么?

阳光照亮他们雪白的胡子。晒暖了每一面朝南的墙壁。一只蜻蜓落在墙上,吸收着太阳从遥不可及的地方送来的暖意,那种玻璃纸一般的双翅和抹在泥墙中细碎的麦秸皮闪闪发光。外边阳光的暖意已经十分稀薄。但是当阳光穿窗入洞,竟在窑洞里集聚得温暖如春。两位妇女盘腿坐在炕上,用杂色的碎布块缝虎枕。我知道三晋各地的布老虎加起来至少有800种。我还一直想去布老虎之乡长治地区做一次"寻虎行"呢。后沟村的虎枕,可以当枕头使用,放在炕上又是一件艺术品;当然,老虎还是阳刚的象征并具驱邪之意。枕头一端是虎面。猪鬃做的粗硬的虎须,白布缝的尖尖的虎牙,朱砂色的线绣成的云形的虎眉。虎的表情既威严又滑稽。枕头的另一端是翘起来的虎尾,尾巴末端还挂着用彩色棉线扎成的一绺彩穗,更显得趣味横生。在中国的民间,对于畏惧的事物,往往不是排斥或仇视,相反要与之亲近。人们恐惧洪水,反要舞龙;人们厌鼠,却把老鼠的婚事印在画上;人们怕虎,竟将虎帽虎鞋穿戴在孩儿身上。这样一来,人们不是与自己畏惧的事物美好地融为一体了么?每每看到这种表现,不能不被民间的包容性、亲和力及其博大的情怀而感动。

　　后沟村有动物,但人们从不打猎。老天也爱此地,故而有蛇却无毒蛇。村民们不尚吃野味,只吃喂养的家禽与家畜,以及粮食蔬菜和瓜果梨桃。男人用土烧制砂锅,女人用荆条编织箩筐。烧火是山中的荆条柴草,不去砍木伐树。用水古时取自龙门河,现在来自深井。后沟村最令人惊异的是家家户户的下水全部使用暗道。各户的分道通向总道,在大山里穿来穿去,然后下泄河中。为了防止雨水冲毁山道或积水淹垮山体,引发塌方,故而山村处处都有疏导雨水的明渠。最高的排水沟竟在山顶上。明渠的水汇入暗道,兼亦利用雨水冲洗暗道,排除淤塞。如此聪明的、巨型的排水工程缘自何人?现在的后沟村人已经无人能说清楚。口头的记忆就是如此脆弱。甚至连山村最高处那个位于艮门的神秘的空宅——吊桥院的主人姓氏名谁,也已经化为一团迷雾了。

然而,这个排水系统,令我对后沟村的历史文明心怀崇敬。说到系统,还不止于此。它整个山村的生活都是独立的、齐全的、配套的、自成系统的。

它有磨房和油坊。至今还可以看到一个堆着一些空空的大缸的醋坊遗址。村里有铁匠和木匠,开窑造屋人人都会。至于纺线、织布、裁衣,乃是全村妇女们的擅长。女人们还会用刺绣、剪纸和面塑让生活有声有色。山西人制作面食花样翻新的本领可以进入吉尼斯,后沟村的女人能用五谷杂粮煎炒蒸炸煮烙烤,做出60多种主食来,兼能制作酒枣、干萝卜、灌肠、腌酸菜等等五花八门的小菜小吃。山村半腰的地方有个小小的广场。广场一边是菩萨殿,菩萨毁于"文革",栋梁上的彩绘依稀可见;另一边是古戏台,前棚后屋,形制优美,保存尚属完好。据观音堂所存重修乐亭(即戏台)的石碑上说,重修戏台是咸丰七年(公元1858年)。这次重修距初建戏台"百有余岁"。按此计算,戏台始建应在乾隆中期。此外,我在戏台后屋发现墙壁上有许多墨笔字,细看原来是榆次市秧歌剧团在1958年9月10日至13日夜场演出的剧目。可见,至少二百年来,戏台前的广场一直是这小小山村的精神乐园。每逢庙会、社火和节日里还有种种自编自演和自娱的活动呢。从物质到精神他们都是有滋有味和自给自足的。这才是农耕文明一个罕见和地道的村落典范!一定是老天为我们抢救民间文化的苦心所动,才在这最关键时刻,把一个完整又完美的农耕村落的标本馈赠给我们。而同时我已预感到这个极具个性、气息非凡的小村落的深层一定蕴藏着更丰富和独特的文化信息。我一边思谋下一步该如何做,一边登山高原。此时,日头西斜,侧光入村,半明半暗,景象更加立体。然而山谷空气之清澄,令我惊异。每一口空气吸入肺,都像气化了的清泉,把肺叶凉爽地洗一遍。低头看到一村民蹲在下边一块突兀的山丘的顶上吃面条,人在这地方很是危险,看来他却早已习惯了。而且边吃边与更下边的另一位村民聊天。那村民坐在自家院中的磨盘上。

这下边吃面条的村民与我距离十来丈,他与更下边另一村民又距离十来丈。但所有说话的声音都像在我的耳边,清晰至极。他们平常就这么聊天吗?

据同来的一位东赵乡的人说,有时两人说话,全村都能听见。

我忽然悟到,所谓桃源,既非镜花水月,亦非野鸟闲云。原来——互不设防,才是桃源的真意。

陶渊明所写是他心中的桃源。我所写是我眼见的桃源。

不信,你可去看。但行动要快,倘若去晚,说不定已经被现代化的巨口吞掉了。

第一部民俗志

初步考察过后,采样小组成员全都兴奋难抑。工作成果在摄影家李玉祥那里立竿见影。他用随身携带的手提电脑,将所拍摄的影像一一展示出来。更加证实后沟村具有典范的意义。他几乎将这个古村落所有重要的视觉信息尽收囊中。由于我们进村后各自行动,他还拍到不少我没有见到的珍罕的细节。显示了这位涉足过数千个古村落的摄影大家非凡的功力——镜头的发现力、捕捉力和表现力,以及在横向行动中纵向观注的深度。

我对他说:你下边的工作是编写《后沟村民俗调查摄影记录范本》了。

摄像师樊宇提出,他今天遇到村中一家正在办葬事。他决定住进后沟村拍摄该村丧葬民俗的全过程,然后抽样进行入户的民俗调查。

我知道樊宇是具有献身精神的摄影师。他锐力的眼睛已经看到后沟村在人类学和民俗学中的价值。他不会放弃或漏掉任何机会。摄像与摄影的生命就是抓住稍纵即逝的影像。

另一项最重要的工作是对后沟村的民间文化进行文字性的全方位和深入其中的普查。我将这一工作交给榆次区的文联与民协。他们是有普查经验的。我将乌丙安教授编写的《村落民俗普查提纲》交给他们,内分生态、农耕、工匠、交易、交通、服饰、信贷、饮食、居住、家族、村社、岁时、诞生、成年、结婚、拜寿、丧葬、信仰、医药、游艺,凡20类,270个题目,有的一题多问。请他们据此并结合当地情况,另行计划与设题。

随后,我们又赶往祁县赵镇修善村和丰固村考察民间窗花。这两个村庄的百姓都是心灵手巧,多才多艺。凭一把裁布的剪子、一块红纸,人人能剪出满窗的鸟语花香。我们想从中找到一位传承有序的剪纸艺人,来做民间美术及其艺人的普查范本。

从山西返回北京不久,传真机的嗒嗒声中,就冒出来榆次文联传来的《后沟村农耕村落民俗文化普查报告》。榆次文联在接受我们的工作安排后,很快组成以张月军为首的普查小组进驻后沟村。并制定三种工作方式。一、对所有70岁以上老人做调查;二、采用座谈、随机、抽样方式对全村村民做调查;三、对周围村落采用问卷和走访相结合的方式调查。同时将我交给他们的普查提纲,依据当地情况,或减或增,重新列出16类,150个问题,一问一题。这些题目是在考察之中不断提出和完善的。切实、准确、细微、针对性强,而且周全。这个普查小组颇具专业水准。这便使这份普查报告具有形成范本的可靠基础。虽然我们亲临过后沟村,但读了这份报告后才算真正触摸到后沟村的文化。

从中,我们详尽和确切地获知该村所有的物产,人们采用怎样的耕作方式和传统技术,制肥与冬藏的诀窍,节气与农事的特殊关系,与外界沟通和交易的方式,信贷与契约的法则,一日三餐的习惯,治病的秘方与长寿的秘诀,节日中苛刻的习俗与禁忌,蒸煮煎烤炸腌的各种名目的食品与风味小吃,居住的规范与造屋的仪式,生老病死、红白喜事的习俗与程序,分家的原则与坟地的讲究,各种花鸟动物图案的寓意,村民们崇爱的剧目,信仰的世界和对象……仅仅数十户人家的山村,竟有如此深厚的文化。而正是这深切而密集的文化,规范、约定、吸引与凝聚着后沟村中小小的族群中的精气,使之生息繁衍于荒僻的山坳间长长数百年。

此后不多日子,榆次文联又寄来厚厚一本打印的集子。是他们进一步收集到的后沟村大量的谚语、歌谣、故事与传说。其中谚语中"短不过十月,长不过五月"、"人吃土一辈,土吃人一回"、"只有上不去的天,没有过不去的山"、"不怕官,只怕管"等,都是在这次普查中新搜集到的。多少智慧、经验、感慨、磨砺以及自由的向往与山川般阔大的胸怀,尽在其间。民歌民谣是集体创作的,它反映一种集体性格。我还很欣赏歌谣中的一首《土歌》:

犁出阴土,冻成酥土,

晒成阳土,耙成绒土,
施上肥土,种在墒土,
锄成暗土,养成油土。

这首对土的爱,之深沉,之真切,之优美,真是可比《诗经》。村民们都是土的艺术家。他们真能把土地制造成丝绸和天鹅绒! 还有那些关于喜鹊、石鸡、斑鸠、红嘴鸦等充满人性的美丽传说,叫我们体味到这些从不猎杀动物的村民的品格与天性。比我们自以为科学万能而肆虐大自然的现代人文明得多了。

在我将这些资料编入《普查手册》时,感觉到全国性的民间文化普查启动之前,已经有了一宗丰厚又宝贵的收获。当然,后沟村也有收获。如今已经拥有全国一流的专家为他们编写的第一部村落的风俗志了。

观音堂考古

一切工作都做得有条不紊。没有急功近利,一如农耕时代的生活。再加上学术上必须的严格与逻辑。

从中我发现,观音堂是解读没有文字记载的后沟村史的关键。

耿彦波一丝不苟地完成了我拜托他的三件事。即拓印观音堂中五通碑的碑文,还有对大殿建筑彩绘和院内古柏年代的鉴定。在历史上后沟村有许多庙宇,除了观音堂之外,村民们都知道"东有文昌庙,西有关帝庙,南有魁星庙,北有真武庙"这句话。但保存至今的只有关帝庙;庙中具有史证价值的,也只有一块嵌在院墙上的村民们捐银修庙的石碑,年款为康熙二十八年(1689年)。故而,观音堂中种种史料便如一堆宝藏,其中一定埋藏着可以打开后沟村历史的钥匙。

首先是散落在院中和嵌在墙上的五通碑。分别为：

《重修观音堂碑记》（66cm×49cm）

《重修碑记》（143cm×70cm）

《新建左右耳殿并金妆庙宇碑记》（143cm×66cm）

《修路碑记》（128cm×73cm）

《重修乐亭碑记》（189cm×76cm）

其中前三块都是记载重修与扩建观音堂的石碑。经考证，将这三块碑的年代先后排列如下：

最早一块应是《重修观音堂碑记》。时在明代天启六年（1626年）。碑石很小，嵌墙碑，嵌在西殿南墙上，碑面无花纹图案，字体粗糙，排行草率，其貌原始。碑文说"榆次之东北有乡……建古刹一座……颓墙残壁"。可见那时观音堂只是一座简朴的村庙。明代天启年间的重修只是填裂补缺，没有大的改观。这在下面一块碑的碑文中可以看得清清楚楚。

第二块碑是《重修碑记》。年款已然漫漶不清，无法辨认。但是从碑文可以认定它是明代天启之后的一次再修。碑上描述观音堂时说"顾其庙规模，狭隘朴陋，无华欲焉"，表明明代天启那次重修之简单有限。但这一次大兴土木，故而碑文中对这次重修后的景象十分得意地记上一笔："今而后壮丽可观，焕然维新"。这次重修的成果在第三块碑上也得到了证实。

第三块碑是《新建左右耳殿并金妆庙宇碑记》。时在乾隆四十一年（1776年），这是第三次重修。碑文中说，在这次动工之前，经过第二次重修的观音堂已经是"正殿巍峨，两廊深邃"，"自足称一邑之巨观焉"。乾隆年间的重修完全是锦上添花，但规模宏大，不仅扩建耳殿,还对大殿木结构的外檐进行改造,施用昂贵的贴金彩绘。山西省文物局古建专家柴师泽从檐板龙纹的形制也认定是乾隆时期的作品。单看这块《新建左右耳殿并金妆庙宇碑记》的碑石就很讲究。碑体高大,碑石柔细,刻工精美,边饰为牡丹富贵,碑额上居然雕刻"皇帝万岁"四字,显示该村一时的显赫与殷富。

再看另两通碑就会更加清楚:

《重修路碑记》记载着后沟村当年修筑村外道路的事迹。施工时,退宅让路,切崖开道,亦是不小的工程。修路是一个地方兴盛之表现与必须。这块碑也佚却纪年。所幸的是碑石上署着书写碑文和主持造碑的人的姓名。即"阔头村生员郭峻谨书,本村住持道士马合铮"。而前边那块乾隆四十一年的《新建左右耳殿并金妆庙宇碑记》也是"生员郭峻谨书写,道士马合铮监制"。由此可以推定,后沟村史上这次重要的筑路工程无疑是在乾隆年间了。

另一块《重修乐亭碑记》在前边已经说过,建造戏台的时间同样是在乾隆时期,几乎与扩建观音堂和修筑村路同时。此时,正是晋中一带大兴营造之风,晋商们竞相制造那种广宇连天、繁华似锦的豪宅。在榆次,车辋常氏的家业如日中天,浩荡又经典的常家庄园就是此时冒出来的。而后沟村既逢天时,又得地利。由是而今,虽然事隔三百年,人们犹然记得年产百万斤贡梨的历史辉煌。它的黄金岁月正是在乾隆盛世。由此我们便一下子摸到后沟村历史的命脉。

关于后沟村建村的时间,却有些扑朔迷离。历史的起点总是像大江的源头那样,烟云弥漫,朦胧不明。现有依据三个,但没有一个能够作为答案:

一是人们在明代天启六年重修观音堂时,已经称之为"古刹"。古刹"古"在哪朝哪代,毫无记载。碑文上只说"年代替远,不知深浅"。正像李白在一千年就说"蚕丛及鱼凫,开国何茫然",可是古蜀到底在何时?

二是榆次林业局对观音堂院内的古柏采用长生锥办法提取木质,又在室内以切片铲光分析年轮,最后推算出古柏的年龄为580年,即明初永乐二十年(1422年)。这么一算,后沟村至少建于明初,但这棵古柏是观音堂最古老的树吗?观音堂是后沟村最古老的寺庙吗?还是无法推算出建村的年代。

三是后沟村中张姓为大姓,一位被调查的村民张丕谦称他的家族世居这里已有30代。并说原有家谱一册,但在前些年不知不觉中丢失了。如果属实,应该超过600年。可是这30代究竟是一个切确的数字,还只是一种"太久太久"的概念?

当然,从以上三个依据,至少可以说元末明初已有此村。但什么原因使最初建村的那些先人远远而来,钻进了这高原深深的野性的褶皱里?

学者们有一种观点。认为与明初移民建村有关,当地民间就有"洪洞大槐树"之说。明初奖励垦荒,凡洪武二十七年后新垦田地,不论多寡,俱不起科。但有学者认为,洪武移民多往安徽。《明史》和《明实录》中均没有移民山西的记载。

有的学者认为后沟村建村应在元朝。蒙古进入中原,杀戮汉族十分凶烈,迫使汉族民众逃亡,隐居山林。山西正是"重灾区"。

我支持这种观点的依据是,后沟村是多姓村。张姓47户,范姓15户,侯姓4户,贾姓、刘姓、韩姓等各3户。无论多少,全是聚姓而居,至今亦是如此。这很像宋代逃避到南方的客家人。在异乡异地,聚姓(族)而居是凝聚力量、自我保护的一种方式。

可是单凭这个依据又显得脆弱无力。

在山顶的一座宅院引起人们的兴趣。这宅院前有一座吊桥。吊桥是戒备设施。然而后沟村从来是和睦相处,自古就是"零案件",吊桥用来防谁?此宅早已荒芜,院内野草如狂;吊桥空废更久,桥板一如老马的牙齿,七零八落。去问村人,无人能说。于是一个古老又遥远的隐居村的想象出现在人们的脑袋里。

可是,如果真的是那种恐惧心理伴随着这个村落悄悄的出现,待到了明代就应该改换一种情境。后沟村各处的庙宇早已是晨钟暮鼓,声闻山外。许多寺观庙宇皆荡然不存,为什么这个吊桥反而越过六七百年一直保存到今天?

然而,历史的空白也是历史的一部分。是它迷人的一部分。正像玛雅文明与三星堆那样。我们愈是向它寻求答案,愈会发现它魅力无穷。

尽管大家做这些事没有任何报酬,但谁也没有松懈自己分担的责任。一个月后,纷纷将各自完成的那部分内容寄给我。榆次文联普查小组、李玉祥和樊宇分别将关于文字、摄影和摄像的普查范本寄给我。按照要求,他们还各自设计一份普查表格,供普查使用。从专业的角度看,这些田野的杰作无须加工,已是高水准的范本了。在十月底初次考察后沟村之后,樊宇又跑去过两次,一次为了补充调查民俗,一次专事记录婚俗。我欣赏他的敬业精神近于一种奉献。他每次入村拍摄,不去打扰村民,就住在空荡荡的观音堂的大殿里。此时,天已入冬,他便在房子中央生个小炉子。更实用的保暖的办法是多带一些羽绒的防寒服和毛线袜。不要以为我们抢救民间文化一呼百应,有千军万马。真正在第一线拼命的只是这不多的一些傻子。

春节前我将《普查手册》的全部稿件交付出版社。大年三十之夜的子午交时,我忽然接到一个电话,是樊宇。他没有在家里过年,居然又跑到山西榆次东赵乡后沟村去了。他正把摄像机架在冰雪包裹的滑溜溜的山头上,拍摄那里的年俗。他知道只有将年俗记录下来,才算完成这个古村落的"全记录"。我拿着话筒,感动得半天说不出话来。话筒里听着他在喊:"山里放炮响极了!"我还是不知说什么,忽然电话断了,心想肯定是山里通话的信号不佳。待我渐渐想好该说的话,一遍遍把电话打过去,听到的却总是接线员的"无法接通"。事后我读到樊宇写的一本《影像田野调查》才知道,那时陪他上山的村民滑倒在山坡上,险些落入漆黑的山谷。读到这里,我心中涌起一种骄傲又悲壮的感觉。我为我的伙伴们骄傲。因为在这个物欲如狂的时代,他们在为一种精神行动,也为一种思想活着。

2004.5 入川归来之日

南乡三十六村

阳历年初,农历年尾,大年迫近,心切难抑。缘由是年文化具有时间性的。濒危将亡的年画只有在这短短的一段日子里,才会把它仅存无多的活态充分显露出来。于是抢在"中国民间文化遗产抢救工程"启动之前,我们加急地召开"全国木版年画普查工作会议"。在与全国各地年画工作者聚首谈过,并将刚刚拟好的"普查提纲"发给大家之后,旋即组织一行人马,纵入身边著名的画乡杨柳青镇。

近数年,逢到腊月我都会到镇上来,想亲眼看着这个曾经五彩缤纷地覆盖了整个中国北方的杨柳青年画,怎样一点点悄无声息地死去。如今镇上真正的年画传人只有玉成号霍氏一家,二男一女都已年过五十。其"勾、刻、印、画、裱",全然保持着本地正宗的传统与艺术的真谛。其中霍庆有似乎比一般民艺学者更具文化眼光,一直致力于收集散落民间的年画遗存,并在他家小小的四合院内的回廊上充满诱惑地展示出来。然而,今年我们一入古镇,却好像这里刚刚刮过一阵全球化的飓风。

一座超级的流行于当今中国城市的大广场雄踞在古镇中央;一排无比巨大的罗马柱贯通东西;石家大院那一带高墙深院的历史街区已经被一条红红绿绿、旅游化的仿古街所代替。霍家那个沿河的、半掩在树荫下的小宅院玉成号呢？找了许久,才知道不久前已经拆除。家庭式的作坊已不复存在,弟兄几人分道扬镳。霍庆有搬进一座由香港设计师建造的洋楼里。去年我来镇上追寻《五大仙》的绘制者时,还到玉成号串过门呢,但如今好像被蒸发掉了。一千年的古镇就如此鬼使神差地在转瞬之间一扫而光？

抢救的急切感登时冲上心头。无疑,这件事已经进入"倒计时"。我把人马一分为二。一半人全力搜寻镇上的遗产,另一半人去对镇郊的南乡三十六村进行拉网式普查。看看田野之间还残余着多少农耕文化。

一二百年前,在杨柳青骄傲地作为闻名天下的画乡时,这南乡三十六村乃是镇上大大小小画店或版印或手绘的加工基地。各乡农人几乎都能画一手好画,人们说"家家能点染,户户善丹青",就是指这南乡而言。一入腊月,北至东三省、南抵中原各地的画商们,都云集于此。他们将成捆的艳丽五彩、活灵灵的年画,装上马车或运河里的货船,像运送粮米那样一车车拉到远近各省。俄国著名的汉学家阿克列谢耶夫在《1907年中国游记》中曾经详细记载过他在这画乡被震惊得目瞪口呆的种种见闻。

然而,始自辛亥,中国人的生活向近代文明转型,年画随之衰落。日本军队扫荡南乡,应是一个促使这片神奇的土地快速走向荒芜的转折点。再经过"文革"的暴力摧残,及至八十年代,本地一位名叫张茂之的乡土文化工作者对南乡三十六村做过一次田野调查。在那个时候,其中十多座村庄的年画作坊就已完全绝迹。这中间包括周李庄、南赵庄、薛庄子、董庄子、康庄子、房庄子、东流城、小甸子、大沙窝村等。由是而今,又过了二十年。情景复如何？

一入南乡,雪就下来了;走着走着,雪不但没停,反而下得愈来愈紧,落在肩上"沙沙"的真的有些声音了。

这南乡三十六村看上去彼此极为相似。砖的或土的房舍,东一个西一个的水塘,横七竖八的沟渠,丛生的杂木,平平淡淡的田野……本来就连成一气,此刻大雪的白色又把它们浑然地涂成一体;再加上这种昔日的文明为之荡然的失落感,更显得一片苍凉!

我们撒下大网,慢慢拉上来一看,几乎是一张空网!在那些二十年前年画就已尽绝的村落里,更是毫无收获。当年健在的老艺人如今大半已经作古。我们访到的艺人只有区区的四位,也都是七老八十。

第一位名叫房荫枫。七十三岁,原住张窝,后迁入房庄子,搬进公寓式商品楼。他手绘神像极精,尤其是《五大仙像》,恐怕是绝无仅有的了。但他现在兴趣转向了中国画,基本上与年画绝缘。

第二位名叫杨立仁。八十二岁,住南赵庄。清代中末期其家开设的"义成永"画铺名噪南乡。雇工二十人,一人一天印一千张"画坯子"。北京城门上贴的八尺巨型门神就出自他们杨家。民艺专家杨先让先生自美国来信,说他曾在波士顿发现一幅巨型门神,极为精美,但不能断定它的产地。我回信说,杨柳青挨近京都,故有一种巨型门神专门供给京城的城门与王公贵胄的宅门使用。其他产地都不制作这种巨型门神。

杨立仁家的古版曾经满满地堆了三间屋,却全部毁于"文革"。他至今珍存的几套灶王和一块《八仙》老版是冒着危险,藏在干燥的灶膛里,才躲过劫难,幸存至今。其中一块《独灶》(30cm×20cm)线刻极精,流转自然。但随着祭灶风俗的衰微,这种年画的市场正在快速地萎缩,眼瞧着就退出生活了。近些年,逢到祭灶之前,年过八旬的杨立仁都要挽起袖子,挥刷使墨,每种印一百张,却不去卖,而不过是过一过手瘾送送人罢了。

第三位名叫董玉成,七十八岁,住古佛寺村。这位老画师是此次普查发现到的,尤使我惊喜的是,前些年我在杨柳青镇地摊上发现的《双枪陆文龙》《大破天门阵》《合家欢乐过新年》,原来都是他的作品。他属于写意性质的"粗活",半印半画,风格十分率真与浑朴。他家中还有一块老版《大年初二回娘家》(53cm×78cm),是我首次见到的风俗画品。足见此地对"回娘家"这一风俗的重视。董玉成代代都是农人,农忙耕地,农闲画画。人生得肩宽胸阔,腰板硬朗,一望而知是农稼地里的好手。但今年他停了笔。他说感觉自己画不动了。是真的画不动,还是买画的人日渐稀少的缘故?董玉成的画艺无人承继,他停了笔等于这一传承脉络的断绝。

第四位名叫王学勤。六十七岁,住在地势低洼一些的宫庄子。善画缸鱼,画风朴实饱满,阳刚十足。颜色里好像加了硫酸,十分强烈和刺激,大红、浓绿、鲜黄、翠蓝,全是原色,原汁原味保持着杨柳青"粗路"年画的本色。他有一间小小的画坊,依我看比任何一位大画家的画室都更加迷人。小炕桌上堆满色碟墨碗,几百支画笔插在各种筒子里。四面墙壁上密密地排列着如同窗扇的"门子"。在门子的反正面贴上线版的画儿,然后在上边涂红抹绿地着色。于是一大排五彩大鲤鱼在他小屋的四壁上一顺儿地游着,摆着夸张至极的大尾巴,扰起流光溢彩的年意。王学勤像他上边一代代祖辈那样生活与画画。祖传的古版《鱼龙变化·海市蜃楼》(门画 48cm×28cm)和《居家畜贵·百代长寿》(对美 48cm×28cm)一直在他手中珍藏。他家中有个小院,一边是住房与小画坊;一边是小小的粮仓与马棚,养一头骡子。院里堆着草料,几把长杆农具倚墙而立,一棵歪脖小树斜在院中央。他春夏秋三季在田地里干活,待到地净场光,便钻入画坊里印画描画。家里不富裕,画坊里没有炉子,冷如野外,所以他总是把几件褂子杂七杂八一层层地套在身上,好像巴尔扎克在《邦斯舅舅》中描写的执政时期人们爱穿的那种"五层背心"……墨的气味散布在画坊内寒冷的空气里;涮笔用的小缸水面冻了一层薄冰,涮笔时先要用笔杆将冰片扰开;小桌上有一小碗,里边盛着从枯干的荆棘掰下来的"刺",用来当作"按钉"把需要着色的画儿固定在门子上。每每画完一批,便卸下画,捆成捆儿,用自行车驮到静海、独流、唐官屯等地的集上,一边吆喝一边卖。画价低廉,一块钱卖两张,却往往卖不出去。这便是农耕形态应用性的杨柳青年画最后和最真实的景象了。

站在大雪纷飞的炒米店大街上,我心中全是迷雾。这里曾是南乡三十六村黄金般的年画集散中心。清末民初尚有画店百余家。如今竟了无痕迹,雪天里更是人影寥寥;临街只有零零落落几家乡间饭店与杂货铺,都紧紧掩着门。历史在这里好像没有任何作为。是历史的更迭就是如此绝情,还是我们从来没有把民间文化视为一种精神遗产?

在这样冷的天气里,冰凉的雪花变得硬了,蹭过脸颊有些发痛。我请同来的电视工作者记录下上述的一切。将"视觉人类学"的视角注入这次抢救行动是这次普查工作的特点之一。我们要记录农耕社会文化终结期的原生态,也要记录一切不能忘却的遗存,无论是物质还是非物质的。

我们的另一支人马在杨柳青镇上的工作成绩颇佳。他们对霍氏家族进行档案化的调查工作。同时,用摄影与摄像记录下霍家人年年腊月底祭祀先辈画工的仪式。还找到一位能用杨柳青口音来唱"白秀英卖年画歌"的七旬老人,也做了文字与视觉的记录。

　　于是,我们决心将这一著名画乡的遗产普查做到"一网打尽"。并在一个月后与杨柳青当地的志愿者牵起手来。

2004.1.10

涂了漆的苗寨

十二月里在南宁的文化遗产抢救论坛讲了一句话："许多遗产在我们尚未抢救时就已经消失了。"我所表达的是近些年常常碰到的一种令人焦急的状况与感受。会后一个当地的记者追着要我对上边的话具体说明。我说："还要我举例吗？你下去跑一跑就知道了。"

从他的脸上看，显然还不明白我这话的意思。但紧接着的事情，就可以拿来回答他。

从南宁出来，一路北上，去到桂北的山里考察少数民族的村寨。如今经济发达地区，比如江浙的沿海地区，再比如山东，古村落已寥如寒星。我知道，只有在这片黔桂湘三省交界这样的大山的皱褶里，还会隐伏着一些古老的山寨。然而这些古寨的现状如何？还有多少完好的历史杰作？我特意邀请当地的几位文化学者做向导，他们知道我想看什么。

然而，亲眼目睹到的却如挨了当头一棒。

依计划先到融水苗族自治县去看山上的一座山上有名的苗寨。据说这山寨的历史至少在五百年以上。从一位做向导的当地学者的描述听得出，这座苗寨外貌优美，内涵深厚，宛如宝寨。然而驱车攀山三四个小时之后，停车钻出来抬头一看，令所有人——

包括做向导的学者也大惊失色。遍布山野一片刺目的艳丽五彩。原来这古寨这竟刷了油漆。木楼的墙板涂成雪白,再勾上湖蓝色的花边,吊脚楼长长短短的木柱一律刷上翠绿色,看上去像堆在天地之间一大堆粗鄙的、恶俗的、荒唐可笑的大礼盒。当地的一位学者不禁说:"怎么会成这样?前几个月来还好好的呢!"

后来才知道这里要建设新农村,一些人认为这样做是为了表现"新"——焕然一新。这叫我想起二十年前写过的一篇小说《意大利小提琴》。一位落魄的艺术家在旧物店里发现一把意大利小提琴,如获至宝,但手里的钱不够,他回去四方借款,待把钱凑齐再去买琴时,出现了同样荒唐的一幕——店主为了使这把老琴更招人喜爱,用白漆把琴亮光光重油一遍,好像医院用的便壶。

能说店主不是出于好意吗?但无知也会"犯罪"。一座古寨就这样被报废了。

接下来我去访问龙堆山顶上另一座历史悠久的侗寨时,所见景象更加糟糕。为了开发旅游,吸引人们去看著名的龙脊梯田,这座山寨快成旅店区了。改建的改建,涂漆的涂漆,然后再用彩漆在墙板写上各种店名。与我同来的本地学者哑口无言了。是啊,刚才被他描述得神乎其神的那座侗寨呢?

看吧,这些古寨和古村落,不就是在我们还没看到时就消失了吗?我很想打电话叫南宁那位记者来亲眼看一看。可惜我没有他的名片。

珍贵的文化遗产就是这样被毁掉的。一半是片面地为了GDP,为了政绩,为了换取眼前一些小利;一半出于无知。

文化遗产就是以这样的速度消失了的。几个月前还在,几个月后就完了,永远消失不见。

我想起两个月前到浙南考察廊桥时,在陈万里先生居住过龙泉县的大窑见到一座古庙。这座庙立在村头的高坡上,老树簇拥,下临深涧,很是优美。此刻,当地为了开发旅游,正忙着翻旧为新,换砖换瓦,油漆粉刷。待爬上去一看,这座庙竟是一座明代遗存。不仅建筑是明代的,连木柱上原先的油漆所采用的"披麻带灰"也原汁原味是明代的。我还发现大殿两侧木板墙上画着"四值功曹",风格当属清代中期。所用颜色朱砂石绿都是矿物色,历久弥新,沉静古雅。然而眼下民工们正在用白色的油漆往上刷呢!四位天神已被盖上一位,还用彩漆依照原样"照猫画虎"重新画上,花花绿绿,丑陋不堪。我忙找来村里的负责人,对他说:"你知道你干的是什么事吗?可是你们村里的宝贝。快快停下来。千万别这么干了!"

遗产的抢救不仍是第一位的吗?但抢救不是呼吁,而是行动。要到田野、到山间,到广大民间去发现和认定遗产,还要和当地人讨论怎样保护好这些遗产,而不是舒舒服服地坐在屋里高谈阔论,坐而论道。

此次在桂北三江的澄阳八寨,徜徉于那种精美的鼓楼和风雨桥之时,真为侗族人民的创造而折服。经人介绍,与当地的一位侗寨的保护者结识。据说这八座侗寨就是他保护下来的,遂对他表示敬意。谈话中他说,当初有关领导部门也曾来人,要他们把这些美丽的风雨桥全漆成大红色,要和天安门一样。被他们坚决拒绝。如果没有那次拒绝,就没有今天迷人的澄阳八寨了。后来知道,此人是一位侗族学者,现在就住在澄阳八寨,天天守在这里,为保护和弘扬侗族文化而致力工作。

一种遗产如果有一位钟爱它的学者。这遗产就有了安全保证。但我们中华民族的遗产实在博大而缤纷,多数遗产的所在地实际上是没有学者的,没有明白人的。如果没有文化上的见识,这些遗产必然置身在危机之中,毁灭时时可能发生。

抢救是必须在田野第一线的。第一线需要学者,而且需要学者中的志愿者。问君愿意在中华大地上千千万万濒危的遗产中认领一样悉心呵护么?

2008 年元月

四　堡

　　心里一团如花似锦的猜想,在四堡灰飞烟灭。

　　这猜想源自建安版的图书。曾经看过一部宋代的余氏靖安刻本《古列女传》,让我对这南国的雕版之乡心醉至矣。

　　在宋代四大雕版印刷基地中,福建的建阳一直承担着那片大地上文明的传播。其他几个雕版中心如汴梁、杭州和临汾,总是随着战乱与京都变迁或兴或衰,唯有这"天高皇帝远"的建阳依然故我。从遥不可及的中古一直走到近代。

　　我喜欢建安图书的民间感。它自始就服务于平民大众,也就将先民们的阅读兴趣与审美融入坊间。大众的文化总是要跳过文字,直观地呈现出图像来。于是建安版创造的那种"上图下文"的图书——比如著名的《虞氏全相平话五种》,至今捧在手中,犹然可以体味到古人读书时的快感。这种快乐被享受了近千年,并影响到1925年上海世界书局的连环图画的诞生。

　　明代以来,杭州、吴兴、苏州,以及相继崛起的金陵派和徽派刻印的图书,一窝蜂地趋向文人之雅致,刻意地追求经典,建安图书却始终执拗地固守着它的平民性。大众日常消遣的故事、笑话、野史,农家应用的医书、药书、占卜、堪舆以及专供孩童启蒙的读物,都是建安版常年热销的图书。平民大众是建安图书最强大的支持

贮墨用的石盆，荒置于院中，至少已有一个世纪。

者。正为此,明代戏曲小说才得以广泛流行。应该说,明代小说的盛行,自有这些民间书肆中刻工们的一份功劳和苦劳。今天看来,这种由民间印坊养育出来的纯朴的气质便是建安版特有的审美品格了。

然而,建安图书真正的福气,是它至今还保存着一个雕版印刷之乡——四堡。中国古代雕版基地大都空无一物,只剩下建安这个"活化石"。它犹然散发着书香墨香文明之香吗?

当今文化遗存的悲哀是,只要你找到它——它一准是身陷绝境,面污形秽,奄奄一息。四堡也不例外。尽管它挂着"文物保护单位"的金字招牌,却没有几个人看重这种牌子,因为人们弄不明白为什么要挂这块牌子。

四堡身在闽西,肩倚武夷山脉,一双脚站在连城、清流、宁化与长汀交界处。地远天偏,人少车稀,这种地方正是历史的藏身之处。但现代化法力无边,近几年古镇热闹起来了,居然还冒出几家汽车修理店、发廊、音像铺和洗浴室,红眉绿眼地在大街两旁伸头探脑。传统的古镇都是一条大街贯穿其间,而传统的商业方式则是把各种农副产品堆在要道边,甚至将道路挤成羊肠小道来争抢生意。别以为雕刻之乡还有多远,只要从这儿跳下车,躲过车尾骒头,踩着坑坑洼洼的地面往道边那一大片湿乎乎的老房子里一钻,就来到我心仪已久的雾阁村的"印房里"了。

令我吃惊的是,这里居然还完整地保留着二百年来声震闽西的印书世家邹氏的坊间与宅第。大大小小一百四十间房子,屋连屋,院套院,组成客家人典型的民居——"九厅十八井"。在四堡,这种房子都是一半用于生活、一半用于印书。可是,无论陪同我的主人,怎样指指点点地讲述哪间是客厅、哪间是印坊、哪间是纸库、哪间是书库,我也无法生出往日那种奇异又儒雅的景象来。

倘若留意,那又细又弯高高翘起的檐角,鸟儿一样轻灵的木雕斗拱,敷彩的砖雕,带着画痕的粉墙,还残存一些历史的优雅。但对于挤在这老宅子里生活的人们来说,早已经视而不见。历史走得太远了,连背影也看不到。高大的墙体全都糟朽,表面剥落,砖块粉化,有些地方像肚子一样可怕地挺出来;地面的砖板至少在半个世纪前就全被踩碎了;门窗支离破碎,或者早已不伦不类地更换一新;杂物堆满所有角落,荒草野蔓纠缠其间。惟一可以见证这里曾是印坊的,是一些院子中央摆着一种长圆形的沉重的石缸。它是由整块青石雕出,岁月把它磨光。当年的印房用它来贮墨,如今里边堆着煤块或菜,上边盖着木板;有的弃而不用,积着半盆发黑和泛臭的雨水。

生活在这拥挤的黏湿的腐朽的空间里,是一种煎熬。特别是电视屏幕上闪现着各种华屋和豪宅的时候,人们会憎恶这里,巴望着逃脱出去,盼切现代化早日来到,把它们作为垃圾处理掉。

这就是发明了印刷术的古国最后一个"活化石"必然的命运么?

应该说连城县和四堡镇还是有些有心人的。他们将邹氏家族的祠堂改造为一座小型博物馆,展示着从四堡收集来的古版古书,以及裁纸、印书、切书、装订等种种工具。还将此地雕版的源起、沿革、历代作坊与相关人物,都做了调查和梳理,并在这小展馆中略述大概。可是当我问及现存书版的状况时,回答竟使我十分震惊——只有一套完整的书版!难道这块生育出千千万万图书的沃土已然资源耗尽,贫瘠得连几套书版也找不出来?

其实并非如此,直到今天,无孔不入的古董贩子还在闽北和闽西各地进村入乡、走街串巷去搜罗古书古版。我忽然想起在天津结识的一位书贩子,书源甚厚,原来一些外地的小贩专门在晋、鲁、冀等地挨村挨户为他收集木版小书,然后装在麻袋里背到天津来,被他整麻袋买下。四堡人穷,自然就拿它们换钱。在四堡人的心里这些书版不值几个钱,"文革"时使它生火烧饭和取暖。河北芦台一带,人们还拿着带凸线的画版当作搓板洗衣服用呢!文化受到自己主人的轻视才是真正的悲哀。

四堡的雕版印刷肇始何时,仍是一个谜。但它作为建安版的一个产地,自然属于中华雕版印刷史源头的范畴。特别是宋代汴京沦落,国都南迁,文化中心随之南移,负载着文字传播的印刷业,便在福建西北这一片南国纸张的产地如鱼得水地遍地开花。我国四大发明中的两项——纸张与印刷,始终密切相关。明清两代五六百年,建安图书覆盖江南大地,这也正是四堡的极盛时代,连此地妇女民间服装也与印书有关。她们的上衣"衫袖分开",非常别致。每每印书时套上袖子,印书完毕就摘去袖子,如同套袖。这种服装如今在民间还可以找到。可是到了十九世纪,西方的石印与铅印技术相继传入,四堡的雕版便走向衰落。当一种历史文明从应用到废弃的过程中,最容易被视为垃圾而随手抛掉。四堡的这个过程实在太漫长了,人们早已把遥远的历史辉煌忘得一干二净。从大文明的系统上说,中华文明传承未断;但在许许多多具体的文化脉络上,我们却常常感受到一种失落!

在连城、龙岩、泉州和厦门,我都刻意去到古董店来观察建安书版的流散状况。很不幸,在四堡见不到的书版,在这些商店里很容易地见到。买一块雕工美丽的书版用钱不多。我收集了一些书版和插图版。其中一套清代同治甲戌年(1874年)《太上三元赐福宝忏全卷》,刀法相当精到,使的不过是两瓶酒钱。据说港台有人专门来福建买建安书版,韩国人与日本人更是常客。在二十世纪九十年代书版的买卖一度很红火。现在冷下来,因为好的书版差不多卖绝了。一位贩子对我说:"你出大价钱也买不到明代的版子了。你得信我。这东西我干了十几年。我是专家。"

我相信他的话。这些年文化遗存大量流失的另一个负面,是培养出一大批具有专家眼光的贩子来。他们甚至比专家更具鉴别与辨断力。在金钱的驱动和市场的渴求中,他们深入穷乡僻壤,扎进山村水寨,走街串巷,寻奇觅宝,他们干的也是一种田野作业,而且不怕吃苦,又肯用力,见识极广,眼光锐力。由于他们是自己掏钱花学费,自然练就了不能掺杂的真本领。

反过来,由于长期对文化的轻视,受制于经费的拮据,便捆住了专家们的手脚。在这些文化沃土上,到处是古董贩子,反倒很少看到专家的身影。

对于四堡来说,一边是文明的中断,人们对先人创造的漠视;一边是没有专家来把历史的文脉整理出来,连接到当代人的心灵中。而四堡现有的书坊不会坚持太久,残剩在民间的古版又会很快地灭绝。照此说来,最终的结果是,我们这个曾经发明了印刷术的古国就不再有"活态的见证"可言了?

那么,谁救四堡呢?

2004.1.28

客家土楼

能称得上人类民居奇迹的，一定有中国客家人的土楼。不管世界有多少伟大的建筑，只要纵入闽西永定和南靖一带的山地，面对着客家人的土楼，一准要受到震撼，发出惊叹。

这种巨型的土堡，带着此地土壤特有的发红的肤色，一片片散落在绿意深浓的山峦与河川之间。它们各异的形态不可思议。圆形的、方形的、纱帽形、八卦形、半月形、椭圆形、交椅形……最大的一座土楼占地竟有数千平方米。遗存至今竟有三万五千座！

尽管人们对这种家族式和堡垒式的民居的由来猜测不一，我还是以为中古时代，时受强悍的北方民族侵扰的中原的"衣冠士族"一次次举家南迁而来时，心里带着过度敏感的防范意识，才把自己的巢修筑成这个模样。高大而坚固的外墙，下边绝不开窗，整座楼只开一个门洞，而且是聚族而居。是不是最初这些客家人与本地的原住民发生的激烈的摩擦——那种"土客械斗"所致？我分明感受到这土楼外墙曾经布满了警觉的神经。

定居于异乡异地的客家人很明白，家族是力量之源，是抵御外敌之本，也是生命个体的依靠与归宿，所以，他们把家族的团结和凝聚看得至高无上，甚至把祖先崇拜列在神佛的信仰之上。在每一座土楼里，设在正中的公共建筑都是一座敬奉列祖列宗的祠堂。不管各家土楼怎样安排内部的格局,也都必须严格地遵循长幼尊卑的伦理关系。来自中原的儒家的道德伦理是土楼最可靠的精神秩序。它使这些宗亲式的土楼奇迹般地维持了一二百年,甚至五六百年!像永定县高头镇高北村的承启楼和湖坑镇洪坑村的振成楼,人丁鼎盛时都在六七百人以上。一座楼几乎就是一个村落。一代代人生老病死、婚丧嫁娶皆在其中。各有各的规范与习俗,分别生成各自的文化。进入每一座楼,上上下下走一走,不单内部结构、家居方式、审美特征乃至楹联匾额都迥然殊别。它积淀了数百年的气息和气味也全然不同,这种感觉每踏进一座土楼都会鲜明地感到。任何一座土楼的历史都是一部胜似小说的独特的家族史。在人类学家看来,土楼的内涵一定大于它令人震惊的形态。它的魅力绝不止于它外形的奇特,更是它的和谐、包容与博大精深。

土堡的"干打垒"的技术来自北方吗? 如今,无论是丝绸之路上的古城遗址还是燕北的古村落,那些残存的夯土建筑都已是断壁残垣,只有这里千千万万巨大的土堡,依然完好如初。客家人缘何如此聪明,懂得从此地土产中采集竹片、糯米汁和红糖,合成到泥土中,使得这些"干打垒"的土堡历久不摧? 现存最早的土楼竟然建于唐代大历四年(公元769年),更别提宋、元、明、清各朝各代大量的遗存,至今仍旧鲜活地被使用着。

然而土楼在瓦解! 不是坍塌,而是内在人文的散失。

不管古代的客家人怎样的智慧,完美地解决了土楼的通风、防潮、隔音、避火、抗震、采光和上下水一切问题。但现代科学带来的方便和舒适无可比拟。于是人们开始一家一家搬出土楼,另择好地方,筑造新居。当前,客家人的后裔已经开始一次新的迁徙运动——和他们的祖先正好相反——他们在纷纷搬出土堡。随着现代化进程的加快,必然愈演愈烈。等到人去楼空的那一天,这数万座曾经风情万种的民居奇观交给谁呢？交给旅游局吗？

在已经被确定为国家重点文物保护单位的振成楼、承启楼、奎聚楼等处,已然可以看到人烟稀薄的迹象;许多屋门上挂着一把大锁,有的锁已经锈红。我们不能简单地指责客家后人轻视自己的文化,人们有权选择自己喜欢的和更舒适的生活方式。而且还要看到,在西方伦理的影响下,宗亲的情感也只是更多地残存在老一辈的心灵里。土楼失去了它精神上的依据和生存之必需。

同时,土楼正在申报世界文化遗产。我想,它无疑是人类珍贵的遗产。可是一旦"申遗"成功,便会成为全球性旅游产业的卖点之一。天天从早到晚一批批异地异国的游人拥进来,爬上爬下,楼中居民要承受这些陌生人在自家的门口窗口伸头探脑,时不时对着自己举起数码相机咔嚓一亮。如今这几座确定为文保单位并开放旅游的名楼中的居民已然日复一日地遭受这种商业骚扰了。对于土楼的住民,旅游业是巨大的压力,正在加速把他们逐出土楼。

倘若这些著名的土楼最终都成为空楼,它们只是一只只巨大而奇特的蝉蜕,趴在闽西的山野间,其中的人文生命与历史传承都不复存。那些古楼的记忆将无人能够解读。兀自留存的只是一种"不可思议"的建筑样式,再加上导游小姐口中的几个添油加醋的小故事而已。

这也是神州各地古民居共同的命运与相同的难题。

保护历史民居的最高要求是设法把人留在里边。这些问题恐怕还没人去想。那么谁想？何时开始去想？

2004.1.28

革家·反排·郎德

不入深山,焉知苗寨。

然而,车子真的驶进大山,却像登上老虎的肩膀。狭窄的山路在一千米的高山上左拐右拐,所有折返全都是死弯儿,偏偏又下起了雨,从车窗下望,烟云弥漫的山涧深不见底,心里就打起鼓来。忽然一个鲜蓝色的大家伙出现在风挡玻璃上,连司机小阎——这个行走山路的老手也不觉脱口惊呼一声"哦"。原来一辆出事的大卡车歪在路边!幸亏路边多出一块半米宽的小平面把车子扛住,否则早已落下深渊,粉身碎骨。我说,这司机命有洪福,被老天爷"拉了一把",但听了我这话没有人笑,也没人搭话茬。车厢里隐隐有种恐惧感。只听见车轱辘在泥路上拧来拧去吱扭吱扭的声音。可是,当车子停在一个宽敞的地界。下了车,抬头一瞧,马上换了一种感觉和心境——就是再险的道路也得来。一片苗家的山寨如同一幅巨型的图画挂在天地之间。

几乎所有苗寨都藏在这偏远的大山的皱褶里。

现代化的触角伸到这里来了吗?喜欢异域情调又不畏辛苦的旅行者到这里来了吗?当我注意到又长又细的电线、电话线已经有力地通进山寨,我相信这里的文化一准会发生松动。这是我此行考察要关注的"点"。我要顺着这电线和电话线去寻找我的问题。

我把几天里跑过的山寨,按照它们所受现代化影响的程度由弱到强排一排队,前后顺序应该是黄平枫香寨、台江反排寨和雷山郎德寨。枫香寨和反排寨在2002年刚被当地县政府列为"生态保护区",而郎德早在1986年就被辟为省级"村寨博物馆",2001年列为国家重点文物保护单位。早已是贵州省极富名气的旅游胜地之一。

黄平县革家的枫香寨包括49个村寨,鸟儿一般散布在云贵高原东南边缘的千米大山上。在刚刚修好的一条盘山公路之前,革家人基本上与世隔绝。驱车入寨时,常常会有一头水牛挡在路上,按喇叭也不动。它不怕汽车,这些老牛的祖祖辈辈也没见过这种家伙。至今革家人还在使用半原始的耕作方式。所以无论是自然还是人文这里都是原生态的。

革家人穿着他们红白相间的民族盛装夹道而立,唱着歌儿,并在村口中央设拦门酒,敬酒扣饭,把装在绿草编的筥儿中的红鸡蛋挂在我们的脖子上。此时,我着意地观察他们的表情,一概是真心实意,淳朴至极,没有任何表演之嫌。跟着那些花儿一般的姑娘们,一群群迎上来拉着我们的胳膊时,热情又亲切,他们自古以来就是这么迎接贵客。

革家人自称是射日的羿的后裔。这不仅象征地表现在他们头饰上——插着一颗银簪;还在各家祭拜祖先和神佛的神龛上悬挂竹制的弓箭。革家人不承认自己属于苗族,是一支有待识别的民族。它们的文化自有完整和独特的体系。从语言、信仰、道德、伦理、建筑、器物、工艺、节庆、礼仪、服饰和文艺,都有独自的一套。

这是世居此地两万多革家人千年以上历史积淀的结果。而今天，依旧活生生地存在于革家人的山寨里。祖鼓房里的香烟袅袅飘升；早晚就餐前以酒祭祖；房前屋后摆着泛着蓝色的用于"蜡幔"的巨大的染缸；墙壁上挂着许多牛角、猪蹄、鸭毛，是亲友间互赠牲畜礼尚往来的依据……我在这里只看到一件"外来文化"，竟与我有关。在一位银匠家的神龛两边，居然各贴着一幅《神鞭》的电影剧照，却也是十几年前（1986年）的了。当地人说革家人是羿之后，天性尚武，故而对善使辫子的傻二抱有兴趣。他们从何处得知《神鞭》，读书？看电影？不得而知。反正当今的科学万能，世界上任何地方也无法封闭了。

革家人送别客人时的礼节可谓惊心动魄。当你从山上的小路走下来时，几百个身穿华服的革家女子会簇拥着你漫山遍野地随同而下。你走小路，她们就走在路两边青草齐腰的野山坡上。她们红色的服装在绿色的山野上像火苗一样跳跃，身上到处的银饰在阳光里闪闪烁烁，好似繁星闪着细碎的光芒。一路上她们还一直不停地唱着山歌，把一杯杯糯米酒送到你的口边。这种礼节充满着一种原始的纯朴、真率与激情。如果这里被开发旅游了，还会有这种场面，或者说它情感和文化的内涵还会这样纯粹吗？

台江的反排苗寨是一个十分独特的苗族分支。只有1500人，生活在大山夹峙的山坳坳里。依山而建的单坡吊脚楼与重重叠叠茂密的树木及其浓郁的沁人心肺的木叶的气息相融一体。反排苗人来自远古的长江流域，及今四十五代。在上千年漫长的历史时间里，反排苗寨是由一套极特殊的社会机构——"将纽"（祖先崇拜）、"议榔"（寨规民约）和理老（民间权威）来规范的。在山寨中间一个斜坡上,一块突出地面、半尺来高、黑色方形不起眼的小石柱,就是全寨最高贵的"议榔石"了。直至今天,山寨每有大事,鼓主、寨老和村长都要在这块具有无上权威的石头前商议并做出决断。至于这小小山寨的生活习俗、婚丧仪规、节日庆典、传说艺术、装饰饮食,也都有特立独行的一套。山寨里最引起我关注的是那些石头的神像。这些神都是自然神。人们相信万物有灵,井有井神,水有水神,山有山神,风雨桥的桥头有桥神,他们还敬拜大树和巨石;神像没有任何人工雕造,都是自然的石头,但都是些有灵气的石头。一块石头,前边神奇地伸出一个"头",正面似脸,又有某种不可思议的神气。这些石头的神像是从哪里发现的,谁搬到这里来的,有多少年,没人知道。

小小的反排寨驰名于黔东南,是由于他们能歌善舞。这种用于祭祀祖先的舞蹈极有特点。在木鼓与芦笙雄厚而和谐的伴奏中,年轻人有节奏并起劲地一左一右大幅度地翻转上身,四肢如花一样开放,动律强劲又流畅;姿态奔放又舒展,气氛热烈又凝重,单凭这木鼓舞就把这支苗人的历史精神、地域个性和独自的美感全展示出来了。

可是当他们在山寨前的小广场上以木鼓舞对我们表示欢迎时,站出来一个身穿民族服装的姑娘,用都市舞台上的腔调来报幕。马上让我感到他们在追求都市的认同。他们这样做,既是自觉的,也是不自觉的。这便反映了一种文化的趋向——即弱势文化向强势文化的倾斜;本土文化向全球性流行文化的倾斜。

反排苗寨的木鼓舞早在1956年就参加全国农民体育运动会的演出。改革开放以来,不仅跑遍大江南北的大都市甚至到中南海内献演,而且到许多欧美国家参加艺术节。在这样频繁的商业

反排村特有的舞蹈，跳起来身体摆动很大，有一种刚健又奔放的气势。

或非商业演出中,他们的木鼓舞还会保持多少原发的情感,那种祭祀祖先时心中庄重又豪迈的情境?他们的艺术名扬天下当然是好事,但是否会不幸应验了德彪西那句话:牧童的笛声一旦离开乡村的背景,就会失去生命。

更加引深我这个想法的是在雷山县著名的郎德寨中。一场音乐会式的演出中,报幕的女孩子居然带着港台腔。在这古老的村寨里,虽然山水依旧,风物犹在,但在吊脚楼下、街口处,常常会有身着民族服饰的妇女挎着小竹篮,上来兜售此地的土产。诸如仿制的银冠和银镯、玩具化的竹笙和简易的绣片等等。一些有特色的吊脚楼已经被开辟为"景点"。在一处临池的木楼上,几位盛装女子背倚"美人靠"在刺绣,墙上挂着她们的绣品;栏杆外的池水被一片青翠的浮萍铺满,再后边是秀美的山川与高高低低的山寨。这漂亮的场面好像在等待拍照,或是等着游人挤在中间合影留念。他们的风俗、特色乃至生活都在商品化吗?我忽然想,这就是革家香枫寨和反排苗寨的明天吗?

生活在这浩荡而峥嵘的贵州高原上的人们,有多达49个民族身份。其中32个民族、17个世居民族。他们在相互隔绝的历史生活中,创造了斑斓多姿又迥然各异的文化。由于传承有序,很多文化都是高深莫测的"活着的历史"。然而,在进入二十世纪八十年代时却遭遇到它们的终结者——现代化和全球化。

它们也有幸运的一面,是此地的政府与文化界觉悟得早。自八十年代这里便有了初步的保护措施。九十年代以来,一些保持原始生态并拥有珍贵文化遗存的村寨被列入省级文化保护单位。1997年中挪合作分别在梭戛(苗族)、隆里古城(汉族)、镇山(布依族)和堂山(侗族)四处建立了"生态博物馆",从而将这个诞生于法国的一种全新的文化保护的概念与方式,注入到贵州这些日渐衰竭、亟待抢救的文化肌体中。法国人对待"生态博物馆"这一概念的明确定义是"在一块特定的土地上,伴随着人们的参与,保证研究、保护与陈列的功能,强调自然和文化遗产的整体,以展现其有代表性的某个领域及继承下来的生态方式。"无疑,这是现代文明最科学的体现了。贵州历来有一批专事民族文化研究的学者,他们的优良传统是一直坚持艰辛的田野调查。因此各民族的文化底细都在他们心里。在他们的参与下,贵州可否建成一个世界级的多民族生态博物馆群?

然而,事情又有不可抗拒和不幸的一面,便是历史文明在当代瓦解速度之快超出我们的想象。当代人被消费主义刺激得物欲如狂,很少有人还会旁顾可有可无的精神。失去了现实和应用意义而退入历史范畴的民间文化自然被摒弃在人们的视野之外。因此现代化和全球化对它的摧毁是急剧的、全方位的、灭绝式的。几乎是一种文化上"断子绝孙"的运动。只要看一看大江南北大大小小城市与县城的趋同化和粗鄙化的骤变就会一目了然。

尽管少数民族的村寨都在偏僻之地,但凡是被现代化触及的,即刻风光不再。一些村寨已经被改造为单调的工业化产品一般的新式建筑群;大批年轻人摆脱了千年不变的劳作与生活方式,走出村寨到外地打工,一切人文传统因之断绝。单是黔东南地区到江浙一带打工的人数已逾三十万。逢到过年时带回来的往往是王菲和任贤齐的磁带。当电视信号进入山寨,人们自然会把现代都市生活视如缤纷的天国之梦。那些与生俱来的传统风习便黯淡下去。这种冲击是时代的必然,但也正从心灵深处瓦解他们独自的精神。他们怎样才能从人类文明的层面看到自己文化的价值而去珍惜它、保护它、设法传承它？

如今使用自己民族语言的村寨急剧减少。仅举天柱县为例：2002年侗族村213个，只有145个使用侗语；苗族村112个，操苗语的还剩下32个。眼下，30岁以下的年轻人基本上不穿民族服装，在反排苗寨我还看见一位穿牛仔裤的女孩子，竟和那些站在上海外滩与北京王府井街头的女孩一模一样，那些母亲与祖母传下来的精美绝伦的头冠、项圈、手镯、耳环、压领、凤尾和头花呢？十年前，一位法国女子在贵阳市租了一套商品房，花钱雇人去到各族村寨专事收集古老的服装与饰物。这套房子是她聚集这些珍贵的民族民间文物的仓库，每过一阵子，便打包装箱运回法国。她在此一干就是六年。最后才被当地政府发现，警醒之后把她轰走。且不说这位法国女子弄走多少美丽又珍奇的文化遗存，看一看北京潘家园的古玩市场的民族物品商店上成堆的民族服装与器物，就能估算出那些积淀了千年的村寨文化飘零失落的景象。而他们口头不再传说的故事、歌谣和神话呢？又流散到哪里去了？不是正在像云烟一样消失得无影无踪？我们现在要做的是跋山涉水去到村寨里把那些转瞬即逝的无形的文明碎片记录下来，还是坐在书斋里怨天尤人地发出一声声书生的浩叹？

我看到一个村寨打算建立"文化保护区"的报告中的一句话是：要"在接待外来观光、旅游、采风、寻古探奇的客人的食、住、游、购、娱等方面形成一条龙服务"。如果真的实现这个想法，恐怕他们的民族文化最终都会像美国人夏威夷的"土著文化"——变成一种用来取悦于人而换取美元的商品。

少数民族存在于自己的文化里。一旦文化失去，民族的真正意义也就不复存在。这恐怕是对于少数民族文化的抢救和保护真正意义之所在。

而对于正在无奈地走向贫乏和单一的全球化的人类来说,则是要尽力扼守住一分精神的多样。

2004.1.28

保定二古村探访记

马年阳春,编写好《中国传统村落立档调查田野手册》,赶在付印之前奔赴保定一带,打算走进两三古村,在村落的活体中,体验一下《手册》是否得用,还有什么欠缺。这些年做田野工作时懂得了任何自以为高明的学问与丰富的经验,在千姿百态的现实中总会露出贫乏;必需到生活里检验自己的工作的实效性。

保定这片燕赵的腹地,每个古村都是一本厚重的书。但过去这些书大都是"无字书",也很少去阅读它。这次要寻访的两个村子,一是清苑县的大汲店村,一是位于易县西陵的"守陵人的村子"——忠义村。没料到这一访,真是大有所获呢。

大 汲 店 村

大汲店在保定西南。未进村子,未见房舍,只是一片曲折又自然的水湾、河汊、闲舟、堤坡上横斜的垂柳,已感受到一种田园般的深幽。据说这条名为"白草沟"的河道远自商周就一直串通四方,一度可北抵天津。古时河道交通和运输的意义,堪比今天的高速公路。它带给大汲店人一段值得骄傲的悠久又繁华的历史。后来,由于各种变迁,河运已经不通,但村中一些老街犹存。本村一

有着百年以上历史的大汲店村戏台,曾是村落的文化中心。

位善画的村民,曾用类似《清明上河图》手卷的形式,凭着村民的集体记忆,细致地描绘出昔日各种舟车往来、贸易兴旺、各色商铺沿街并立的景象。当时还对传说中的一家名为"北铺"的店铺做何营计齐说不一;后来一位老人出来破解,他说当地口音"北"与"笔"同音,这个"北铺"其实是一家笔铺。一个村子里居然有专门卖笔的店面,可知其文化底蕴非同小可。

大汲店曾经寺庙很多。在古代,寺庙是人们安慰自我心灵、追求生活圆满与安稳的精神场所。村民喜欢吹拉弹唱,亦文亦武,民俗也很丰富。从如今依然矗立村中的高大的砖木戏台,可见昔日文化生活有声有色之一斑。我发现这座戏台和一座小小的观音堂都被细心地整修得很好。

村里的老书记在自己的岗位上已经干了三十多年。他兴致勃勃带领我去看村中一处处历史遗址、老树、历代古碑,这些珍贵的遗存被他们当作本村的"传家宝"保护着、爱惜着。还有一些年轻人正在自发整理大汲店村的历史文化。记得前几年一位日本学者对我说,他们的一些从村里去到城市读书上学的年轻人,假期回家,会主动帮助自己的故乡整理村史和文化遗产,并设法印成图书或文字资料。我听了很羡慕。然而,如今我们的年轻人也这么做了。他们送给我一本打印的《大汲店村俗志》,里边包括本村的姓氏、习俗、节日、民艺、民风、服饰和大量的民间文学,都是从民间搜集和调查到的。厚厚的一册拿在手中,心中深受感动。我们的年轻人已经真拿自己的文化当回事了。

老百姓的文化自觉才是最重要的、最根本的。

更使我眼睛一亮的是一座简朴的小院落——村民中心,两间小小展室展示着本村的历史与文化,一间干干净净的农家书屋藏书近万册;还有一个宽敞的房间四壁悬挂着花花绿绿的书画,这是喜好翰墨丹青的村民抒发情致的地方。看来这个古村的文脉没有断绝。它的根是活着的;对于所有生命来说,根都比花朵更重要。

我在小展室里看到一幅刻剪纸,刀法清劲又精到,一打听才知是本村农民的作品。约来一见,一位四十多岁的"大棚菜农",名叫刘志近。他的剪纸技艺来自奶奶的传授。奶奶高龄,活到一百零二岁时辞世;她生前擅长剪纸,每逢节庆便剪许多,分送亲朋和邻居去美化居舍,从不卖钱。刘志近从小受奶奶影响,痴迷于剪纸,多次自费去蔚县学习。农忙干活,农闲剪纸,剪了送人,也不卖钱。依然是乡村艺人的老传统,自娱自乐,或与人共享,这便是民间文化的原生态。

站在大汲店村的街心四下看看,这个经历了各种变迁的古村,物质遗存确实不多了,古老的面貌已不完整;但骨架犹存,环境依旧,尤其村落的精神传统仍在,元气犹然,人们热爱自己的家园及生活方式,愿意在这里和谐相处,生活得平静和踏实。他们对我骄傲地说,村中从未发生过丑恶的事情。他们为自己的家园自豪。

我们过去总把那种看上去古色古香、可观赏、可供旅游的村落视为传统村落(古村落),但保护传统村落,不是为了旅游者,而是为了世世代代住在那里的人,为了那里一种根性的文明的传承。单从物质遗存的层面上看,大汲店村可能够不上国家的传统村落的标准,但这一类的美好和文明的传统村落如何传承下去——这个问题已经进入我的思考。

忠 义 村

一个清代守护皇陵人的村落,随着清西陵于2000年列入世界文化遗产引来的旅游热,渐被人知。

早在乾隆初年,选址在永宁山下这片丰饶的风水宝地来建造皇帝的陵寝时,就由北京内务府派来一批官差人操办这一旷日持久的巨大工程。官差人都要携眷在这里定居,这个忠义村的前身便是当年办事营房,当时称作"泰妃园寝内务府"。这样,它的构造与其他村落都天生的不相同了。

村子周围是一道城墙式的围墙,砌墙的青砖都是乾隆年的老砖,不少砖上全有砖窑的戳记。由于最早来到这里的官差人多为满族正黄、镶黄、正白"上三旗",村内的街道象征性地规划为"上"字形。更有意味的是围墙只有两个出入大门,一朝南,一朝东。东门是正门,面向东边的皇陵。最早的房屋被称为"大东房"。北京的四合院坐北朝南,这里的"大东房"则一律坐西朝东,表示对安寝在皇陵中的帝王们的朝拜之意。这样的建筑天下惟一。

忠义村的历史丰富又独特。有的在史书中可以查到,有的保存在民间的口头中。在乾隆年间,这里发生一桩贪腐案件。由于官商勾结,侵吞银两,偷工减料,致使工期拖延,构造粗陋。大学士刘墉奉旨亲自到这里办案。此案牵涉到高官巨贾近百人,刘墉办得雷厉风行。革职、发配、处斩,严惩不贷;事后打制三道铜铡置于东班房,分别为龙头铡、虎头铡、狗头铡。龙头铡铡龙子龙孙,虎头铡铡文武大臣,狗头铡铡恶豪劣绅。以此警示世人。现在忠义村中还传为美谈。

最早住进忠义村的总共二十户人家,经过两百多年的繁衍,如今已一百一十户,四百余人。最初人们的主要职能是守陵,兼亦种地,自给自足。然而,经过清代王朝的衰败与灭亡,忠义村守陵的职能早已不复存在,村落文化出现中断;忠义村最早是个满族村,随着满汉通婚与民族认同,忠义村原有的文化个性随之消解。人们看不到自己特有的历史文化的价值。它渐渐成为一个隐没在山野间寂寞的小村了。

　　使忠义村出现重大转折的是本世纪初清西陵成为世界文化遗产。一下子,这个村子特有的与清西陵密切相关的历史和满族文化都成为旅游的亮点,给该村带来致富的机遇。很快,2002年忠义村就进入以旅游效益为目标的全面开发热潮。人们原先熟视无睹的民族民俗生活方式——民俗、民艺、烹饪——全成为旅游开发的资源。人们惊奇地发现自己说话的口音居然还是两百多年前的祖先从京城带来的北京腔。

　　然而,对于历史遗存在没有科学认识之前就急匆匆地开发,是致命的自我破坏。许许多多的"原生态"被扫出村子,代之以清一色的仿古新建筑。最具个性的建筑——坐西朝东的大东屋改做了坐北朝南的新屋新房,东南村口两对带乳钉的沉重的老门及其高门槛被视作妨碍旅游的不合用的旧物而拆掉,换成了仿古的红漆宫门。如今村中一间历史民居也见不到,刘墉办案那座老宅子也无迹可寻——那三道铜铡早在"文革"时就不见了;在街上惟一能见到的"历史见证",只有孤零零一个石质的井口和一个石碾,显然是陈列给旅客看的。至于已经列入国家非遗的民间舞蹈《摆字龙灯》,已成了单纯的旅游表演。由于缺乏支持,生存陷入困境。

　　为经济"搭台"的文化常常受制于经济,同时失去自身的价值与意义,最终会找不到自己。这个村的村支书反复说出他一句带着苦味的反思:"发展太快了不一定全是好事。"

当今这样的被粗鄙化的旅游开发改造得面目已非的村落很多,它们是否还应该进入国家保护之列?列入之后怎么保护与发展?每一村落都是一个个案,这恐怕是我们今后工作的最难的难点。

现在,首先要做的是在《手册》中,要求调查者把村落的现状调查清楚,准确地表述出来,也就是把问题提出来。只有提出问题,才好去想解决的良策。

2014.5.19

太行山的老村子

那年在开封办完事,决定去山西的长治平顺一带考察古村落;由开封到晋中有几条路可行,我决定取道豫北的新乡,穿越太行山,顺路看看山里边的老村子。早就听摄影家和画家告诉我,山中有许多古村其美如画。

然而,当我们驱车在那些层层叠叠的雄山险谷中蜿蜒穿行时,一路上所看到的山村给我的震撼却不是美,而是一种死寂般的苍凉。这些大大小小的山村或隐身于林木茂盛的山坳,或依傍于溪谷,或伫立在一块巨大的石崖上,看上去像宋人绘画里的景象,可是现在全已经空空如也,绝无人烟,有如鸟雀飞去后扔下的空巢,黑乎乎、轻飘飘挂在树顶上,狂风一来,即可散落。我在一两处空村前停车,下去看看。屋里屋外扔着石碾、轧刀、锄头、瓦缸、破木凳木桌……晾衣绳还拴在树上,老门闩扔在地上,陶瓶土罐堆在窗台上,碎石头堆砌的小神龛立在绝壁前,甚至还有一尊石刻的土地爷发呆地坐在里边。无疑,这里的人们离开了他们祖祖辈辈、靠山吃饭、艰辛生存的地方,欢欢喜喜寻找新生活去了。那么这些"空巢"呢?没人顾得上。据说只是在夏秋之交,会有零星的摄影家开着吉普,带点吃的用的上来,在这空无一人的山村里找间屋子住几天,晚上睡,白天去拍照,待过足了拍摄瘾,扔下村子开车走了。

这次太行之行,令我百感交集;既有为山里人跑出去奔往新生活的欣然,也有一种被遗弃、冷落的历史带来的伤感。

此次来到邢台的沙河开全国传统村落立档调查工作会议,听说这里也是太行山区,老村子也不少,有一些保存得相当不错,当地的人居然有心气儿想把自己的村子保护起来。这便勾起我数年前太行山之行的那些感触,寻得时间,一连看了好几个村子。

没想到沙河这里的老村子竟如此特别!它与我上次在山西那边看到的山村虽然同属太行,都是依山就势、就地取材,都是石板路石头房子;但沙河这边的民居这股子燕赵之地特有的豪迈和刚健,在三晋那边是看不到的。所有民居的墙体都是从山岩凿下的发红而粗粝的石块砌成的,石头的体积大似斗;所有的屋顶都是从叠层的山岩取下的巨大而光滑的石板铺成的,石板的面积宽如床。更看不到的是这里独自的历史给村庄方方面面带来的奇异的"特色"。

比方王硇村。传说它的创建者是一位王姓的四川人,五品武官,押运一批皇纲进京,途经这片几省交界、匪盗纵横之地,遭了劫,自家性命难保,便隐居山里生存繁衍,渐渐成了一个村子。为此,这个村子在建造上有很强的防御性。不仅每个道口都有一座可以瞭望的碉楼,家家户户还有暗道和地道相连。我爬到一处较高的民居屋顶上一看,层层叠叠,俨然一座坚固无比的石头山寨。而它最具神秘色彩的是每个院落的东南角都向内退进去一块地方,当地人称"有钱难买东南缺",据说由于他们的祖先在四川,东南方向正对着自己的家乡,他们以此表示怀祖与乡愁;彰显着本村一个独有的传统:对根的依恋,至今依然。一个村子有这样的传统,人情世态自然独异于他乡。

与村人聊聊而得知,近十多年中,沙河这些老村子的年轻人也多外出打工,村民老龄化严重。但最近两三年悄悄有了变化,人们开始重视自己村子的历史及其遗产;那些在老人记忆中原以为是"陈谷子烂芝麻"的老事,都成了可以获得许多"新发现"的有价值的矿藏。从抗战到解放战争这里一直是"革命老区"。由于这些村庄身处山地,隐蔽性强,加上自身构造的防御性,许多大人物如朱德、邓小平、刘伯承等都住过这里。这两年,人们把这些经历非凡的老院子老房子——县政府、独立营、交通站、抗日小学都收拾出来;人们还从自己家里翻腾出当年邓小平和刘伯承署名的立功牌匾,以及战时出入这些村子的路条,纷纷拿到一间小小的具有博物馆雏形的展室陈列出来;除去这些珍贵的"红色物件",还有老农具和老家什。虽然这里还没有开展旅游,但到假日和周末陆续已有游客慕名而来;在一两个院落里,已经有农家妇女做纺线织布的演示。传统生活的一幕被他们活生生地保持下来了。他们哪来的这样的意识?别以为今天的农民还是封闭的。他们天天看电视,还出去旅游,手机上网,对天下的事知道得愈来愈多;王硇村的老村长王现增说村里曾经组织几十个青年人到皖南的宏村西递开阔眼光,学习经验。你与他们聊天时会发现,他们都知道"古村落"这个词儿了。你说他们村是古村落,他们就会高兴。

我问他们将来是不是也想搞旅游。他们都说"想"。他们已经懂得自己独特的历史与民俗是一种"天赐"的旅游资源;旅游对文化的正面效应是使当地的人们认识到历史文化的价值是什么、在哪里,从而有利于文化的保护与传承。他们向我征询开展旅游时要注意什么。我给他们的建议很简单。一要干净卫生;二要全是真的,千万别造假;三是不要做大做强,别透支。村子还得是人们安居乐业的地方,是家园,不是景点。不能一切围着旅游转。一旦开展旅游,这个尺度可得"拿捏"好。

我对沙河这些村子还是很放心的。因为他们很爱自己的村子,有的村子已经编写和出版了自己的村史了。十年前全国也没有多少村子有村史呀。但今天的沙河人已经开始整理自己的历史和文化的财富了。在大坪村,村民们引着我去看他们的一座石头房子,这房子是借着一块巨大的岩石势头垒起来的,石屋与山岩浑然一体,坚实无比,显示他们先人的智慧。我拉着他们在这石屋前合影时,扭脸看着他们咧着嘴得意又自豪的笑。心想这笑里边不已有了一种"文化的自觉"了吗?老百姓的文化自觉才是村落保护最可靠和最根本的保证呵。

如果这种村民的自觉来得再早一些多好呢。上次在太行山里看到那些村子就不会全成了空巢,可是现在的"自觉"也不能说晚,我们还有不少优美和醇厚的古村正期待着他们主人的这种自觉呢。

2015.6.19

黄海边古渔村探访记

中国的古村落最大特征是多样性。中国农耕历史太过久远，各地的山水、民族、历史、物产、习俗、建筑、形态彼此不同，故而村落各具特色，个性鲜明。中华文化的灿烂正是由这种"文化的多样性"体现出来的。比如青岛，依山面海，人们世世代代和风浪与鱼虾打交道，自然风情独具。这次去青岛讲学，便一定要找时间去看看——尤其是雄崖所和青山村，当年它们被评为首批"国家传统村落"，我还参与过呢。当然，我更关心的是现在保护得如何，有没有难处？

甭说各地村落迥异，单是青岛这两个村子，就如同两个人，从面孔到性情也全然两样。

雄崖所虽是渔村，但看上去如同放在海边滩地上一块巨大的方砖，它曾经并非渔村，而是明代抗倭戍边之所，周围筑有高墙，四边各设一门，更像一座小小的城池。后来，由于海边的防务形势变了，军事的意义渐渐消失，军户的后裔们便以捕鱼为生，雄崖所渐渐演化为一个渔村。五六百年过去，虽然城墙不在，仅存两个孤零零的城门；但它整体的体态犹存，气息肃然；城中宜于行兵走马宽阔的十字大街，排列有序的里巷，兵营式样式划一的建筑，依然故我。由于临海风大，这里所有房子都是结结实实的平房，矮墩墩的,小门小窗,垒墙造屋所使用的多是就地取材、体量很大的石块。最令我感到新奇的是,朝海的北门外有半堵残存的照壁,也是用很粗粝坚硬的石块垒砌成的,没有任何修饰,又高又厚,面海而立。把如此高大坚实的照壁立在城门之外,是要为城门遮挡潮湿的海风,还是为了在城门外再设一道御敌的屏障——像瓮城那样?

我在城中的街边看到一块黑乎乎三阶的上马石。这块上马石显然不是寻常百姓家的,更不是渔民的。它形制古朴,应是明代屯兵之地的遗物。这些零落和有限物质遗存与它整体的气质联系一起,还是叫我们见识到古代黄海边城的历史形态。这样的边城在黄海边如今已是"孤本"了,所以我们把它选入了国家传统村落名录。

另一个入列首批国家名录的是青山村。这是黄海边一座典型的渔村,坐落在崂山入海的山坡上。背倚青山,面对碧海,依山就势盖屋,高低错落成村。有的房子干脆就立在土红色的礁石上。初建青山村的先人选址的眼光十分高明。整个村落如同舒舒服服坐在一张大椅子上。三面环山,"靠山吃山";一面朝海,"靠海吃海"。既捕捞,亦植种。一年四季既有海鲜可餐,也有新鲜的蔬果可吃,故而这个村子人烟稠密,到处晒着渔网,至今犹然;因而它的历史记忆多,人文遗存多,风俗也多。我向路上的老人打听这个村子的来历,老人立刻笑眯眯讲起乾隆刘墉与这个村相关的一个传说。在一位九十三岁林姓的老人家里看到堂屋迎面墙壁的正中,高悬一个卷起来的画轴,多边裹着透明的塑料布。老人说,这是他家的祖宗画像(豫北人称为"祖宗轴")。每到春节打开挂好,焚香敬祖,节后卷起来恭恭敬敬高悬墙上。这里边既含有本村一个悠远的风俗,也有本村的记忆。

在村里边处处可见它特有的习俗。比如门楣上的"福"字,不是贴一个,而是贴一双;再比如谁家娶来新娘,要在迎亲的路上所有拐角处的墙壁上都贴个"囍"字,井盖上还要糊上红纸,树干也要用红纸卷上,以驱邪迎祥,让人鲜活地感受到此地人们对美好生活的热望和民间的活力。虽然八十年代这里的民居多做翻新,将石屋换成水泥房,但民风民情的生命力依然旺盛,古村的魂儿活灵活现。这些精神性的村落文化正是我们保护的重点。

近年来,雄崖所和青山村被评为"国家传统村落",直接带来的变化是游人愈来愈多,渐渐使旅游服务业成为村落的支柱性产业。然而,令人高兴的是这两个村子没有为了把旅游"做大做强",到处"插彩旗、挂红灯、贴广告";没有做任何商业包装。其实,对于旅游来说,真正有持续魅力的正是它的原生态,就像青岛市区的八大关。

应该说,这种可喜的现状,来自当地政府的努力。在与这里最基层的村落干部交谈中,我发现,如今他们已经有了很清醒的文化自觉,这和十年前大不一样。比如,过去历史上我们的村落大多没有村史和村志。现在,雄崖所和青山村都已经为自己的村落建立相当完整的村志。通过建志他们对自己村落的历史文化家底已经一清二楚了。

与他们的交往中,还发现他们都在为自己的村落的保护心怀焦虑。比如青山村的村长最关心的是村落房屋过于拥挤,加上高低参差,排水系统难以建立。生活设施的现代化是保护古村的关键之一;再比如,雄崖所收到两笔来自不同政府系统资助的"资金"。其中,来自"传统村落保护"的资金,要求他们严格维护建筑立面的"原真性",而来自"美丽乡村"的资金,要求他们粉刷一新;

他们何去何从？

然而，这还都是眼下比较具体的问题，村干部们更焦虑的是，村里的人们并不真正知道自己村落的历史文化价值。比如老人们——世居于此，故土难离，但他们并没有"文化自觉"。什么是文化？自己的村子又破又老，住得不舒服，能有什么价值，他们弄不明白。他们受教育有限，你讲的话他们不明白，也解决不了他们的现实问题，如何使他们建立起这种"文化自觉和文化自信"？看来，如何对村民的文化宣传和教育应是传统村落保护的重要内容了，特别是要把这种工作做在年轻一代村民身上。在欧美和日本，一些到城市去上学的大学生有了文化眼光，会在假期回去帮助家乡整理珍贵的村落遗存，发扬家乡文化。日本人的"一村一品"就这么搞起来的。近几年，这样的情形在我国也开始出现，我曾在浙江、山西、河北、贵州等地看到一些年轻人，主动为自己家乡做历史文化的挖掘与整理，甚至建起本村小小的博物馆。虽然这还属于一些个案，但毕竟是个好苗头，令人兴奋。传统村落的保护不能只在政府和专家手里，不能只是村干部明白，更重要的是村民们自己来保护、弘扬、发展。促使老百姓爱护自己的文化，才是我们工作的根本。如果村民不当回事，搬到城镇去了，村子空了，谁也没办法。但是这个工作最难，谁去做呢？从哪里着手做呢？

从黄海边的古渔村，我带回来更多的，是和当地干部一样的忧虑。

2015.11.7

半浦村记

半浦在宁波江北,依江傍海,土沃草肥,人又勤快,是个古老的鱼米之乡,至今依然恬静地躺在这块土地上。由于历时久远,模样苍老了一些,但浙江的村子都很洁净。看上去像一个南方的老婆婆,满脸细细弯曲的皱纹,慈眉善目,一身干干净净的衣衫,鬓发梳得整齐,仪态安然地坐在那里。

村子不算大,一千多人。但外出打工营生的人很少,十之八九还住在村里,人气儿依然旺足,这在当今的村落不多见了。只是时下天已入冬,田里没农活了,在周边企业里干活的人又都去上班,村里很静,鲜见人影,只有鸡呀狗呀在街上溜达,雀儿们时不时落到街心找东西吃。

一入村口就看见一溜儿几个牌子,上边写着这个村子的历史、遗存、族姓、物产、风习,明显带着几分挺自豪的神气。半浦虽然没列入国家级村落保护名录,只是个市级的古村落,但半浦人却把自己看得很重。由于它东达上海、北接慈城、通江接海,舟车往来,历史上的半浦比现在要大,也更重要,够得上一个乡镇。能想到这个小村子里曾经有一个藏书楼,还有过一个规模不小的"半浦小学"吗?现在半浦小学的建筑还在,一幢灰砖黛瓦、素雅又宽敞、带木廊子的两层楼房,带着民国时期的风情,叫人想起柔石《二月》电影里那座教学楼。但如今历史过去了,人去楼空,还没派上用场。中国的村庄很少文字史,百年以上事物只要没有人再去念叨,往往就会失忆。失忆了就没用了——干脆扔了吗?

半浦人没这么做,他们紧紧抓住自己仅剩无多的历史遗存。他们知道只有这些残缺不整却实实在在的历史遗存可以见证他们的身份与来历。所以,他们将村中仅存的二十四座有价值的老建筑视作珍宝,比如:祠堂、庙宇、府第和几座经典性的江南民居。我跑到这些建筑里看看,有的已经修好,修得很精意,保持着原先的气质;有的还没有修,依然断壁残垣,却不去乱动,连昔时挂在门廊上挂食篮的木钩子,还原原本本吊在那里,历史留下的每个特殊的细节里不都包含着一个美妙的故事吗?

半浦人对自己村落的保护是小心翼翼的。历时久远的古村大多陈旧落寞,支离破败,半浦人的做法是分期分批地整理,先把精华修缮出来,再着手其他;即使精华也一座座地精修细做,不急不躁。因为他们把自己的村落遗存当作引以为荣的宝贝,不是当作向游人吆喝的景点,所以在这里看不到大拆大建的工地。走在村中,有一种家园般的亲和感,可以看到浙东村落独有的气质与生活。比方南方多雨,村中所有门窗的上方,都伸出一块薄薄的石板做檐,以遮雨水;由于空气的湿度大,被褥潮湿,白天拿到院外,沿墙搭在绳子上晾晒,晒干了,晚上盖在身上就会舒服。走在街上,从这些沿墙的、晒暖的、花花绿绿的被子前走过,会感到一种生活的柔软与温馨。在村口新建的文化礼堂里,我遇到几位中老年人正在自拉自唱,细一听是这里的家乡戏——越剧《情探·盟誓》;两位中年女子一青衣一小生,唱得投入;操琴的老音弦拉得更是起劲。于是,一种古村的情味油然而生。当然,时代新事物也正在渐

昔日的半浦小学教学楼

渐走进村中,比如现代的家庭设施、电子设备、交通工具等;在刚刚修好的半浦小学的楼前我见到一位女士,她来自一个民间的公益文化机构,正和村里商议,要利用这座空置的教学楼开办慈孝文化教育。因为宁波慈城是江南驰名的慈孝文化之乡,历史资源很深厚。我问她:会有多少孩子到这个村子里来参加活动?她说五万,这数字相当惊人,怎么会有这么多人?她说,他们面对的将是整个宁波地区的小学生,而且是纯义务的文化教育。他们想让新一代人能够继承中华民族这个优秀的传统,她希望我能在教育理念上和方式上给他们一些建议。

我听了很感动。心想,在半浦村这里所看到的不正是我们希望的古村落吗——

敬畏自身的历史与传统,不急不躁,量力而行,先把精华做好抓在手里,再步步为营地做下去。首先是环境洁净,有山有水。不仅有珍贵的遗存,还有鲜活的文化传承,更要有渐渐好起来的生活,有自己的特色与追求。这一切是从哪里来的,不是来自当地老百姓自己的"文化自觉"吗?如果老百姓明白了、自觉了,何愁保护与传承?那么我们的工作应当从哪里开始,做什么和怎么做,不是已经一目了然了吗?

一句话,到村子里去,唤起那里民众的文化自觉。

2015.12.11

中国最古老的村落在哪里？

我们在做古村落调查时常会想,中国现存最古老的村落是哪个、在哪里、什么时代的、距今多少年？

可是,村落一般是自然聚居而成的,没有具体的建村年代,而我国的村落又鲜有村史,无从可考,缺少实证,从何处知得哪个村落最古老？

然而,最近在浙东做村落考察时,我却意外地"发现"到最古老的村落,就在宁波的河姆渡。它形成于史前的新石器时代,距今七千年。我一连两次跑到那里,是为了看看最早的村落什么样子、会给我哪些启示。

当然,它不再是活态的村落,早已化为一片大文化的遗址,但从这里至今犹存大量的干栏式建筑的残骸,可以想见河姆渡人曾经在浙东这块湿润而舒缓的土地上所建造的村落风景;尽管岁月遥不可及,但从留在这片遗址中发掘到的极其丰富的遗物,完全可以触摸到我们祖先最初迷人的村落生活。

这感受真是奇妙无比！

那时,我们的先人的生活充满了凶险与艰辛,各种猛兽时时来袭,野象、四不像、鳄鱼、猛虎;还不时遭遇到各类可怕的自然灾害,雷电、大火、洪水、疾病;面对这些直逼生命的威胁,人是孤立无援的;没有任何抵御的武器,没有医药,只有一双手;然而无比顽强与智慧的河姆渡人,就凭自己的双手用身边大自然的石头、木头、泥土、苇草,以及兽骨、鱼骨、鸟骨来制作各种工具与器具,猎杀野兽,盖房造屋,获取食物,建立生活;而且在这里还做了一件伟大的事——将"野生稻"培植成了人工栽种的谷物。这可是中华民族历史进程中走出的极其伟大的一步!这一步,从居无定所的渔猎时代跨入了定居生活的农耕时代;从而将自己的生命及其情感与土地牢牢地扭结在一起。一种全新的生活创造开始了。

最早的农耕工具出现了,翻土的耒耜、点种的木棒、收割庄稼的镰、舂米的杵、盛粮的陶罐。当然,远不止这些——

令人惊讶的是河姆渡人非凡的才智和高度的技术能力;他们能把石锛打磨得像经过现代"机加工"那么细腻光滑,将骨针的针孔雕琢得又圆又小、草绳子编得又长又韧、箭镞和钻头造得锋利逼人。他们可是七十个世纪前的远古人呵!最叫人惊叹的,是他们发明了形制那么多样的榫卯与木构件,柱脚榫、梁头榫、燕尾榫、销钉榫等。直到现在我们的木工还在用这些种榫卯,那时可没有金属来破解木头和凿出榫孔呵。就凭着这些构件,他们在这片丰饶的土地上构筑起一座座坚固而巨大、可容三四十人居住和生活的干栏式建筑。尽管遗址保留的建筑残骸不是全部,但一个原始村落已经如画地呈现在我们眼前了。

我们的先人在这里过着群居式的集体生活。一边捕鱼猎兽,一边采集果实,一边耕种稻谷,而且开始驯养猪、牛、狗等家畜了。因此,他们能吃到大米和有荤有素的食物。村中一座木构的水井,是迄今为止发现最早的一口水井,说明他们竟然发现了地下水;这使他们有充足的水喝。水井的出现使他们的村落生活更加安定,

河姆渡远古人聚落遗址的景象

只有安定才能不断地积淀与建设。为此,河姆渡人便开始追求更高级的生活——精神生活。

细心观察就会发现,他们已经很讲究物品的造型了;单是煮食烧饭陶釜的式样就十分繁多与优美,上边还雕刻着各种好看的图案与可爱的形象。各种工具上的装饰更是花样纷繁,这都体现着他们对生活的情感。至于那些佩戴在他们自己身上的骨坠、石珠、玉管,则表明我们祖先的爱美之心。有一块线刻的象牙蝶形器,是河姆渡出土的极品,上面用精细和流畅的阴线,刻画着两只昂奋欲腾的鸟与一轮灼热的太阳,鲜活生动,激情洋溢,不仅叫我们看到先人的精神向往,其雕刻技艺之精湛,令人惊叹不已。更令我震撼的是几件小小的雕塑,一头陶猪,一条鱼,一只羊,还有人面;那种简洁、洗练、生动与传神,即使在今天,亦是艺术的杰作。

更美好的艺术也在这个村落里出现了——音乐。这里发现的吹奏器骨哨、打击乐器木鼓,以及单孔的陶埙,在告诉我们这个原始村落的生活曾经如何动人。他们是否还有动律优美的舞蹈呢?

从河姆渡这些大批遗物中,能够鲜明看出我们的先人的精神世界:对大自然的敬畏,对美的崇尚,对美好生活的热爱与向往。他们已经不是为了求生的本能活着。这种精神是村落核心与本质的精神。七千年来,它不一直是我们村落赖以衍存不败的精神定力和不断进取的内心的动力吗?

应该说,河姆渡的村落已经是较为成熟的原始村落。不仅规模可观,而且具备一整套生产与生活的村落体系,拥有相当程度的物质与精神的村落文明。对富足的追求,促使他们生产技术不断地创新与进步,他们已经能够制造最早的织机和漆器了。这样,在技能性专业上如制陶、盖屋、捕猎、耕作、编织必然有了分工;分工愈清楚就愈要求彼此有序地配合；如果没有相互的配合与协调，这么大型的干栏式怎么能盖得起来？于是在这个村落里，我们看到人类历史上一个重要的文明形态——社会的出现。从而使我们认识到，最古老村落既是人类生产生活最初的聚落，也是社会形成的基地、文明的发祥地。我们今天村落所有根本性的元素，河姆渡那时都已经有了，虽然那时还是我们中华民族的"孩提时代"。它告诉我们村落的本质与意义。因此我们说，村落是我们最早的家园，是扎在大地上最深和最关键的根。

我们今天已进入比较高度的现代文明，但如果没有先人的创造，特别是对村落的创造，就不会有今天。然而，对古村落留给我们更广泛和深邃的内涵，我们是否全都真正认识到了呢？

我们感谢河姆渡人！不仅因为他们创造了最早的村落，更由于它跨越七十个世纪，居然完整而神奇地保留至今。从而叫我们认识到村落的意义与价值，使我们敬畏与珍惜古村落。

在人类历史由农耕文明向工业文明转型的当代，我们保护好一些具有各类代表性的古村落，不正是为我们后代留下农耕历史的文明标本，让我们的后代对自己的文明永远有家可回吗？

2016.5.1

胡卜村的乡愁与创举

绍兴的胡卜村是个仪态万方的老村子。按照中国传统选址建村的风水观,这个村子的祖先可谓慧眼独具,选上了这块"风水宝地"。它背倚郁郁葱葱的七星峰,稳稳地坐在舒缓的山坡上,下临清澈又光亮的梅溪。村中有五六百户人家,都能有根有据说出自己村子一千年来厚厚实实的历史。这里一直保存着自己的村中名胜,胡姓家族的祠堂,优美的宅院,地方信仰的小庙,过街牌坊,还有滋有味地传承并享用着自己独有的习俗、民艺、小吃和传之久远的目连戏与越剧;村中一些参天的古木形姿如画,更叫他们引为自豪。按照国家"中国传统村落名录"的标准和要求,如此典型和遗存丰厚的浙东古村是应当提出申报的;如果被认定为传统村落,就会进入国家的保护范畴。但是它的"命"不好,已经被划入浙江正在兴建的大型工程钦寸水库的淹没区内。钦寸水库事关宁绍平原的防洪、灌溉、饮用水与发电,意义重大。为此,胡卜村必将从地图上抹去,这命运别无选择。可是,世世代代生活在这里的胡卜村人不情愿、不甘心。他们知道自己古村的价值,不能叫它葬身水底,怎么办?

一年多前就有人找我说,浙江绍兴建水库,有个老村子要淹,想请我写块碑刻在石头上,沉在水里,永志纪念。我听了,心一动,为这村子百姓的乡情而心动。后来又听说,百姓们想大家捐款,共同出力,把村子整体迁出库区,村民们竟然如此深爱自己的村庄,叫我颇受感动。可是原封不动地迁一个村子难度极大,这近乎浪漫的想法能实现吗?待到近日我要去慈溪参加传统村落保护的国际论坛,这村子有人得到消息,跑来找我,他们带来一个消息叫我大受震动,原来他们真的实现了自己的愿望,已经把整个胡卜村从库区迁出来了。他们想叫我过去看看,同他们一起研究如何重建。

在丘陵起伏的宁绍平原的一块高地上,我看到的已是拆散了的胡卜村。他们用铝板盖建了两座巨型的库房,进去一瞧,里边竟然堆满一个村落所有重要的遗存。从祠堂、庙宇、房屋宅院的所有构件,到农耕器具、交通工具和家具什物;只要是有特色、有特殊内涵、有记忆的,全都收集到这里。据说,他们在拆卸古建之前,全做了严格的测绘与标记,拆卸后整齐有序地摆放在仓库里,以备重建。至于他们日常生活那些花样百出的各类物品,如炊具、餐具、烟具、灯具、酒具、量具、文具、供具、玩具、雨具以及乐器、算盘、麻将、鸟笼、棋子、笸子、拐杖、针线、书本、衣物和鞋帽等更是一样不少,应有尽有。看得出,他们对自己的生活与家乡的珍爱与依恋,一样也不肯丢弃,还执意叫它们"活"在世上。

令我最震撼的是仓库外的大片空地上,浩浩荡荡摆满村中的石础石板、石磨石臼、老砖老瓦,单是水缸就有一两千个。胡卜村的古树是他们村子的"传家宝",全部迁了出来,树身上下扎满草绳,像一群腿壮腰圆、身高数丈的大汉立在那里,等待被安置在重建的古村中。这之中还有一屯屯黄土,一问方知,是村民从村中挖出的"故土",这才是"故土难离"呵!面对这一切,我心里一阵阵感动,我被胡卜村人如此真挚而深切的乡情感动。不是总有人问什么是乡愁,这不就是活生生、真切的乡愁吗?乡愁不就是我们的百姓对生养自己的故土故乡刻骨铭心的情感与爱恋吗?不就是家园真正的精神价值吗?现在,胡卜村人用自己的行动把它如此夺目地体现了出来。这真是一个非凡的壮举!一个世所罕见的创举!

后来进一步了解,知道这里边更多的故事。

在胡卜村人为自己的村子筹谋出路时,一位老人对本村在外办企业的一位人士说:"你有力量,这事你得管管。"这位人士在绍兴办一座科技含量颇高的现代化工医药企业,相当成功。他也深爱自己的故乡,愿意为家乡出力,慨然说:"这是我们共同的老家,我应当管。"

这个企业对如何办好这件事反复做了研究。他们知道,要把一个村子迁出去重建并不简单,首先要有土地,重建要另做规划和设计,建成后还要长期管理好。还有,胡卜村的村民作为库区移民,都要被安置到异地他乡。重建的古村不会再是原先生活的胡卜村,那它应该是什么形态?谁来保存?谁来做?他们认为,只有用企业行为来做这件事,把古村建成一个类似欧洲的"露天博物馆"(一称乡村博物馆):既是历史原真性的静态陈设,也含有一些活态的生活文化;既是本村本地区的百姓回来寻根问祖、寄托乡思之处,也是四方游人前来观赏一座原汁原味的千年古村之地。这样,一个遗存丰厚的千年古村不就保存下来了吗?他们把这个想法与地方政府一谈,得到支持,用地也确定了,就在现在仓库上边的山岗上。将来水库蓄满,这山岗会变成一个半岛,站在岛上可以俯瞰淹没胡卜村的水面。胡卜村的遗址将永沉水底,古村却神态依然地伫立在宁绍这块土地上。

在村民还缺乏文化自觉时,我们要启发他们这种自觉;当他们有了文化自觉,我们要帮助他们做好文化的事。

我对他们说,我们当然应该帮助你们好好琢磨一下这个露天博物馆怎样建。这可是严格意义上中国第一个露天博物馆,要做就做成一个地地道道的"范本",做成兼有很高旅游价值的历史文化精品,而不是粗糙的旅游景点。对得起胡卜村的历史,更不能辜负胡卜村民们如此深挚又美丽的乡情。

2016.5.17

武强屋顶秘藏古画版发掘记

一场三十年来罕见的冷风急雨,把我们这次田野抢救逼入困境。但我们没有退路。因为秘藏在一座老宅屋顶上的武强年画古版等待我们去发掘和鉴定。此刻,这批古版危机四伏,一些文物贩子正伺机把它搞到手。据说当地政府已经派人去看守这座废弃已久、空无人居的老宅,他们守得住么?这更促使我们尽快驰往武强。

缘　起

为了这批古版,一年里我已经第二次奔到武强。

去年(2002年)年底,在一次民间文化抢救座谈会上,偶从河北民协主席、民俗学者郑一民先生口中得知,武强某村一处民居的屋顶上藏着许多年画古版。但郑一民所知也只是这短短一个信息。此外一切空寥不闻,甚至连这村名也说不出来。对我却是一个极大极强的诱惑。这到底是怎样的村落与人家?秘藏古版是何缘故?现况如何?有多少块版?哪个年代的刻品?有无历时久远和精美珍罕的画版?一团美丽的猜想如同彩色的烟雾变幻无穷地盈满我的脑袋,朦朦胧胧又烁烁发光。在如今古画版几乎消泯于大地的时候，哪来的这么一大批宝贝？郑一民告诉我一个金子一般的消息。

春节前1月22日。我由内丘魏家村和南双流村考察神马后，旋即奔往武强。目标直奔这批神秘的古版。在武强，见到主持年画工作的县委副书记于彩凤和武强年画博物馆馆长郭书荣，便知这是他们按照中国民间文化遗产抢救工程的计划对武强年画进行拉网式普查时，由一位聘请而来名叫吴春沾的民间艺人在县城西南周家窝乡的旧城村发现的。据说这老宅的屋顶上整整铺了一层古版！但他们却像碰到一个薄如蝉翼的瓷碗，反倒不敢去碰一下。为什么？一是不知这房主到底是怎样一个人，会有怎样的想法与要求，弄不好"狮子大张口"怎么办？二是担心消息走漏出去，被那些无孔不入的文物贩子得了讯息，暗中下手把这些宝物"挖"走。我说我很想去看个究竟。郭书荣笑着说："你要去，就会把事闹大了，把文物贩子全招惹来了。"我笑道："我先忍下了。你们可要抓紧。一切都要秘密进行，千万别再透出风声。"说到此时，心里真有一种古洞探宝那种紧张兮兮之感，就像少年时读史蒂文生《宝岛》时的那种感觉。

我对武强人的文化责任是放心的。早在八十年代，他们便先觉地察觉到，农耕文明正在从田野大规模而悄无声息地撤退。他们动手为先人建起了一个很舒适又精美的殿堂——武强年画博物馆，以使退出历史舞台的年画永远安居于此。直到今天武强年画博物馆仍是国中规模最大、设备最为优良的专业的年画博物馆。所以，在和他们分手时，我没再提那古版，只是用手指一指头顶上，暗示屋顶——秘藏。这二位讲求实干的武强人辄用点头回答我。头点得很坚决。当然也为了叫我放心。

此后数月,尽管天南海北地奔波,心中却总觉得什么地方有块小磁石微微又有力地吸着我——就是这武强的古版。每逢此时,我便会抓起电话打给郑一民,探询情形,并请他快快了结此事,以免夜长梦多,节外生枝。我知道这位燕赵汉子的脾气急,做事风风火火,而且一定要有个圆满结局。然而在这件事上却似乎有点"障碍"。每次催他,他只是回答我:"快了。快了。"一直到8月蔚县召开的全国剪纸抢救专项工作会议上,郑一民才笑吟吟对我说:"房主已经同意献出这批古版了。再告诉你一个好消息,不是一间屋而是两间屋的屋顶上全是古版。这家人是武强一个年画世家。版子全是祖传的。等这个会一开完,我就去武强亲自把发掘一事敲定下来。"后来才知道,郑一民为此事已经由石家庄到武强往返跑了五六趟。我们中国民协这些人真是棒极了!

　　然而就在武强那边紧张地筹备古版发掘时,我在天津忽然接到杨柳青年画艺人霍庆有师傅的电话说,一个古董贩子悄悄告诉他河北武强有个人家的屋顶藏着许多老版,问他要不要。霍师傅是杨柳青仅存无多、传承有序的艺人,"勾、刻、印、画、裱"全能,而且比一些文化人还有文化眼光,多年来一直致力于古版的收集与收藏。他身边总有几个耳目灵通的古董贩子,给他通风报信。他说,贩子说了,只要他肯出钱,一准给他弄来。我一听便急了,赶紧给郑一民通电话。这才知道武强那边也听到古董贩子入村打探并频繁活动的讯息。当地政府也说话了,决不叫贩子们得手!正在派人将这幢老宅看守起来。看来这"抢救"真有"抢"的味道了。

现场发现的年画世家贾氏的"分家契约"

现 场 考 察

10月10日中午我们在雨中抵达武强。

吃几口饭填了填肚子便要去旧城村。一是心急,想尽快看看这个诱惑了我近一年的神秘莫测的老宅,同时见一见这户主动献版的年画世家,虽然郭书荣领导的武强年画普查小组已经对贾氏家族做了深入又详细的调查,但出于写作人的"职业习惯",我还是把实地感受作为第一位的。另一个原因是众多媒体,闻讯正由全国各地赶来。单是中央电视台就来了两个组,还有山东、湖南、河北以及香港凤凰电视台的记者及各地报纸的记者,都已人马俱到。按照计划将在明天(11日)上午发掘古版,我担心到了那时,人太多,看不到这老宅平时的真正模样,也无法发现未知而重要的细节,故此我要捷足先行。

随我同往的是此次同来的几位年轻人。有山东电视台著名民俗影像专家樊宇,天津日报文化记者、作家周凡恺,今晚报文化记者高丽以及两位助手。当地政府为我们准备一辆越野吉普车,以及每人一双又黑又亮的高筒胶靴。因为自清晨以来,小雨转为中雨,村路皆为土路,遇雨成泥。车子不能直接到达旧城村,至少还有几公里的泥路要靠步行。

果然,离开县城不远就没有柏油路了。开始路面还硬,但在拐进一条很窄的如同田埂的小路时,已经完全成了烂泥,凹洼处全是积水,而且雨还在不停地下着。驾车的司机原想尽可能往前开,接近村子,使我们少走一些泥路。但不久我们的车滑下路面,陷入松软的麦地;另一辆车干脆扎入沟中。大家换上胶靴,改为步行。我的麻烦是脚太大,靴子太小,至少短五公分,如同"三寸金莲"。一位同伴急中生智,叫我用装胶靴的塑料袋套在脚上。这样,我们走在烂泥路上,形同一伙乞丐,而且脚底极滑,左歪右晃,大家笑我,说我是"丐帮的首领"。然而人人都是顶风冒雨,湿衣贴身,湿发贴面,歪歪扭扭跋涉于泥水之中,哪个好看?于是,相互取笑,不知艰辛,渐近村庄。

远看旧城村,真是很美。这里原本是中古时期武强县城的所在地,后被洪水淹没,县城易地他处,此地遂被渐渐遗忘。由是而今,时隔太久,繁华褪尽,已退化为燕赵腹地一个人口稀少、毫无名气的小村庄。也许正是偏远冷僻之故,才更多地遗存着农耕时代原生态的文明。

小小的村落,稀疏又低矮的房舍,河水一般弯弯曲曲的村路,大半隐藏在浓密的枣树林中。枣儿多数已经变红,还没打落,艳红的小果挂满亮晶晶的雨珠,伸手就可以摘一个吃。

我想,倘若晴天里,这大片大片的枣林一定会更绿,阳光下的红枣个个都闪亮夺目,黄土的村路踩上去也必定既柔软又温馨。可是此时在雨里——它不是更美吗?在细密如织的雨幕后边,一切景物的轮廓都模糊了,颜色都淡化了,混成朦胧的一片。旧城村就像一幅水彩画。

我们的目标不难找,就在村口处。外表看有点奇怪,是一幢挺大的红砖房子,平顶,女儿墙砌成城堞状,形似城堡。房子并不老,机制的红砖经雨水冲刷,反倒像一座新建的砖房。但走进院门,却似进入另一个历史空间。一个长条小院,阴暗深郁,落叶满地,墙角扔着许多废弃的杂物,野生的枝条乱无头绪地从这些杂物的缝隙中奋力地蹿出来,形似放歌,有的长长的竟有小树那样高。房屋坐北，一排五间，中间是堂屋，两边东西两间，再靠边左右各一间小小的耳房。窗子做拱状，墙是老旧的灰砖，墙皮已风化和碱化，与外墙的红砖一比，一里一外一新一旧，截然不同。在院里看分明就是个老宅子了。这使我颇为诧异，为什么要在老房子外包一层新砖，伪装吗？为什么要伪装？那秘藏的画版就在这怪房子的屋顶上呀！

郭书荣馆长请来这房子的主人贾氏兄弟振川、振邦和振奇。经他们一说便知贾氏原是旧城村中传承很久的年画世家。从事年画至少六代。贾氏最辉煌的年代应是太祖父贾崇德时期。那时，贾家在本村和县城的南关都有作坊，店名叫作德兴画店，年产200万张，远销到山西榆次和陕西的凤翔。太祖的大业传至祖父贾董杰一代，便遭遇日本侵华和国家动乱的时代，贾氏年画发生由兴而衰的转折。待到贾董杰把家产分给自己的两个儿子贾增和与贾增起时，最珍贵的东西便是520块古版了。

年画的生命是印画的雕版。贾家人只印不刻，画版就是饭碗。故而，贾振邦对我说：画版养活了他家一代又一代人。

贾增起就用他从祖辈继承的260块木版，一直印到二十世纪五十年代。后来，随着世风的变迁、年画的衰微，他无奈地放弃了画业。然而放弃画业却不能放弃画版。他一生经过许多战乱，每逢战乱都把画版埋起来，设法保住。武强地势低洼，时有洪水袭击；遇到洪水来临，便把画版搬到高地上，昼夜看守。可是，自打贾增起不再印画，专事务农，这批画版的存放便成了问题。直到1963年，一次大水过后，家里翻盖房屋时，索性把这些画版藏在屋顶上。好像只有放在这个旁人不可能找到甚至想到的地方，才会感到安全。谁料正是藏在这绝密之处，这批古版才躲过了凶暴的

"文革"。全国各地的年画古版绝大部分都在"文革"中销毁的。有的画乡是把全乡上千块版堆起来一把火烧光。至今,武强年画博物馆中还保存着一块"文革"时人们被迫用菜刀削去凸线的画版呢——它刻骨铭心地记载着民间年画的劫难史!

为此,每当房子的外墙破裂出现问题时,贾增起决不拆房重建,他怕顶上的古版"露了馅",便想个主意,在老房子外边包了一层红色的机制新砖,索性把这座秘藏古版的灰砖老屋包在其中,隐蔽起来。在河北乡村,房子是忌讳内外两层,形似棺椁。但他宁愿犯忌,也要使古版安然无恙。

贾增起于1992年去世。此后,儿子们都搬到外边成家,这老宅院便无人居住,屋中堆满在漫长的生活中不断淘汰下来的杂物。待贾增起的儿子贾振邦打开房门,请我们走进去,一瞬间的感觉真像一个世纪前第一批探险者进入敦煌的藏经洞那样。几间屋中是那些随手堆在那里的破柜子呀、手推车呀、乱木头呀、小碟小碗呀、壶帽呀、木杆木棍呀,等等,全都蒙盖着很厚一层灰尘。郑一民说,他们前些天钻进这屋子时,蜘蛛网多得吓人,他们用了不少时间才把满屋的蜘蛛网挑去。但此时角落里还有一些蜘蛛网在我们手电筒的照射中闪闪发亮。

我最主要的目的是把秘藏屋顶上古版的状况弄明白。经贾氏三兄弟介绍,这一连五间的屋顶都是用胳膊粗的树干作为椽子架在梁上。树干是自然木,歪歪扭扭,很是生动。椽子上是一层苇席,苇席上是一层画版。据贾振邦说画版上是一层黄土,黄土上是一层砖,砖缝勾灰,以防雨水。

当年贾增起秘藏这批古版时是颇费心机的。他把古版放在屋顶下边,以使画版存藏安全;画版下的苇席,一为了遮掩,一为了透气。据说最早还用绵纸吊了一层顶子,现在吊顶已经脱落。在贾振邦的指点下,仰头而望,从一些残破的席子中真的看到藏在上边的几块古版的边边角角。有的发黑,却能看见版上雕刻的凹凸;有的则是红色或绿色的套版。这令我惊喜至极。一年来一直惦记的宝物就在眼前和头顶上。几乎是举手可得呢!

经查看,这五间屋中,中间的堂屋由于平时常有外人来串门,故顶上没有藏版。两边的东西两间及里边的左右耳房比较私密与安全,古版藏入其顶。用目测,东西两间各十平方米,耳房三平方米。倘若将画版铺平,应为二百至二百五十块!

除去画版,在堆积屋中的杂物里,还有两辆当年贾家先人外出卖画时使用的独轮手推车。这使我马上想到,武强人那首当年推车进京卖画时边走边唱的"顺口溜":

> 彭仪门,修得高,
> 大井小井卢沟桥,
> 卢沟桥,漫山坡,
> 过了窦店琉璃河,
> 琉璃河,一道沟,
> 十二连桥赵北口,
> 赵北口,往南走,
> 过了雄县是郑州,
> 郑州城,一堆土,
> 过了任丘河间府,
> 河间府,一条线,
> 过了商林是献县,
> 献县大道铺得平,

一直通到武强城。

心里一念这顺口溜,眼前的车子好像"吱吱呀呀"活了起来。

贾振邦说:"这辆车推活我们一代代人。后来父亲不印画了,就用这辆车去县城赶集、卖菜、换鸡蛋,供我们哥几个上学,念初中、高中。父亲说再苦再累也得供我们上学……"说到这里,凄然泪下。

其兄贾振川告诉我:"这车子左右两边,原来还有两根棍儿,已经掉了。上边各写一行字,即'远近迟迷逍遥过,进追游还遇道通'。每个字中都有一个'走'字。"

这两行字显然是武强人远出卖画时的心中之言。既有默默的企望,也有一种自由与潇洒;还有一种武强人特有的文字上的智慧,这在武强年画(如半字半画的对联)中表现得十分鲜明。

屋中另一件值得注意的是几件废弃的箱柜。柜子上的顶箱,里里外外全糊着花花绿绿的年画。细看都是"灯方"。显然,当年由于顶箱残破,就用印废的年画粘糊。这个细节,足使我从满屋七零八落的东西——这些历史的残片想象出昔时一个家庭式年画作坊的彩色图景。郭书荣说,前些天他们还从这柜子里发现一卷文书呢。待贾振邦拿来一看,颇是珍贵。三件文书一为买地契约,二为分家的契约。买地契约为咸丰元年(1851年);分家契约一件为民国六年(1917年),另一件被鼠咬,年代缺失。值得注意的是,这两件分家契约在提到画版时,都有一句话是"本画版只许使,不许卖"。

在传承的意义上,这句话很像宁波天一阁范氏家族的"代不分书"。表现武强人对画版的珍重。也说明画版在民间文化上具有重要的传承性。因而,守住画版是武强年画艺人们的一个坚定不移的传统。正由于这句话,这批顶上画版历尽凶险,保存到了今天!

从前一件文书(咸丰元年)看,立约一方为贾崇德。贾崇德的父亲贾行礼肯定生活在道光年间,如果还早——便是嘉庆。那么这顶上秘藏之版会有嘉道的古版吗?如果贾行礼一代手中还有来自他的先人更早的古版呢?此时,我对屋顶上的古版已充满神奇美妙的猜想了。

为此,在第二天发掘古版前的新闻发布会上,我说:"这顶上秘藏古版最大的悬念是有没有清初前三代的古版,倘若有,就是民间国宝。"

发　掘

10日晚,冷雨彻夜未停。我给京津的亲友们通了电话,方知数十年未遇的寒流正笼罩着我们这次田野抢救。

11日清晨。得知由京、津、鲁、楚等各地闻讯而来的专家与记者已有百余人。星夜里赶至武强的有著名民俗学者白庚胜和民间艺术专家、中央美术学院教授薄松年先生。薄松年先生的到来将使这次古版的鉴定更具权威性。但老先生早已年过七十,居然冒雨而来,令我感动。此时,雨未停,风又起。我拟建议发掘一事改期。但记者们的积极超出我的想象。《东方时空》、山东电视台以及凤凰电视台的记者们连早饭也未吃,揣些干粮在衣兜里,就扛着机器奔往旧城村。争取在大批发掘人员与记者们到达之前,占得最佳机位。

早饭时,我对薄松年教授说:"道路很滑,您不要去了。"

薄松年教授:"不,我一定去。搞田野调查怎么能不下去?"他很坚决。

我与郑一民和县政府有关人士经过紧急又短暂的讨论,决定按原计划今日上午发掘,下午鉴定。但要注意几点:

1. 要保证发掘出来的古版不遭受雨淋。

2. 每块版出土都要编号。

3. 确保现场所有人员的安全。

大队出发时,当地政府为大家又准备了一百双胶靴,竟无一剩余,可见人们对发掘过程的关切。

我因昨日去过现场,没有再去。而是去武强年画博物馆看馆藏的古版。我想更多地了解武强画版的题材种类、不同时代的风格,以及刻版的手法,好为下午的鉴定做相关的准备。

武强年画博物馆已经整理出来的古版有3788块,包括套版。其中二级文物40件、三级文物90件。在近期对年画产地拉网式的普查与抢救中,又获得一些古版,尚未清理出来。已整理好的古版均整齐地放在柜橱与书架上,只是还没有实行计算机的管理。武强年画博物馆的藏版数量在中国各个产地中应占首位。这表现武强年画资源的雄厚和他们对自己文化的珍重与经意。

在发掘现场那边,进行顺利。后来我通过樊宇的现场录像看到,发掘时首先除掉屋顶的砖层,砖块下边的一层黄土很厚,达三十多厘米。发掘人员除去土层,再用瓦刀小心而轻轻地将画版一块块从土里取出,有如发掘古墓中的随葬品。然后依次编号,装入事先备好的硬纸夹,再装入防雨的塑料袋中。

然而,遗憾的是,由于房子历时太久,顶上砖层的灰缝早已开裂,长年渗入的雨水或融化的雪水,浸湿了土层。武强的土是黏土，一旦渗入水分，很难散发。尽管当年贾增起藏版时将雕刻的一面朝下，但木版很怕水与土，故而背面大多朽坏，严重者糟烂不堪，面目全非。西边房内用纸吊顶棚，比较透气，尚有一些古版较完整地保存下来；东边房内的纸吊顶棚坏掉后，改用塑料吊顶，水汽闭塞在内，致使顶上藏版全部腐烂，无一幸存。这是事先全然不曾想到的。也是任何考古发掘都共有的一条规律：结果无法猜，只有打开看。至于这次发掘成果究竟如何，还要到下午的鉴定会上才能做出评估。

鉴　定

下午三时，在武强年画博物馆正门前的走廊上，摆放一条十多米长的巨型桌案。被发掘出的贾氏秘藏年画古版，整齐地平放在桌面上。总共52个硬纸夹，纸夹上有编号。内放画版155块。等待着专家们一一鉴定。记者们里三层外三层地围着，心情兴奋又焦迫，想看看这中间究竟有没有"宝物"。

参加鉴定的专家共七位。有薄松年（中央美术学院教授）、白庚胜（民俗学家）、郑一民（民俗学家）、郭书荣（武强年画专家）、张春峰（武强年画专家）、崔明杰（衡水市文化局专家）和我。

经过近一个小时对这批古版的反复观察、研究、比较，我大致得出以下的结论：

1. 旧城村贾氏秘藏的古版约为300块。由于东边藏版全部朽烂，损毁一半左右。

2. 已发掘出的古版155块。因朽坏而面目全非者占五分之三，套版占五分之一。线版占五分之一。由于武强画版多为窄条木板(宽约20厘米)榫接而成。一些线版,仅为半块。完整和较完整的线版为15块。

3. 此次发掘的古版,没有神马和神像,如最常见的"灶王"与"全神",一块版也没见到;没有"门神";没有武强年画中最具特色的"灯方"和"窗花"。在体裁上,多为四裁或三裁的"方子",也有少量的贡笺,因为这种贡笺的大版都是木板条拼成的,其中一些部分朽毁,故皆残缺不全。

此次发掘的古版在题材内容上颇为丰富。经过初步考辨,已知有娃娃戏、戏剧画、吉祥画、美人图和社会风俗画等。

4. 由于画版表面都有不同程度的浸损,很难从视觉上观察古版的年代。确认年代的依据主要是两条:一是画面的内容与风格;二是刻版的时代特点。经与专家们讨论,后又做了进一步研究,对较完整的15块线版做出初步鉴定:

序号	发掘时纸夹号码	画　名	体裁	鉴定年代	画店名称	备注
1	20	美人图	对幅	咸同	盛兴店	只有右幅
2	5	美人(富贵)	对幅	清末	复盛兴	只有左幅
3	36	乐鸽图	三裁	同光	盛兴画店	
4	28	钱能通神	三裁	咸同	盛兴店	
5	49	鹊报佳音	四裁	清末	东兴号	
6	8	三鱼争月	三裁	咸同	盛××	
7	6	万象更新	门画	同光	盛兴	右幅
8	10	猫蝶图	三裁	同光	盛兴画店	
9	13	盗芝草	四裁	清末	盛兴画店	局部有残
10	45	游西湖	贡笺	同光		只有一半

11	35	忠心保国	三裁	清末		
12	26	双官诰	三裁	清末	盛兴画店	
13	39	蝎子洞	四裁	同光	盛兴店	
14	22	指日高陞	三裁	民国癸丑(1913年)	盛兴画店	
15	44	合家出行图	四裁	民国		

我对这批古版总的评价是，数量颇大，在当前我国年画生态日渐势衰、遗存所剩无多的情况下，有如此大宗秘藏古版的面世，令人惊喜。遗憾的是，那时村人保护手段极其原始，故绝大部分都已受潮朽烂，损失惨重。然而，从幸存的较完好古版看，收获仍很可观。从三方面说：一是有的年画题材虽然曾有运用，但此次发掘的古版的画面绝大部分未曾谋面，故有版本（或称孤本）的价值。二是一些古版雕刻甚佳，刀刻线条，如同笔画，婉转自如，极富表现力，应为雕版中的精品。如《乐鸽图》和《万象更新》。三是在年代上，下限为民国初年，上限可至清代中期。如《美人》和《钱能通神》，形象古朴，刀法纯熟，刻线柔和又生动，再晚也是清代中期的刻品。另一幅《三鱼争月》，尤使我关注。就其"三鱼争头"的图像而言，在各地年画都未曾出现过。倒是在中古时代的壁画和侗族石刻中有此形象。此外，无论是构图还是构思，都具有嘉道或更早一些的特征。对这幅画我已在另一篇《古版〈三鱼争月〉考析》中详细道来。对这批发掘的古版的初步研究，也在《贾氏古版解读》一文中做了周到的阐述。

这次发掘古画版收获颇大。一方面，它将为武强年画乃至中国民间年画的遗存增添一份沉甸甸的财富。另一方面，也是使我更为感动的——则是来自全国各地的记者们，和我们一起跋涉于泥泞之中,顶风冒雨,绝无退缩。在"媒体指导生活"的时代,他们有此文化热忱与文化责任,乃是民间文化之幸事,也是我们所盼望的。因故,我建议武强年画博物馆将刚刚发掘出的古版,择选两三,刷印若干,赠予诸位专家与记者,作为纪念。同样受到了感动的郭书荣馆长立即应允,于是带着田野芬芳的古版年画便纷飞到众人手中。

此次田野作业可谓十足的艰辛。由武强返津路上,风雨大作。我们一行人分乘两部车,车身被狂风吹得摇晃——后来才知道河北沿海正遭受一次猛烈的风暴潮。偏偏行到中途,一部车子竟无端熄火,必须众人一齐推车助力,才能发动,但走不多远又熄火停车。于是大家一次次去推,个个浑身被冷雨浇透,鞋子灌成水篓。以致到了青县一家乡村饭店烤火与喝姜汤时还在冻得发抖。田野抢救真的这样艰辛么?

可是回到家中,打开从武强带回的《三鱼争月》一看,即刻满心欢喜。种种辛劳,一扫而空。

半年多来,武强顶上年画一事就此画了句号。然而,这仅仅是一个小小插曲而已。整个民间文化的田野抢救还处处都是问号呢。

2003.10.15

拜灯山

在燕北那些古村落里,我忽然感觉手腕上的表针停了。时间变得没有意义。历史在这里突变为现实。其实这并不奇怪,中国的现代化还只是神气十足地端坐在各省的一些大城市里,历史却躺在这些穷乡僻壤——尤其是各省交界的地方呼呼大睡。连数百年前那些为了防范"外夷侵扰"的土堡也依然如故。在中古时代多民族争战的燕北,每一座村庄外边都围着一道高高的土夯的墙,像是城墙,它历久益坚,尽管有的只剩下狼牙狗啃般的残片,却仍像石片一样站立着,在今天来看成了一种奇观。一些墙洞和豁口是图走近道的村人钻来钻去的地方。最坚固的是堡门,四四方方,秃头秃脑,好像碉堡,但早都没有了堡门。门上却清清楚楚写着村名和建堡年号。抬头一瞧往往吓一跳。有的竟是"康熙"甚至"嘉靖"和"洪武",已经三四百岁了。

堡内的历史似乎保存得更好一些。街区的格式还是最初的模样,老屋老宅只是有些"褪色"罢了;一些进深只有数尺的小庙,墙上的壁画有的竟是大明风范;那些神佛的故事画上,每个画面旁边都有一条写着说明文字的"榜书"。最令人神往的是,各个村口几乎全有一座戏台。据说半个世纪前,蔚县有戏台八百座,一律是木造彩绘,式样却无一雷同。数十年来不断地拆毁,遗存仍很可观。

只是放在那里无人理睬,任凭风吹雨淋日晒鸟儿筑巢,小孩儿爬上去蹲在里边拉泡屎。

可是这些戏台往往称得上是一座博物馆。戏台两侧的粉墙上,有残存的绘画,有闲人漫题,有泄私愤的骂人话,有当年戏班子随手写上去的上演的剧目,有的还有具体的纪年;甚至还有"文革"期间全村划分阶级成分的名单公告。它们之所以至今还保留在墙上,就是没人把它们当作是一种历史。而现在仍然没人把它当作历史。

在上苏庄村北端一座数丈高的土台上有一座三义庙。庙前的台阶陡直,可谓直上直下。殿前对联写着"三人三姓三结义,一君一臣一圣人"。北方乡间建"三义庙",多是为了从刘备、关羽和张飞三兄弟那里取一个"义"字,来维持人间关系的纯正。但上苏庄村的"三义庙",却多了另一层意义。站在庙门前,居高临下,俯视全堡,细心体会,渐渐就会破解出此堡布局的文化内涵。

据说当年建堡时,风水先生看中一条自东南朝西北走向的"龙脉",如果依此龙脉布局建村,可望兴旺发达。但这条龙脉不是直通南北,怎么办?从八卦五行上看,龙脉的"首"与"尾"都在"土位"上。这便要在"土"上好好做文章。由于火生土,就在南端建造一座灯山楼,敬奉火神,促其兴旺;可又担心火气过盛,招来火灾,于是又在北端建起这座三义庙来。因为相传刘备是压火水星,可以用来抑火。

这样,一个完美的村落就安排好了:堡内中间一条大道,由西北向东南,正是龙脉。南端是灯山楼,北端是三义庙;一火一水。火生土,水克火,相生相克,迎福驱邪。这使我们在不觉间碰到了中国文化中一个最本质的追求——平衡与和谐。

然而这一切,在上苏庄村特有的一个古俗中表现得更为深切。这古俗叫作拜灯山。

灯山是指灯山楼,就是堡南那个火神庙。拜灯山是敬祀火神。敬火神不新鲜,但这里敬神的方式可谓举世罕见。

本来拜灯山只是在每年正月灯节举行。此地的主人知道我们这些来蔚县参加"全国民间剪纸抢救专项工作会议"的人多是民间文化的学者,难得到这里来,便特意为我们演示此项古俗。

拜灯山的风俗分前后两部分。人们先要在灯山楼前举行奇特的敬神仪式,然后去到村口戏台前的广场上看戏听曲,载歌载舞,大事欢庆。

北官堡的灯山楼称得上天下奇观。说是神庙,其实只是一个神龛,灰砖砌成,高达三丈,龛内没有神像,空空的只有一个巨大的梯式的木架。一条条横木杠排得很密。这些木杠是拜灯山时放灯碗用的。平时没有灯碗,只有一个大木架。但绝没有小孩爬进去玩,因为这是神龛。

在拜灯山仪式举行的前一天,先由艺人按照一定的文字笔画在木架上摆灯碗,也就是用灯碗点状地组成特定的文字与花边图案。这些文字构成的吉祥话,是用来表达心中美好与崇高的愿望的。如:五谷丰登,四季平安等。灯碗是一种粗陶小碗,内置灯捻与麻油。灯楼内的文字年年不同,但艺人严守秘密,村人绝不知道,这也使拜灯山更具神秘性。

天色黑时,全堡百姓走出家门,穿过大街缓缓走向堡南的灯山楼。一路上,跨街挂着的方形纸灯都已点亮。上边饰着彩花彩带,灯笼上写着吉语。如风调雨顺、人畜两旺、国泰民安、和气生财等。美好的词句渲染着人们的心情。据说,一般挂灯十二盏,闰月十三盏,寓意月月平安。当人们聚到灯山楼前,已是一片漆黑,没人说话,全都立在一种庄重又肃静的气氛中默默等待。

  不多时,堡北高处三义庙的灯亮起来,如同启明星,很亮很白。跟着,堡内各处小庙燃灯烧香,神的气息笼罩人间,拜灯山的活动便开始了。三位艺人手持蜡烛,爬上楼内木梯,由上而下将木梯每一横木杆上的油灯点着。渐渐亮起来的灯火连接起来的笔画一点点、一个字一个字地显露出来。顺序而成是四个大字"天下太平"。四字形成,众人欢呼。艺人们将一道巨大的纱幕拉上,遮在外边,里边木梯的影子就被遮住,惟有灯光由内透出,朦朦胧胧,闪闪烁烁,亮亮晶晶,尤其风动纱帘时,灯光分外生动,仿佛有了生命,景象真是美妙至极!不多时,一阵锣鼓响起,由大街北边传来。随着敲锣打鼓,一群盛装艺人们鱼贯来到灯山楼前。主角是由孩子装扮的"灯官"——据说这孩子必得是"全科人儿"。他坐在"独杆轿"上,由四名扮成衙役的村汉抬着。还有一些身穿文武戏装的人物跟在后边。其中一男一女反穿皮衣,勾眉画脸,扮成丑角,分外抢眼。这一行人走到灯楼前,列队,设案,焚香,作揖,施叩礼,敬拜火神,其态甚虔。我暗中观察四周的村民,没有一个笑嘻嘻的,更没人说话,全是一脸的郑重和至诚。在这种气氛里自然会感受到火神的存在。

  有人连着吆喝三声:"拜灯山喽!"声音是本地的乡音。

  跟着鞭炮响起。据说燃放鞭炮,一为了助兴;一为了通知村口戏台那边,表示这边的拜灯山仪式已经完毕,那边的大戏即将开锣。

灯官一行转过身来,经来路返回。随行的戏人开始戏耍起来,刚才那种虔敬与神秘的气氛转为火爆。渐渐地那穿装怪诞的一男一女两个丑角成了主角。

村人们都知道这男的叫"老王八",女的叫"老妈子"。他们演的是"王八戏妈子"。但一般人说不清楚为什么王八要戏耍妈子。与我同来的民间文化的学者也无一能够说得明白。中国的民间文化从来都是这样——我们不知道的远比知道的多。

倘若听当地老人说一说,这两个人物的来历非同小可。他们竟是神话时代的北方之神玄武与玄武的妻子。

玄武在道教中主管北方,所以北方百姓对玄武尤其崇敬。然而,在中国的民间,人们对自己的敬畏者并不是远远避开,而总是尽量亲近,与之打成一片。敬畏龙王又戏龙舞龙,惧怕老虎却反而将虎帽虎鞋穿戴在孩儿身上。由于传说中玄武是龟蛇合体,民间称乌龟为王八,故戏称玄武为"老王八"。而"老妈子"是此地人对老婆的俗称。这样一来,神与人便亲密起来。人们把老王八的脸画成一个龟面;头上竖一根珠簪,舞动时,珠簪乱颤,好似蛇的芯子;脖子上还戴一串铃铛,一边跑一边哗哗地响。"老妈子"的脸被画成鸟面,头顶红辣椒,手挥大扫帚,两人相互追逐,滑稽万状,尤其到了十字街口供奉火神的灯杆下,有一番激烈的扑打,最后老王八将老妈子拥倒在地,引得人们哈哈大笑。据一位老人说,这不是一般打逗,是表示玄武夫妻在交媾。传说中玄武与妻子生殖能力极强,此中便有了多子多福的寓意,分明是一种原始的生殖崇拜了。对于远古的人,生殖就是生命力;生殖本身就是最强大的辟邪。它正是这一古俗里久远与深刻的精髓。在这些看似戏闹的民俗里,潜在着多少古文化的基因呢?

老王八扑倒老妈子之后,这边的活动即告结束。此时,不远的村口锣鼓唢呐已经大作起来。那边欢庆的气氛与这边快乐的情绪如同两河汇流,顷刻融在一起。大批的人拥向村口戏台。

据说,身后的灯山楼那边,会有一些不孕女子偷油灯,拿回去摆在自家供桌上,传说可以早日得子;还有人举着娃娃去爬灯杆,寓意升高……据说,先前蔚县一带不少村庄都有拜灯山的风俗,但大都废而不存。衍传至今的独独只有上苏庄村。对于拜灯山,我所看重的不只是这种具有神秘感的风俗形式,更是其中那种对命运和大自然的虔敬,和谐的精神,还有亘古不变的执着与沉静。

2004.1.10

打 树 花

　　一直来到暖泉镇北官堡的堡门前,也不清楚堡外民居的布局。反正我是顺着人流、沿着一条九曲十八弯的小街挤进来的。小街上没有灯,到处是乱哄哄来回攒动的人影,嘈杂的声音淹没一切,要想和身边的人说话,使多大的劲喊也是白喊。但这嘈杂声里分明混着一种强烈的兴奋的情绪。有时还能听到一声带着被刺激得高兴的尖叫。这种声音有个尖儿,蹿入夜间黑色的空气里。

　　北官堡的堡门像个城门。一个村子怎么能有这么大的土城?至少三四丈高的土夯包砖的"城墙"上竟然还有一个檐角高高翘起的门楼子。门前是个小广场。站在城门正对面,目光穿过门洞是一排红灯,前大后小,一直向里边向深处伸延。显然那是堡内的一条大街。这一条街可就显出北官堡非凡的家世与昨天。但这家世还有几人知道?

　　门前广场上临时拉了一些电灯,将堡门下半截依稀照见,上半截和高高在上的门楼混在如墨的夜色里。一个正在熔化铁水的大炉子起劲地烧着。鼓风机使炉顶和炉门不停地吐着几尺长夺目的火舌。这火舌还在每个人眼睛里灼灼发亮,人们——当然包括我,都是来争看此地一道奇俗:打树花。我于此奇俗,闻所未闻;只知道此地百姓年年正月十六闹灯节,都要演一两场"打树花"。

打树花

当几个虎背熊腰的大汉走上来,人们沸腾了。这便是打树花的汉子。他们的服装有些奇异,头扣草帽,身穿老羊皮袄,毛面朝外,腰扎粗绳,脚遮布帘,走起来又笨重又威风,好像古代的勇士上阵。这时候,人群中便有人呼喊他们一个个人的名字。能够打树花的汉子都是本地的英雄好汉。不久人声便静下来。一张小八仙桌摆在炉前,桌上放粗陶小碗,内盛粗沙,插上三炷香。还有几大碟,三个馍馍三碗菜,好汉们上来点香,烧黄纸,按年岁长幼排列趴下磕头。围观人群了无声息。这是祭炉的仪式。在民间,举行风俗,绝非玩玩乐乐,皆以虔诚的心为之待之。

仪式过后,撤去供案,开炉放铁水。照眼的铁水倾入一个方形的火砖煲中。铁水盛满,便被两个大汉快速抬到广场中央。同时拿上来一个大铁桶,水里泡放着十几个长柄勺子,先是其中一个大汉走上去从铁桶中拿起一个勺子,走到火红的铁水前,弯腰一舀,跟着甩腰抡臂,满满一勺明亮的铁水泼在城墙上。就在这一瞬,好似天崩地裂,现出任何地方都不会见到的极其灿烂的奇观!金红的铁水泼击墙面,四外飞溅,就像整个城墙被炸开那样,整个堡门连同上边的门楼子都被照亮。由于铁硬墙坚,铁花飞得又高又远,铺天盖地,然后如同细密的光雨闪闪烁烁由天而降。可是不等这光雨落下,打树花的大汉又把第二勺铁水泼上去。一片冲天的火炮轰上去,一片漫天的光雨落下来,接续不断;每个大汉泼七八下后走下去,跟着另一位大汉上阵来。每个汉子的经验和功夫不同,手法上各有绝招,又互不示弱,渐渐就较上劲儿了。只要一较劲儿,打树花就更好看了。众人眼尖,不久就看出一位年纪大的汉子,身材短粗敦实,泼铁水时腰板像硬橡胶,一舀一舀泼起来又快又猛又有韵律,铁水泼得高,散的面广,而且正好绕过城门洞;铁花

111

升腾时如在头上张开一棵辉煌又奇幻的大树。每每泼完铁水走下来时,身后边的光雨哗哗地落着,映衬着他一条粗健的黑影,好像枪林弹雨中一个无畏的勇士。他的装束也有特色。别人头上的草帽都是有檐的,为了防止铁水崩在脸上,惟有他戴的是一顶无檐的小毡帽,更显出他的勇气。

据当地的主人说,这汉子是北官堡中打树花的"武状元"。今年六十一岁,名叫王全,平日在内蒙古打工,年年回来过年时,都要在灯节里给乡亲们演一场打树花。

正像所有民俗一样,打树花源于何时谁也不知。只知道世界上唯有中国有,中国唯有在蔚县暖泉镇北官堡才能见到。除去燕赵之地,哪儿的人还能如此豪情万丈!

此地处在中原与北部草原的要冲,过往的行旅频繁,战事也忙,那种制造犁铧、打刀制枪、打马蹄铁的"生铁坑"(翻砂作坊)也就分外的多。人们在灌铁水翻砂时,弄不好铁水洒在地面,就会火花飞溅,这是铁匠们都知道的事。逢到过年,有钱的人放炮,没钱的铁匠便把炉里的铁水泼在墙上,用五光十色的铁花表达心中的生活梦想,这便是打树花的开始。当然,关于打树花的肇始还有一些有名有姓、有声有色的传说呢。

民俗的形成总是经过漫长岁月的酿造。比如最初打树花用的只是铁水一种,后来发现铁水的"花"是红色的、铜水的"花"是绿色的、铝水的"花"是白色的,渐渐就在炉中放些铜,又放些铝,打起的树花便五彩缤纷,愈来愈美丽;再比如他们使用的勺子是柳木的。民间说柳木生在河边,属阴,天性避火。但硬拿柳木去舀铁水也不行,这铁水温高一千三百度呢。人们便把柳木勺子泡在水桶里,通常要泡上一天一夜,而且打树花时每个汉子拿它用上七八

打树花

下,就得赶紧再放在水桶里浸泡。多用几下就会烧着。湿柳木勺子的最大好处是,铁水在里边滑溜溜,不像铁水,好像是油,不单省力气,而且得劲儿,可以泼得又高又远。

铁水落下来,闪过光亮,很快冷却。打树花的过程中,常常会有一块两块小铁粒落在人群里,轻轻砸在人们的肩上,甚至脸上,人们总是报之一笑,好像沾到福气,我还把落到我身上的一小块黑灰的铁粘放在衣兜里,带回去做纪念呢。

有人说,蔚县的打树花至少有三百年。不管它多少年了,如今每逢正月十六——也就是春节最后的一天,这里的人们都上街吃呀,乐呀,竖灯杆呀,耍高跷呀,看灯影戏呀,闹得半夜,最后总有一场漫天缤纷的打树花;让去岁的兴致在这里结束,让新一年的兴致在这里开始。

中国人过灯节的风俗成百上千,河北蔚县暖泉镇北官堡的打树花却独一无二。

2004.1.10

王 老 赏

我最初知道王老赏是四十年前。他刻刀下的那些活灵灵的戏剧人物被精印在硬纸片上,装在一个银灰色的纸盒里,让我着迷。我喜欢他那种朴拙中的灵动,还有古雅中的乡土气味。王老赏是较早地登堂入室的一位民间艺人。尽管蔚县剪纸发轫于清代末叶,但王老赏使那一方水土生出的剪纸艺术,受到世人的钦慕。

然而,当我去造访蔚县这块神奇土地时,就不只是去探寻王老赏的遗踪了,我还要了解这个闻名天下的剪纸之乡如今"活"得如何?怎么"活法"?

一入县城,一种商业化的剪纸的气氛就扑面而来。各种剪纸的广告、专门店,以及图像随处可见。

当今,各地方都在用自己的地域文化"打造品牌",营造声势,建厂开店,拿它赚钱。这里也是一样,连王老赏的故乡南张庄也在村口竖一块巨型广告牌,写着"中国剪纸第一村"。

这种景象,比起陕西窑洞里那些盘腿坐在炕上的剪花娘子,在阳光明媚的斜射中,弯弯的眼角含着笑,用剪布裁衣的大铁剪子随手剪出一个个活蹦乱跳的生灵,完全是两种感觉。

可是进一层观察,整个蔚县剪纸已经进入了另一种存在的形态。

首先是此地的剪纸已经进入规模生产。从县城里国营的剪纸厂到南张庄那里一家一户家庭式的作坊，雇用着少则三五人、多则数十人的剪纸工，从熏样、打纸闷压、刻制到染色，分工进行流畅而有序的流水作业。每个作坊的主人都是剪纸艺人，他们主要的工作不再是制作而是设计和营销了。原先，剪纸的忙季多为秋收后转入农闲的日子，现在则是一年四季天天如此，因为他们多是依靠各地工艺品批发商包括外商的订单来制作。

当今，蔚县境内有16个乡镇的96个村庄从事剪纸。剪纸专业村28个，家庭式剪纸作坊1100户，艺人2万余人。年产剪纸300万套，年收入3000万元。在中国许多地方剪纸艺术如入秋后的山间野树，日渐衰颓和凋零，蔚县所展示的不是一个奇迹吗？

蔚县剪纸的奇迹与它独特的艺术魅力有关。各地剪纸普遍以单一的红纸为材料，这便使得用彩色点染的蔚县剪纸独领风骚。它使用阴刻，正是为了那些大块的纸面易于着色。它在色彩上直接吸收了木版年画成熟的审美经验，遂使这种艳丽五彩、强烈夺目的民间小品成为了中国文化一个典型的符号，并走向海外。如今蔚县剪纸已经不只是年节应用的窗花，它广泛地成为美化家居的饰品、馈赠友人的礼品和艺术欣赏品，融入现代人的生活。

能适应这种转变的，是因为蔚县剪纸还有一个优势——它是"刻"纸，不是"剪"纸。

中国剪纸有剪刻之分。剪纸用剪子来剪，刻纸用刻刀来刻。剪纸一次只能剪一张，刻纸一次能刻许多张，多至十几张甚至几十张，成品能够一模一样。剪纸比较随意，富于灵性，线条生动，朴实粗犷；刻纸必需按照画稿雕刻，容易刻版，但可以达到极其繁复和精细的境地。这也是刻纸与生俱来的优点。它使刻纸便于成批生产，满足现代市场大批量的需求。

进入了当代商品市场的蔚县剪纸,一边在复制传统的经典,如戏剧人物和脸谱;一边创新。新题材大量涌入。当代工艺美术在题材上的新潮流是彼此照搬,互通有无。如果刺绣去绣《清明上河图》,雕刻也雕,烙画也烙,剪纸也剪;如果雕刻去雕《九龙壁》,烙画也烙,刺绣也绣,剪纸也剪。于是圣诞老人、世界名都、各国总统、卡通人物,全进了剪纸。剪纸题材的开拓,原本无可厚非,尤其民间艺术是一种应用艺术,有市场就存活,没有市场就死亡。但在历史上,各个地域的民间文化都是在相互隔绝的状态下独立完成的,地域的独特性是它的本质。而民间文化与精英文化最本质的区别是,精英文化是个性的文化,是张扬艺术家本人个性的;民间的文化则是共性的文化,只有那个地域的人都认同了这种审美形态,它才能够生成与存在。但是,当在它进入当代商品市场之后,就要适应广泛的口味。地域性向世界性转化。随之便是原有的个性魅力的弱化与消损。

民间艺术中最重要的内涵是地域精神和生活情感。当民间艺术成为商品后,它原发的生活情感就消失了;招徕主顾成了它主要的目的。于是加金添银,崇尚精细,追求繁缛,叫人感到它们在向买主招手吆喝,挤眉弄眼,失却了往日的纯朴与率真,这也是我在当今蔚县的一些剪纸商店里感受到的。

当然,我也看到令人欣然的另一面。

那是在南张庄,一座极其普通的民居小院,简朴的小门楼的瓦檐下挂着一块黑漆金字的横匾,上边写着"民间剪纸大师王老赏故居"。我带着一种遥远而亲切的情感走进去。虽然这里的住家早已不是王家后裔;由于事隔至少五十年(王老赏于1951年故去,享年61岁),几乎没有王老赏的遗物,但这小院却真切地保存着王老赏昔时的生活空间。瓦屋、砖墙、土地、老树、马棚、柴房……看上去都不平凡。任何故居都有一种神圣感,因为先人生活乃至生命的气息——村人称作"仙气",总是微微发光地散布在这里的一切事物里。使凡世景象化为神奇。

我忽然想,在中国,哪里还会把一位民间艺人的故居挂起牌子,原生态地保存着?天津的泥人张和北京的的面人汤——恐怕全被那些拔地而起"穿洋装"的高楼大厦踢得无影无踪了吧。

蔚县剪纸的真正希望,还是在于他们把自己的民间艺术当回事。他们有一些民间文化的学者,长期从事这一宗地域文化遗产的调查、收集、整理,并已经出版一些颇具水准的图文专著,并一次次召开剪纸艺术的研讨会。有了这般学术保证,遗存就不会被轻易地随风散失。他们的文化眼光比一些大城市还要深远呢。

同时,逢到春节,此地贴窗花的习俗依然强盛。蔚县的传统根基很深,单是在不同形式上窗格上排列窗花的方阵,就深受周易八卦、天干地支和二十八宿的影响。此地学者在这方面有很精到的研究。看来,真正使民间文化的生态得到保护,还是要靠民俗生活的存在。

一边是传统犹存,一边是商品市场在加速膨胀,蔚县剪纸正在由农耕文化形态向现代的商品形态转化。他们将何去何从?从商品市场上看,民间文化在悄悄地变异,形存实亡;从文化生态上看,农耕文明正在日益衰竭。虽然蔚县剪纸风光尚好,也只不过由于天远地偏,真正意义的现代化大潮尚未来到罢了。他们感到这种远在千里又近在眼前的危机了吗?谁来帮助和提醒他们?

2004.1.10

探访缸鱼

前两日,杨柳青镇玉成号年画庄的霍庆有师傅风风火火打电话来,急着把一个好消息当作礼物一般送给我。他说他访到一位画缸鱼的乡间艺人,就在张窝附近。他的大嗓门在话筒里叫得很响:"他现在就在家里画呢!那样子就和老年间画年画一个样。满床满地满屋子全是'缸鱼'。老冯,快去看吧,诚好看啦!别处再看不着啦!"

我一听,人在家中,心儿却一下子飞到津西天寒地冻的乡间!

近十年,我在津西一带年俗的考察中,年年腊月都会在集市上看到这种艳丽夺目的年画——"缸鱼"。蓝绿的底子上,一条肥头大尾的大红鲤鱼游弋其中。绿叶粉莲,衬托左右。四个大字"连(莲)年有余(鱼)"印在上边。那股子喜庆劲儿、活泼气儿,讨人欢喜的傻头傻脑的样子,特别惹眼。别看摆在人山人海集市的地摊上,打老远一眼就能瞧见它。但它是谁画的呢?这种画只是用一块线版印墨线,没有套版套色,所有颜色都是手绘的。但它们的着色很大气,下笔大胆、粗犷、厚重、果断、痛快。这些浓墨重彩的乡间艺人身在何处?我问过一些卖画的小贩,回答都很含糊,或者推说不知,或者说得不着边际。于是,年年我从静海、独流、杨柳青一带的乡村集市回来,都会买几张缸鱼,连同对这些无名艺人的敬仰与迷惘,一同收藏了起来。

我一直心存着寻找他们的渴望!因为传统的农耕文明在飞快地瓦解,生活方式发生骤变,水缸正被自来水代替。缸鱼都是贴在水缸上边墙壁上的。现在家中什么地方还能贴一张缸鱼?毫无疑问,这些画缸鱼的人无疑是最后一代乡间艺人了。

玉成号的霍师傅是我的好友,也是我的知音。他不单对年画起稿、刻印、手绘无不精通,还有难能可贵的文化眼光,经常急急渴渴地跑到乡镇各处,去收寻寥落无多的年画遗产。他可远比一些泡在书斋里的文人们更深切地珍惜自己的文化!去年,他还向我介绍一位能够手绘五大仙的老者。这老者住在方庄。手绘的水准应是一流。我相信当今能够手绘五大仙,不会再有第二位了。

转天我们把车子开得飞快,到杨柳青接上霍师傅便出镇向西。过了方庄、张窝、古佛寺,东拐西拐,纵入一片乡野。待车窗外出现茫茫的褐色的土地、横斜着冻僵的柳条、白晃晃的冰河,还有歪歪扭扭、没有人影的乡间小路。我心里高兴起来。我知道,只有在这大地深处,才能见到最原始又是活态的民间年画了!

车子驶入一个安静的小村。村口立着一块水泥碑,上边三个描红的刻字:"宫庄子"。远远就见一个人站在街口。霍师傅说,就是他,他叫王学勤。

这位画缸鱼的王学勤,瘦长而硬朗,布满皱痕的脸红得好看;一身薄棉衣穿得大大咧咧,透着些灵气。他见面便说:"您六七年前来过,那时我出门在外没见着。"我却怎么也想不起这回事来。近十年我跑遍津西一带,察访乡间艺人,结果大多是扑空。故而,常常觉得在现代大潮的驱赶中,农耕历史离去的步履太快太快,快得我们追也追赶不上……

在董庄子集市上找到了画缸鱼的王学勤,他正在摆摊出售自己画的画儿。

一个小小院落，一排朝东四间小屋，三间住人，一间黑乎乎，似是堆着杂物。低头钻进一看，花花绿绿，竟然是贴了满墙的缸鱼。两尺多长的金鳞红鲤摆着宽宽的尾巴，笨拙又有力，由里向外沿墙游动。直把身边的荷叶荷花挤得来回摇摆。我很激动。因为我终于看到了数百年来杨柳青年画的乡间艺人——也就是农民究竟怎么作画！他们的炕桌上堆满大大小小各种色碗色罐。里边五彩缤纷全是颜料。他们使用的是品色。品色极鲜顶艳，强烈而刺激，别看这些碗罐全都粘满厚厚的尘土，但涂到了画上，那色彩却能冲入你的眼睛。不信，你把这缸鱼拿回家，在屋里随便什么地方一挂，保证你屋里别的什么东西也都瞧不见，抢入眼帘的只有这大红大绿大黄大粉再加金的缸鱼！

杨柳青人画年画是流水作业。他们贴墙装着一排排窗扇似的活动画板，把画纸贴在板子的两面。等画完这前后两面，便掀过这扇画板，画下一扇。这样既节省地方，又便于流水式的一道道地上色。王学勤说他这缸鱼，总共要上十二道颜色。每一次画五十张。先前一天一夜就能画完这五十张。现在却得画三天。他已经六十六岁了！

真不像！这并不是客气话。这缘故是他一直还在地里干活。农忙种地，农闲作画。乡间的民间艺人自古如此。而且这些手艺全都是代代相传。他说，他上边五代人都善画。他们这宫庄子，还有附近的阎家庄、小甸子等一些小村，不像张窝和炒米店，没有常年的专业性质的年画作坊，纯属农家的副业，一撂下锄头就拿画笔，活儿紧的时候，全家人都上手，画的大多是粗路活，或是从杨柳青镇一些画庄里领活。他听爷爷说过，他们王家还给杨柳青镇上玉成号霍师傅家画过活呢！这话说得霍师傅咧开大嘴得意地笑了。当年的玉成号可是个做年画的大字号。

如今,世风的嬗变,年画消隐了。镇上只剩下玉成号一家。年画从年俗中渐渐退身出来,已经成了一种独具特色的传统工艺。在乡间,实用性民间木版年画只剩下缸鱼和灶王几种。王学勤说,十年前他还骑车跑到天津,在小树林、地道外、河北大街一带批发他的缸鱼。现在他跑不动了。连小站、葛沽、青县这些过去常跑的路远的地方也不去了。最远就到静海。

我听了叫道:"原来静海的缸鱼是您画的!这下子可找到主啦!我一直以为是静海人画的呢!"

他龇着牙笑道:"静海哪有人画。只有咱杨柳青画。可是别人的缸鱼都是头朝一边。我的缸鱼有朝左的,有朝右的,两种。因为水缸有时放在门左,有时放在门右,画上边的鱼脑袋必得朝外。我画的灶王也分两种,因为灶台也有门左门右之分。灶王桌下边不是有条狗吗,狗脸必须朝外,俗话说'狗咬外',狗不能咬自家人呀!"

这话说得我大笑。这些古老的传说、这些幽默的情趣、这些画里的故事,叫我深深感受到先辈农民对生活的虔敬与那一份美好的企盼。

我问他:"现在农民搬进新居,过年时还贴缸鱼吗?"

他说:"有的还贴,就贴自来水龙头上边。反正有水就有鱼呗!"

我又笑了。文化习惯真要比生活习惯牢固得多!

王学勤画缸鱼赚钱有限。一张报纸般大小的画,连纸带印,还要画十二道色,一张才卖一块钱,批发五角,利润相当有限。按照现代都市的价值观,缸鱼的前景当然危在旦夕。可是如果哪一天王学勤撂笔不画,会有多么可惜。衍传了至少两三百年的缸鱼会不会就此断绝?但王学勤说:"赚不赚钱我都画,只要有人贴我就画,不能叫人买不着缸鱼。"他还指着身边一个小伙子说,"如今我儿子也行了,他个人也能画了。"

这叫我很高兴,也很感动。当今画坛,有几个人能这样"为艺术而艺术"?

王学勤叫我为他题字。他的笔泡在一个破水缸底子盛着的水里。

我取笔蘸墨,一挥而就,写下心中的祝愿:

年丰人寿久,笔健画运长。

写完搁笔,扭头忽见一缕阳光从门外射入,被缸中的水反映在墙上。水光晃动,正照在墙上那些彩画的大鱼身上。这些如花似锦的大鱼一时仿佛活了,笨头笨脑、摇着尾巴游动起来。

2002.1.28

内丘的灵气

身在北京某个会议上,心儿却神往于燕赵大地。终于没有挨到这种冗长的会议的终了,寻个借口便穿城而出,驱车奔驰在天寒地冻的田野上。

对我如此勾魂摄魄的,乃是在一次民间年画抢救座谈会上,一位来自河北省内丘的女子送给我一本精心打印的册子,封面上四个字:内丘纸马。翻开一看,即被惊住。那种纯正的乡土味儿,那种粗犷、质朴、率真,那种原始美,蹿出纸页,兜头扑面,一瞬间就把我征服。内丘的纸马,先前只是略有所闻,不曾见过。平日里每每见到的多是杨柳青等地的神马,画上的神仙大都像灶王爷那样貌似高官,正襟危坐,哪有这样的怪头怪脸、浑朴又高古的模样?

内丘县地处河北省南端。东望齐鲁,西邻中州,北通石门,属于邢台的一个县。应是历史久远的燕赵故地,文化的由来可以直接寻觅到秦汉。也许正是岁月去之太久,如今可以看到的地面遗存,除去扁鹊庙和一座牛王庙前的清代戏台,大多村落都很难再有那种"历史感"了。可是谁想到,这些形形色色、出自农人之手的小小的木刻纸马,却叫我们闻到一种邈远又强劲的生命气息。

内丘有了三百零一个村庄。现今刻印纸马的村子大约有七八个,大多在县城周围。我去了其中两个,即魏家村和南双流村。据说在太行山里也有,但山里的纸马大多是自印自用,外边很少见到。内丘印画的木版都是木匠刻的,有了版谁都可以印。如果山里的人弄到几块版,自然也就可以印起来了。

魏家村的魏进军家,应是最典型的内丘纸马的作坊。此地作坊全是家庭式的。印画时,全家老少一起上手,有的印画,有的晾画,有的拿出去卖。纸马是年画的一种。逢到春节,张贴纸马,为的是请来天上诸神,送福之外,护佑人安。这是自古以来全人类共有的生存心理。纸马在内丘分大小两种。大纸马与各地的灶王和全神差不多一样;小纸马在北方为内丘特有,只有巴掌大小。而且是黑线单色,不需套印,一个人完全可以完成。

魏进军的先辈就印纸马。家传老版不少,"文革"中经意保护,至今存藏的老版《连中三元》《关公神像》《全神图》《八仙祝寿图》等,应是清末民初的刻品,属于大纸马一类。风格与我国年画重镇武强殆同,甚至连眉眼与衣纹的画法也全然一样。内丘与武强相隔不过一百多里,中间有滏阳河相通,风格相似,亦属必然。这些大纸马都是红黄绿三色套印。魏进军和妻子王棉印画的技术相当纯熟,套版十分精准。

然而,他们的小纸马就是纯粹的地方土产了。

小纸马大多为 10×20 厘米左右。木版印刷,单线黑色,彩色粉莲纸。纸分深桃红色和淡黄色两种。黑色不是墨,而是用烟黑加水胶煮成。印画时先在画版上刷上黑色,将纸铺上,不用棕刷,只用手边按边抹即成,非常简单,几乎一看就会。木版的用材都是较坚硬的榆木或杜梨木,为了经久耐用。有时一块木版的反正面,各刻一个画面,则是要节约板材。内丘人在出售这些纸马时没有店铺,只是放在篮子里拿到集市上,找个空地,铺块布或硬纸摆好便卖,方式极其原始。小纸马的画面非常简单,但认真瞧一下画面便非常的不简单了。

内丘的小纸马到底有多少种,无人能知。此时正是年前,我在县里的集市上随手收集到的就有三四十种。既有门君、药王、土神、喜神、吉神、鲁班、财神、龙王等民间崇拜的偶像,也有仓官、土神、地母、青龙、白虎等由来久远的古老神灵,其中那些中梁祖、上方仙家、五道等来自何方,那就要好好到民间请教。至于那些井神、梯神、鸡神、路神、场神、车神、水草大王神等,都是用于敬拜生活中天天碰到的身边的事物。这些普普通通的事物真的个个都有可以感知的神灵么?在遥远的过去,古人不能解释为什么车子突然会坏、鸡鸭为什么在一夜间成群地死去、人为什么不幸从梯子掉下来,于是就相信这些事物被无形的神灵掌管着。这也就是古人"万物有灵"之说的由来了。在蒙昧的远古,没有科学,不能解释大千世界,人对万物全凭感知。物我相通的两边,一边是心灵,一边则是神灵。这不是迷信,而是我们祖先天人合一的方式。此中那一份对美好生活的盼切不是叫我们深深地感动么?

这些纸马上的神灵形象竟是这般原始与朴拙,使我们联想到远古的岩画与汉人的画像砖。尤其是土神脸颊上生出的那一双朝天举起的双臂,叫我们更加相信民间文化常常是历史的活化石。那些竖直的排线和奇异的符号,是不是还在固执地保持着至少千年以上的图像?

内丘的纸马又不仅仅是历史的遗存。它至今仍与人们的生活融为一体。逢到春节,人们请神送神时,依旧遵照民俗仪式,唱歌跳舞,把各种纸马贴到屋里屋外一切物品上——桌上、椅子上、树上、井上、梯子上、鸡窝上、马棚上……甚至连今日的摩托车和拖拉机也贴上车神的纸马。

当然纸马又是脆弱的。

按照此地风俗,每当春节过去,送神的仪式就是把纸马烧掉。所以古老的纸马很难保存下来。而印纸马的木版在"文革"中也废除殆尽。纸马的历史一片寥落与荒芜。而眼前农耕社会正在消退,纸马的生命已进入终结期。幸好——我看到,内丘的一些文化工作者都是目光深远的人,他们已经开始对这一份农耕时代的文化遗存进行普查与整理了。我此行还要告诉他们,全国的年画抢救已把内丘纸马列为专项。他们所做的,是把前人的精神文化留给后人。

2003.10.6

守望在田野

庚辰腊月二十,已近壬午岁首,由北京奔天津,旋即赴山东潍坊。此次已是三顾潍坊,但不同以往的是,这次要为西杨家埠村一位民间年画的奇人杨洛书颁发联合国教科文组织认定的"民间美术大师"证书。

这件事起由,还是源于两个月前到西杨家埠考察时,结识了这位年逾古稀的杨洛书。他是大名鼎鼎的"同顺德"画店的第十九代传人。身材很是矮小,像四川人,全然没有山东人的模样。比起来反倒是我更像一条齐鲁大汉。然而他双手力气奇大,手握刻刀,切入一块坚实如铁的杜梨木板时,有如画笔一样游刃自如。杨家埠年画与杨柳青年画最大的不同,是后者半印半画,手绘为主;前者全是木版套印,一张画至少套四五块版。故而它最大的特点是套版精准,版味十足。因之,刀头的功夫便称甲于天下。如今76岁高龄的杨洛书,依然还能刻出细如毫发的凸线来,真叫人惊叹不已。而老人不像一般年画艺人,他不总依赖老画样,而是喜好自创画面。近年来,他居然达到一生的黄金时期。去年完成一套《梁山好汉一百单八将》。一条好汉一幅画像,一幅画五块版,一套画要刻五百块版。今年又完成《西游记》上半部,又是两百块版!而且,每年印画三万,远销西北东北,乃至海外。这样的艺人恐怕在年画史上亦不多见。怎么能叫他湮没无闻呢？连那些扯着嗓子也叫不出声的"歌手"们也能火爆一时，怎么能让这样的民间国宝埋没终生？

尤其我国年画乃是农耕文明的产物。在工业文明的取代中，已经进入衰退期。我国一些年画产地如杨柳青、朱仙镇、武强等地，年画正在由民间的实用美术转变为一种过去时的历史文化。然而，杨家埠却是一块例外的绿洲，它依然兴旺，每年杨家埠村生产年画竟能达到两千万张！谁来解释其中的缘故？当今的文化学者少得可怜，更是很少有人关心田野间民间文化的存亡。我想，我应该做的，首先是将这位老艺人"保护"起来。因为民间艺术发展的前提，是这种艺术处于活态，那就必须有艺人在！没有艺人，传承中断，马上就成为历史。谁也无法使它复活。

于是两个月里，我通过中国民协，为杨洛书申报联合国教科文组织的"民间美术大师"的称号。当然，我们送去的材料是"硬邦邦"的。我在推荐书上写道："杨洛书先生是中国现今仅存无多的木版年画传人，而他又处在创作高峰期，实为罕见。且技艺高超，深具年画正宗传统，故推荐之。希望通过这一命名，以记录和保护这位农耕文明中产生的民间艺术家。"这样，很快杨洛书得到了联合国教科文组织的认定。他成了中国年画界第一位世界量级的民间艺人。

在为杨洛书颁发证书仪式后，回到旅店，老人忽然来访。脸上充满感激之情，使我惶然。我说，这个称号您是当之无愧的，推荐给联合国不过是我们的责任而已。

可能由于我的话很真诚。老人一激动竟意外地讲出自己心中的一个悔恨——

他说,他家藏的古版中,有一套《天下十八省》,版之精细,举世无双。他说,这是一幅带画的中国地图,连哪位将军镇守哪个关塞,全都刻着一个小人站在那里。整幅地图上站满古今大将,十分好看。版上刻的字,只有高粱粒大小,但清晰又精美。说话间,一种钦羡之情,溢于言表。他还说,这套古版在"文革"中,被他埋在猪圈里才保存下来。但是在八十年代,来了三位日本学者,死磨硬泡,结果用了两千元给弄走了。

他说得心痛,愧疚万分。那表情像是心脏闹病了。

我问他:"您为什么卖给他们呢?"

他没有回答。我想,他为了钱吗?可是他又告诉我,后来他把另一块十分珍贵的明代弘治年间的家藏古版和家谱世系图捐给了中国历史博物馆。

显然他不是为了钱。他深知古版的价值,才把古版送进博物馆。那么他为什么卖给日本学者,是因为他觉得对方真正是这些古版的知音?他害怕再有什么意外的动荡会失去这些传世之宝?反正他没有力量保护住这些民间的遗产。如果他把这些东西当作家财,便会传给后代;如果他把这些祖先留下的精华当作至高无上的宝贝呢?他会很惘然。我们的传统是从来不重视民间的!

我一边想着这些问题,一边对他说,如今他已是世界级"民间美术大师"。一是不要印画太多,画上要签名,价钱不能太贱。卖给老乡们可以便宜些,卖给外国人价要高;二要注意防火,他家中除去纸就是木版,极易失火;三是要注意身体。我说:"您长寿就是杨家埠年画的福气!"

老人忽起身,从提包中拿出一个锦盒,里边一块古版。古版黝黑,带着年深日久的气质,感觉极老,且又完整。正中为财神,绕身五子,举灯执花,各尽其妙。人物个个饱满富态,皆有古韵。老人说这是他家传古版《四门神花五子》,为道光十四年之物,共两块,为一对。他说:

"这块送给你,那一块我留着。咱们一人一块,我给你写了一张'证明',上边有我的名字。证明也是两张。两张中间盖着我的图章。放在一起可以对起来。等将来我走了,我会把我那半证明交给我儿子。"

我一看,这证明的一边果然有一半图章,还有一半竖写的字为"壬午年冬"。老人像虎符那样,留给我一半。

一半的证明,一半的门神。一人一半,更像信物。这件事老人做得有情有义,更有深意!

我很感动!他把古版交给我,是信任我,视我为知己,他知道我会把这古版视做无价之宝。从中我忽然一下子明白,他当初为什么把《天下十八省》让给了那三位日本人时,一定把那日本人也当作知己,当作他挚爱的艺术的保护者了!后来他一定后悔了。因为古版一去不回,如同毁掉!他哪里知道日本人对我国民间文化遗产的"挖掘欲"和"拥有欲"!于是我对他说:

"这版我先收下。我收着的可是您这份情意和信任。等将来我老了,我会把这块版再送回来。因为它是属于杨家埠的!"

老人笑了。

我接过古版。版很重,重如石板。我忽想,谁来保护这些在大地田野中一直自生自灭的民间文化呢?

2002.2.8

杨家埠的画儿

由济南驱车出来,一路向东,顺顺溜溜几个小时跑到了潍坊。再拐一个弯儿,便进入了寒亭区一个宁静和优美的小村,这就是数百年来四海闻名的画乡杨家埠。

杨家埠的男女老少,全都人勤手巧。既精于种庄稼种菜,又善于印画扎风筝。老时候这样,今儿还是这样。他们农忙时下地,潍坊出名的萝卜就是他们种出来的;农闲时人却不闲——比方现在——他们全都在家里忙着画画呢!杨家埠人最爱说的话是:"俺村一千号人,五百人印年画,五百人扎风筝。"意思是说他们全是艺术家。说话时咧着笑嘴,龇着白牙,很是自豪。

杨家埠的年画很有个性。颜色浓艳抢眼,画面满满腾腾,人物壮壮实实,胖娃娃个个都得有二十斤重,圆头圆脑,带着憨气,傻里傻气地看着你。再看画上的姑娘,一色的方脸盘,粗辫子,两只大眼黑白分明,嘴巴红扑扑,好比肥城的桃儿。你再抬眼看一看印画的姑娘,一准得笑。原来画在画儿上边的全是他们自己。

他们不单画自己的模样,还画自己心里头的向往。那便是家畜精壮、人财两旺、风调雨顺、平安吉祥。所以他们最爱画送福来的财神与摇钱树,辟邪除灾的钟馗、关公和各式门神,以及神鹰与猛虎。不过杨家埠的人"画虎不挂虎"。因为杨家埠的"杨"字谐音是"羊",老虎吃羊,所以他们家中从不挂猛虎的画儿。他们印虎,那是为了给别人辟邪。瞧瞧,杨家埠的人心地多么善良!

杨家埠年画与天津的杨柳青年画特点明显不同。杨柳青年画的买主多是城里的人,城里的人钱多,要求精细,所以杨柳青年画大都一半印刷一半手绘,画面的风格富丽堂皇,文气雅致;杨家埠年画的需求者全是农民,农民钱少,年画便采用套版,很少手绘。这样,刻版和套版的技术就很高。杨家埠年画一般是六套版。墨色线版之外,再套印五种颜色。红、绿、黄、紫、粉。红与绿,黄与紫,都是对比色。年画艺人有句歌:"红配绿,一块肉;黄配紫,不会死。"故此,杨家埠年画的色彩分外的强烈、鲜亮、爽朗、刺激,给人一种乡土艺术特有的颜色的冲击,喜庆和兴奋。这也正是人们过年时的心理与情感的需要吧!

我这次来杨家埠,是要拜访一位老艺人,名叫杨洛书,七十多岁。听说他是杨家埠年纪最大的年画艺人。他家经营的"同顺德画店"至少有二百年的历史。而且老人仍在刻版印画。我想,在如今全国许多木版年画产地几乎灭绝而成为历史的大背景中,这位老艺人该是一位罕世奇人了。而且,为什么单单杨家埠的年画古木不倒,反而生机盈盈呢?

杨洛书老人住在村中普普通通一个小院。院内堆着许多刻版用的木头。一南一北两房。北房内外两间,外间是画店的铺面,内间是老人干活的地方;南房支案印画。店中四壁贴满诱人的木版年画,有的是古版新印,有的是新版新印。这些新版都是杨洛书老人新刻的。刻版不是一件容易事。印画的木版为了坚实耐用,选材都是梨木,又沉又硬,年逾七旬的老人哪有这样大的力气?老人个子又小,也不壮,与我站在一起,竟矮两头,不像山东人,山东出

78岁的杨洛书还在刻版,身怀此技艺的人已然寥寥。

大汉呀！但是他伸出两只手给我看,骨节奇大,还有些变形。他说:

"这手是刻版刻的,走样了。刻版得使大力气。白天刻一天,夜里两只手疼啊。"

"大爷,您得去医院看看,这怕是类风湿吧。"我说。我想他大概缺少医学常识,不懂得自己的病。

老人说:"是刻版刻的。我一用劲,肚子上的筋全鼓成疙瘩!"

老人去年刻了《一百单八将》,一个好汉一张画,一张画儿五六块版。一年多时间刻了几百块版。今年开始刻《西游记》,连环画形式,八十幅一套。至少又是四百块版。他从哪里获得这样的激情？听说,老人的老伴患病在床。那么,老人又是为谁付出这样巨大的劳动？

老人告诉我,他爹杨俊三那代人把"同顺德"经营到了顶峰。杨俊三还将画店开到俄国的莫斯科。他拿出1917年3月13日俄国驻黑龙江铁路交涉局签给杨俊三赴俄开店的护照。护照上将莫斯科译成"毛四各瓦"。直叫我看了半天,才弄明白。一时,与我同来的一行人全笑了起来。

老人却没笑,脸上充满对先人成就的自豪。保住先人的业绩应是后人起码的责任。这是不是他依然奋力劳作的动力？

现今画店的经营是非常可观的。这两年他每年用纸八十箱,今年一百箱。每箱三刀,每刀一百张,每张印三四张画。一年单是他的"同顺德"就要卖出十万张年画。据说杨家埠全村一年卖画高达上千万张。买主除去海内外游客、各地的年画批发商,最主要的需求者仍是沂蒙山区里的农民。他们所买的年画多是门神、财神、摇钱树、猛虎、花卉和带"二十四节气表"的灶王。我对老

人说:

"他们还这么爱年画吗?"

老人忽然变得挺激动,他说:

"没有年画——他们过不去年啊!"

这句话,使我一下子懂得了年画意义。年画与年俗、与人们的生活理想早已是灿烂地融成一体。它绝非可有可无的年节的饰物,而是老百姓心灵最美好的依托。大概杨洛书老人深深感受这一点,他才一直不肯放下手中的刻刀!

于是,我对这位老艺人肃然起敬,也对民间艺术心生敬意。

走出老人宅院,到了村口,见到几位姑娘在放风筝。这里初冬季节也放风筝吗?一问,原来杨家埠人扎好的风筝,全要试放一下。今日无云,碧空如洗,悬浮在高天的风筝叫阳光一照,极是艳丽。三五只蜻蜓、一只彩蝶,还有一幅方形的画儿,画上画着胖娃娃,这些不全是年画上那些常见的形象吗?

放风筝的姑娘见我很感兴趣。叫我也放一放。我大概有四十多年没放过风筝了。待怯生生接过风车和线绳,但觉线绳颇有韧性和弹力,透明的风已经强劲地传递到我的手上。我顺着线绳抬头望去,只见银白的线极长极长,划着弧线,飞升而上,到了半空,便消没在蓝天里,然后在极高的空中飞着一只大红色的蜻蜓。但是它混在其他几只风筝里,弄不清到底是不是我的。我用手抻一抻线,高天上的大红蜻蜓与我会意地点点头;我把线向旁侧拽一拽,大红蜻蜓随即转了半圈。我忽然觉得,久违的儿时的快乐又回到身上。这使我不觉玩了好一会儿。

待到了杨家埠年画博物馆,人们叫我题诗留念,提笔在手,立时有了两句:

民间情味浓似酒，

乡土艺术艳如花。

写了字,返回来坐在车上时,情不自禁接着又冒出了几句：

年画上天变风筝，

风筝挂墙亦年画。

七十三叟三十七，

杨家埠村寿无涯。

2001.11.18

四访杨家埠

我坚持要在年底前（2003年）召开"中国木版年画抢救中期推动会议"，是因为这个项目启动于年初，历时一年，收获甚丰。不少年画产地（如山东杨家埠、高密；河北武强、内丘；河南朱仙镇；湖南滩头；山西临汾等）普查已经接近完成，应进入整理和编辑阶段；另一些产地（如天津杨柳青、陕西凤翔、四川绵竹等），也将普查工作细密的筛子推入田野与村落。此时急需做的事是进行各产地之间的交流，相互借鉴，规范标准，确定期限，使最终的"收割"工作整齐有序。

此项工作在基本上没有国家经费的情况下展开的，所仰仗的全是各地政府在文化上的自觉。山东潍坊的寒亭区和杨家埠深明大义，慨然出资支持这次会议，故而把会议定于12月26日在潍坊寒亭召开，邀请全国各产地派人来聚首一谈。当年事情当年办，不留尾巴进来年——此亦我做事的习惯。

既然来到寒亭，一定要去杨家埠村，看看那些依然刻印画品的小作坊，拜访杨洛书老人。他今年七十八，却照例是每年10月25日到集上去买四大样（猪肉、白菜、粉条、火烧），煮上一锅，然后按照祖上的规矩，摆供焚香，犒劳案子，开张印画。我还要把从贵阳捎来的一瓶茅台送给他呢。

这次已是四访杨家埠了,原以为只是重温故旧,不料竟有令我惊喜的新得。一是在老艺人杨福源家中,看到墙上挂着一幅《孔子讲学图》。孔子在杏坛讲学,下面坐着七十二弟子。每人一个模样,身边标示姓名。过去不知道杨家埠有这样题材的画,大约与孔子是山东人有关。这种画不是纯粹的年画,而是年画产地刻印的版画。画面上的文字用的是木版书籍上的字体。这个细节颇引起我的注意。

在寒亭的两日里,每晚都要寻一点时间,去拜访此地的民间年画的收藏者。杨家埠一个突出特点是当地有人从事收藏。收藏的本身是一种文化上的自觉与自珍。它的好处是把遗存留在当地,不像山东的平度年画都已飘散四方,致使这次抢救一直无从下手。此外,我也很想了解此地民间收藏的水准,希望从中能有重要的发现。这次见到的寒亭的两位收藏者很有趣,一位藏画,一位藏版,好像分工来做。

藏画者为马志强先生。所藏年画二三百幅,间有高密手绘年画,但大多还是杨家埠的遗存,其间孤品甚多。比方《西王母娘娘蟠桃会》《二进宫》《一门三进士》《文武财神》和《夜读〈春秋〉》等都是杨家埠历史上罕见的力作。一些巨幅而豪华的家堂,应在杨柳青和武强之上。其中一连四幅条屏《治家格言》,以"朱夫子治家格言"全篇文字为画面衬托,形式很别致。我注意到文字是刻书的字体,颇见功力。难道杨家埠曾经有这样的刻书高手吗?此外,还有十多卷《避火图》也都是见所未见。

《避火图》是直接描绘性爱生活之版画。或作为性生活的助兴之用;或作为性启蒙,在女儿出嫁时,由母亲悄悄放在陪嫁的箱底。形式为手卷,只有12至14厘米宽;一连8至12个画面,内容稍有连续性。如此大小,便于藏掖。《避火图》平时高高地放在房梁上,相传具有避除火灾之力。实际上是由于这种画不便出示于人,避人耳目罢了。昔日画铺卖画,都是把《避火图》贴在门后。杨柳青、武强等地也有《避火图》,但不及杨家埠这样花样繁多。马先生所藏的《避火图》中,竟在光着身子做爱的女子身边写上人名。有的是戏曲人物的女主角,有的是古典小说的女主人公。比如崔莺莺、青凤、莲花公主、娇娜、白娘子、荷花三娘、阿绣、花姑子等;还有的是外国女子。看起来很荒诞,却由此可以窥见人们的心底。人们平时看戏时,戏台上那些艳丽五彩、谈情说爱的女主角都是可望而不可即的。现在居然这样公开做爱,不正是宣泄着那时人们被压抑的性心理和性想象吗?

马先生的个人收藏远远在杨家埠年画博物馆之上。杨家埠是我国三大年画产地之一。但几十年前便是不断革命的对象。一次次的暴力洗劫,差不多空了。马先生的收藏很少来自当地。他广泛地从当年应用年画的黄县、滨州、莱州等地的乡间去搜寻,反而将失散的历史汇集得有声有色。

另一位藏版者为徐化源先生,藏版百余块,全是杨家埠的刻品。杨家埠的代表作如《深山猛虎》《神鹰镇宅》《男十忙》《女十忙》《麒麟送子》和《摇钱树》,一应俱全。其中一种"精刻版"叫我领略到杨家埠刻版的独到之功。阳刻的线全用"立刀",下刀很深,线条犹然婉转自如,版面精整至极,宛如铜铸,单是画版本身就是一件精美的浮雕艺术品。

另外两块版,更使我震惊。一块是杨家埠名画《天下十八省》的印版。画面巨大,描绘着中华山川与各省城镇,应是一幅可以纵览神州的古版地图。此版是其中失群的一块,约40×30厘米。线刻之细,匪夷所思。现在杨家埠年画博物馆收藏一幅完整的版画《天下十八省》,但与此版不同。我相信这块版是那幅画的祖版。

还有一块也是一块失群的画版。反正面全是文字,依序罗列着夏商周以来历代皇帝称号与年代。类似武强《盘古至今历代帝王全图》。但没有图像,可能图像在其他版块上。尤使我关注的是这些文字都是书版字体,刀刻精纯老到,笔画坚实有力,肯定出自雕刻书版的刻工之手。它使我将杨福源所藏的《孔子讲学图》、马先生所藏的《治家格言》联系到一起,朦胧地感觉到一片刻书的背景。但目前对杨家埠年画的研究还没有旁及到此地图书刻印的历史。所以在会议的闭幕式上我特别强调:

1. 要注意调查年画产地与雕版印刷的历史渊源。像天津杨柳青、河南朱仙镇、苏州桃花坞、山西临汾,都与当时雕版印刷密切相关。年画是我国四大发明之一———印刷术发展的直接产物。

2. 要注意调查民间的收藏品。民间收藏已经聚集着相当一批遗存。对这些遗存中的精品也要设法记录、拍照、立档。

3. 民间年画遗存的一大特征是很少重复。每每发现一件,即是见所未见的孤品,它说明年画这宗文化财富的博大。因此,还要从细调查,避免漏失,尽量把遗存之精华发现出来,记录在"家底"上。

没想到,此次行动还有这样的收获。而意外的收获常常是田野工作的快乐。

可是,对于整个民间文化抢救工程却毫无快乐可言。一年里,耳朵里灌满了方方面面口头的支持,两手却始终空空,举步维艰,一如逆水行舟,偏偏又不肯放弃心中信奉的决定。一天夜里,一位

四访杨家埠

好友自石家庄打电话给我,说"你为什么要把自己放在这样一个困境里?你是殉道者还是一个理想主义者?"

我没有回答,书案上放着两封信。它们在台灯雪白的灯光里一个个字清晰入目——

一封信是一位陌生的七旬老者。家住津西静海县城。他凭着回忆为我画出一幅绝妙的镇海县古城(一字街品字城)图,并告诉我这座世无其二的古县城,半个世纪来一直在不间断地拆除中,直到1989年拆掉孔庙与城隍庙后,便连一丝儿痕迹也没有了。然后他说希望我能出力抢救。我读着信,报以苦笑。从遗骨不存的亡者身上还能抢救回来生命么?陌生老者的信把我引入空茫。

另一封信是内蒙古的民间文化学者郭雨桥写给我的。他今年始发于新疆乌鲁木齐,终抵于内蒙古呼和浩特,途经四省,重点为2州、9县、17乡,历时108天,行程13700公里,进行草原民居建筑的普查。我很欣赏他不仅仅从建筑学而是从人类学角度来普查民居建筑。他把风俗、信仰、礼仪、服饰、节庆,乃至自然环境和野生鸟类也纳入调查对象;同时按照此次抢救工作规定以视觉人类学的方式,对文化遗产进行立体和三维的"全记录"。三个多月他拍摄胶卷102个、摄像31盘、整理文字15万字。我感觉他的收获如同我的收获,极是心喜。但是他在信中告诉我,今年已60岁。返回呼和浩特便接到退休的通知。他感到困惑。他的整个草原民居调查还需要至少三年时间。像他这样弃家不顾的学者,终年在山野草场中踽踽孤行,默默劳作,还能有多少人?去年他在内蒙古草原上写信给我。说他早晨钻出蒙古包,看着一片静穆的白云覆盖的草地,他哭了,他被大自然圣洁又庄严的美感动了。他本想打电话把他的感受直接传递给我,但天远地偏,没有信号。这样的学者又有多少人？故而,多年来他个人的工资稿费全部都为他的责任感付出了。这位学者的信也把我引入空茫。

2004.1.28

细雨探花瑶

——隆回手记之二

不管雨里的山路多湿滑,不管不断有人说"你别把冯先生扯倒",老后还是紧抓着我的手往山上拉,恨不得一下子把我拉到山顶,拉进那个花团锦簇的瑶乡。这个瑶乡有个可以入诗的名字:花瑶。

花瑶,得名于这个古老的瑶族分支对衣装美的崇尚。然而,隆回县政府为花瑶正式定名却是上世纪末的事。这和老后不无关系。

老后是人们对他的昵称。他本名叫刘启后。一位从摄影家跨越到民间文化保护领域的殉道者。我之所以用"殉道者",不用"志愿者"这个词儿。是因为志愿多是一时一事,殉道则要付出终生。为了不让被声光化电包围着的现代社会,忘掉这个深藏在大山深处的原生态的部落。二十多年来,他从几百里以外的长沙奔波到这里,来来回回已经两百多次,有八九个春节是在瑶寨里度过的,家里存折的钱早叫他折腾光了。也许世人并不知道老后何许人,但居住在这虎形山上的六千多花瑶人却都识得这个背着相机、又矮又壮、满头华发的汉族汉子,而且没人把他当作外乡人。花瑶人还知道他们的"呜哇山歌"和"桃花刺绣"列入国家非物质文化遗产名录,老后是有功之臣,他多年搜集到的大量的花瑶民歌和桃花图案派上了大用场!记得前年,老后跑到天津来找我,提着沉甸甸一书包照片。当时他从包里掏出照片的感觉极是奇异,好像忽然一团团火热而美丽的精灵往外蹿。原来照片上全是花瑶。那种闪烁在山野与田间的红黄相间火辣辣的圆帽与缤纷而抢眼的衣衫,还有种种奇风异俗,都是在别的地方绝见不到的。我还注意到一种神秘的"女儿箱"的照片。女儿箱是花瑶妇女收藏自己当年陪嫁的花裙的箱子,花裙则是花瑶女子做姑娘时精心绣制的,针针倾注对爱情灿烂的向往,件件华美无比。它通常秘不示人,只会给自己的人瞧。看来,老后早已是花瑶人真正的知己了。

老后问我:"我拉你是不是太用力了?"

我笑道:"其实我比你心还急呢。你来了多少次,我可是头一次来呵。"

这时,音乐声与歌声随着霏霏细雨,忽然从天而降。抬头望去,面前屏障似的山坡上、参天的古树下,站满了头戴火红和金黄相间的圆帽、身穿五彩花裙的花瑶女子。那种异样又神奇的感觉,真像九天仙女忽然在这里下凡了。跟着是山歌、拦门酒,又硬又香的腊肉,混在一大片笑脸中间,热烘烘冲了上来。一时,完全忘了洒在头上脸上的细雨。而此刻老后已经不再前边拉我,而是跑到我身后边推我,他不替我挡酒挡肉,反倒帮着那些花瑶女子拿酒灌我。好像他是瑶家人。

在村口,一个老人头缠花格布头布的老人倚树而立,这棵树至少得三个人手拉手才能抱过来。树干雄劲挺直,树冠如巨伞,树皮经雨一浇,黑亮似钢。站在树前的老人显然是在迎候我们。他在

给古树"保护神"敬烟

抽烟,可是雨水已经淋湿了夹在他唇缝间的半颗烟卷,烟头熄了火。我忙掏出一支烟敬他。老后对我说:"这老爷子是老村长。大炼钢铁时,上边要到这儿来伐古树。老村长就召集全寨山民,每棵树前站一个人。老村长喊道:'要砍树就先砍我!'这样,成百上千年的古树便被保了下来。"

古树往往是古村和古庙一起成长的。它是这些古村寨年龄尊贵的象征。如今这些拔地百尺的大树,益发葱茏和雄劲,好似守护着瑶乡,而这位屹立在树前的老村长不正是这些古树和古寨的守护神吗?我忙掏出打火机,给老人点燃。老人用手挡住火,表示不敢接受。我笑着对他说:"您是我和老后的'师傅'呀!"

他似乎听不大懂我的话。

老后用当地的话说给他听。他笑了,接受我的"点烟"。

待入村中,渐渐天晚,该吃瑶家饭了。花瑶姑娘又来唱着歌劝酒劝吃了。她们的歌真是太好听了。听了这么好听的歌,不叫你喝酒你自己也会喝。千百年来,这些欢乐的歌就是酒的精魂。再看屋里屋外的花瑶姑娘们,全在开心地笑,没人不笑。

所有人都是参与者,没有旁观者,这便是民俗的本质。

老后更是这欢乐的激情的参与者。他又唱歌又喝酒又吃肉。唱歌的声音山响;姑娘们用筷子给他夹的一块块肉都像桃儿那么大,他从不拒绝;一时他酒兴高涨,就差跳到桌上去了。

然而,真正的高潮还是在饭后。天黑下来,小雨住了。在古树下边那块空地——实际是山间一块高高的平台上,燃起篝火,载歌载舞,这便是花瑶对来客表达热情的古老的仪式了。

亲耳听到了他们来自远古的鸣哇山歌了,亲眼瞧见他们鸟飞蝶舞般的咚咚舞、"桃花裙"和"米酒甜"了,还有那天籁般的八音锣鼓。只有在这大山空阔的深谷里,在回荡着竹林气息的湿漉漉的山里,在山民有血有肉的生活中,才领略到他们文化真正的"原生态"。其他都是一种商业表演和文化作秀。人们在秋收后跳起庆丰收的舞蹈时,心中按捺不住喜悦的心情和驱邪的愿望是舞蹈的灵魂;如果把这些搬到大都市的舞台上,原发的舞蹈灵魂没了,一切的动作和表情都不过是做"丰收秀"而已,都只是自己在模仿自己。

今天有两拨人也是第一次来到花瑶的寨子里。他们不是客人,而是隆回一带草根的"文化人"。一拨人是几个来演"七江炭花舞"的老人。他们不过把吊在竹竿端头的一个铁篮子里装满火炭,便舞得火龙翻飞,漫天神奇。这种来自渔猎文明的舞蹈,天下罕见,也只有在隆回才能见到。还有一拨人,多穿绛红衣袍,神情各异,气度不凡。他们是梅山教的巫师,都是老后结交的好友。几天前老后用手机发了短信,说我要来。他们平日人在各地,此时一聚,竟有五十余人。诸师公没有施法,演示那种神灵显现而匪夷所思的巫术,只表演一些武术和硬软气功,就已显出个个身手不凡,称得上民间的奇人或异人。

花瑶的篝火晚会在深夜中结束。

在我的兴高采烈中,老后却说:"最遗憾的是您还没看到花瑶的婚俗,见识他们'打泥巴',用泥巴把媒公从头到脚打成泥人。那种风俗太刺激了,别的任何地方也没有。"

我笑道:"我没看见什么,你夸什么。"

老后说:"我是想叫你看呀。"

我说:"我当然知道。你还想让天下的人都来见识见识花瑶!"

这话叫周围的人大笑。笑声中自然有对老后的赞美。

如果每一种遗产都有一个"老后"这样的人守着它多好!

2009.7

手抄竹纸

——隆回手记之三

随着隆回县县委书记钟一凡乘车渐渐进入一片山林。湘木都像吃过激素一样,极其茂盛,车外边的树色把车厢照绿;青竹散发的清澈的气息已经充满我的肺叶。再看,四面的车窗全是画儿了。我问钟书记:"你要把我带到哪儿去?"他笑了笑,不答。从他脸上的自信与得意可以读出,他一准会叫我惊喜的。就像昨天他把我导入那条名叫荷香桥的古街上。不仅许多老作坊是"活着"的,连出售的布鞋、油灯、首饰、纸笔,都是老样子,说明镇上的人还在使用这些东西。我称那条罕见的老街是"时光隧道"。这位书记怎么能把那条"破烂"的街看成了宝贝?如果在大城市里不早叫那些挂着"博士"头衔的官员们一声令下,给推土机一夜之间夷平?

马上要去的,又是一条时光隧道吗?

车子在一个小小的山口停住。不远的前边,一个新奇的场面把我吸引过去。山脚下一块平地上,几位山民在削竹皮,一棵棵刚砍下的修长而湛绿的"仔竹",被放在三棵竹竿捆成的三脚架上,山民们手执月牙般的弯刀,削竹皮的动作老练又畅快。被刮去竹衣的竹竿露出雪白的"身躯"。不等我问,钟书记就引我去看屋外一个个方形的水池,雪白的竹竿一排排躺卧其中。我忽有所悟,便问钟书记:"是不是造纸?"

钟书记眉毛一扬:"你怎么知道?"

我说:"别忘了你们的《中国木版年画集成·滩头卷》是我终审的。那卷书上有一节专门介绍滩头年画使用自造的土纸,而且说你们这里至今还保持着从砍竹、沤料、抄纸和焙纸的全部流程与技艺,我正想看看你们的手工抄纸呢。现在原原本本的手工抄纸已经非常罕见了。"

谁料我这几句话使钟书记更加得意。他引我往山上走,走不多路就钻进一间石头搭建的作坊里。这作坊正是抄纸房。十多平方米的空间里,一边是踩料凼,一边是纸槽和木榨。原始的工具粗糙和简单得不可思议。所谓踩料,无非是把石灰沤过的碎竹倒进凼中,凼中斜放着一块竹笆,山民们靠着赤脚踩住料,用力在竹笆上摩擦,将料踩成泥状。可是光着脚和快如刀刃的竹片硬磨,不是很容易把脚划破吗?

下边的工序便是抄纸。抄纸看似容易。将泥状的料置入石质的水槽里扰匀,然后用一种细竹条编织的盘子在槽里一抄再一荡,提出来,翻过来一扣,便是一张薄如蝉翼的纸坯。一张张湿漉漉的纸坯叠在一起,直至千张,使木榨轧干水分,然后送到焙屋里,揭开烘干。于是,可写可画、金色的竹纸就诞生了。我问道:"纸坯这么薄,相互不很容易粘在一起吗?"

钟书记从身旁拿了一片绿叶给我。经问方知,原是当地野生的胡淑叶,用水煮后放入纸槽中,可使纸浆润滑,抄出来的纸坯彼此绝对不粘,当地人称之为滑叶。

奇怪,这滑叶的功效当初是怎么知道的? 这就不能不佩服先人、古人了!

"可是——"我又问,"木榨这么重,又使这么大劲儿,上千张纸紧紧轧在一起后,又怎么一张张揭开呢?从哪里来揭呢?"

我这问题竟然引出一则民间传说。钟书记说当地抄纸的人自古都知道一个神话传说:

一天,抄纸房里人们正忙,忽然一位过路的老人进来讨茶讨烟。一个年轻人嫌这老人碍手碍脚,不给他烟和茶,轰他走,谁料这老人走后,榨好的纸成了一个大坨子。人们感到纳闷儿,怎么会忽然揭不开呢?于是开始疑惑,刚才那老人别是一位过路的神仙吧,待人家不客气,人家不高兴,施个法,纸就揭不开了呗!于是大家跑出去找那老人。找到后,让茶让烟,老人喝足茶抽足烟,站起身只说了一句话:"去揭靠挨身子那个右角吧!"说罢扬长而去。经老人指点,回去一揭靠身子的右角,果然一张张纸轻易地揭开了。由此,滩头的手抄纸都是揭右下角,别的角是揭不开的。为什么呢?科学的道理没人问;这个含着尊老敬老的那个美丽的传说,却一直在坊间随同抄纸的手艺代代相传。

上边这个传说只是众多的版本之一。传说是广泛活着的生命。往往同一个故事,在不同人嘴里说出来会大不一样。可是传说中那个化身为老人的神仙,却有名有姓,叫作李佑。仙人李佑的故事个个生动有趣,并且都与造纸有关。沤料、踩料、抄纸的几个关键性诀窍也全有李仙人的影子。传说正是由于这位仙人护佑,滩头造纸踩料时从没有划破脚的事情。可这位李佑的名字又是从哪儿来的呢?不得而知。这是滩头造纸的秘密,也是它的文化。

若说滩头的造纸文化可以追溯到隋代。及至元代此地已是长江以南的造纸中心。抗日战争期间,舶来纸的运输渠道不畅,国内用纸一时皆仰手土纸。滩头的纸作坊竟达到两千余家。如今,随着造纸的现代化和全球化，手工土纸衰落下来。中华大地上许多土纸作坊转瞬即逝，已经鲜见原真的手抄土纸了。然而，湘中这块大地的深处却奇迹般地"收藏"这种原版的古老技艺。从原材料、工艺、程序，乃至相关传说都一丝不苟、郁郁葱葱地存活着。据说明代《天工开物》中记载着南方造纸的流程与方法，竟与今天滩头这里的手工抄纸不差分毫。这不是活化石、活的历史博物馆、活的文化生命吗？

回到镇里，人们铺开这种土纸，叫我题字。金黄的土纸上边刷了一道本地峡山口的一种石粉，其色泽在瓷白中微微泛青，宛如天青，十分优雅。待锋毫触纸，如指尖触到温润的肌肤，微觉弹性，那感觉异常美妙。我开玩笑说："这纸很性感。"在写字作画时，好笔好纸都会帮忙。写在这土纸上的字，竟分外显出饱满厚重，畅而不燥，笔痕墨迹，自生韵味，使我自己也十分满意。瞧着这纸，我忽想该为这珍罕的遗产做点什么吧。我叫一声："钟书记——"

钟书记笑嘻嘻说："我知道你想什么。我们已经开始对滩头造纸做普查。文化档案和数据库年底可以立起来。而我们已经有了一个保护方案，一会儿向你请教。"

我笑道："你已经是专家了。"同时心想如果每个遗产都有这样一位懂文化、堪称知己的官员，我们还会焦急和发愁吗？

2009.7

湘西的苗画

今年跑到湘西考察,在凤凰城那天晚上,与当地文化界人士聚首而谈之中,看到几帧绘画的照片,令我耳目一新。墨黑的底色中彩绘着花卉鸟虫。既有装饰之华美,又有绘画之鲜活。中间多为花儿一束,枝叶向四边对称地舒展伸开,长长的碧草穿插其间,艳丽的禽鸟成双成对装饰左右,四角布置鲜花彩蝶。画面饱满精整,疏密有致,繁而不乱。一看便知是经过长久构造出来的老花样。它突然使我想起黔东南苗族妇女蜡染花布时"蜡绘"的花鸟,韩美林还送给我几大本"蜡绘"的稿样呢。而这里正是苗族和土家族聚居的湘西。我便问:

"这是苗族的画吗?"

当地的同志说:"正是呵。"

我说我第一次见到这种画,看上去很奇特优美,也挺古老,这是什么地方的画,是装饰用的吗?

经当地的同志一讲,这画最初的用处竟然与天津进宝斋伊德元剪纸有某些近似之处。它缘自湘西苗族妇女绣花的样稿。最早苗族妇女绣花的花样也是使用剪纸。不同的是,天津进宝斋剪纸是刻纸,苗族剪纸为锉花,当地称为"锉本"。沈从文先生就曾很欣赏这种"锉本"所表达的"美好情感"。及至清代末期,一位叫王正义的精通绘画的花垣苗族人,使用白色粉浆直接画在深颜色的布上,代替了古老的"锉本"剪纸,供妇女们直接按画刺绣。这种画在布坯上的刺绣样稿,生动而富于情趣,线条流畅又具有情感,很受欢迎。可是,王正义画得实在太美了,人们不舍得用绣线把这些美丽的线条覆盖。王正义就干脆把白色的线描改成彩绘,不再刺绣,成为一种单纯的布质绘画。用于窗幔、门帘和房中装饰。很快成为苗寨中广受欢迎的民间艺术。王正义的传人为其妻弟秧初新。秧初新擅长将湘西的山花野卉、虫鸟走兽画入画中,更加惹人喜爱。于是在这一带苗区,人们都亲切地称之为"苗画"。如今那几代艺人相继去世。幸有保靖县永田河镇白河村的梁永福及梁德颂接过薪火,使得苗画仍然在山野田间花儿一般地开放着。梁永福年过七十,画艺高超,气质清雅,儿子梁德颂继承家传,而且已经专事苗画了。

当我听到年轻的梁德颂在县城里还有一间小小的工作室,便约他一见。这纯朴的苗族青年拿来几幅他画的"苗画"给我看。论其画技,已相当纯熟。用笔老到,设色也考究。虽然苗画尚不广为人知,但因其气质的特异,往往就被来湘西的有眼光的旅客买去,这便吸引一些爱画画的苗族年轻人加入进来。据说当地一个研究苗画的小小组织已开始起步了。这可是不错的事。

我就与当地的同志研究该做的事,一是要将历史文化档案细致地整理起来,二是收集各时期的苗画代表作及相关资料,三是保护和支持梁氏传人,四是扶持苗画研究工作。一定要把事情有序地做好,万不可大呼大叫"把苗画做大做强"。文化的事有其规律,而且首先要做精做细做深。倘若闹大闹乱,那些尚未查清的乡间遗存再被古董贩子抢先一步,先行"淘"去。那便既无历史,也无未来。其中最关键的事还是要保证保靖梁氏的传承。特别要注意,正在受到旅客与市场青睐的苗画,切勿过度商业化。一旦把民族气质及其形态当作卖点,民间文化就会被"捧杀"。因之我讲了天津进宝斋伊德元剪纸的悲剧,希望能引以为戒。

2009.8

高腊梅作坊

——隆回手记之一

来到长沙只是稍稍一站,便扎到下边,由湘西绕到湘中,为了心中期待太久的一个目标:隆回。

我喜欢驱车纵入湖湘大地的那种感觉。好像一只快艇驶进无边的凝固的绿色巨浪般的山野里。刚刚从一个毛茸茸的山洼里绕出来,又转进一个软软的深幽的山坳中。好像在一群穿着绿袄的胖胖的大汉温暖的怀抱里爬来爬去。那些从眼球闪过的丛林里一块块黑黝黝的阴影,蛰伏在嶙峋的石头下边苍老的屋顶,似有若无、飘飘忽忽的烟雾,使我恍然觉得梅山教的精髓仍在其间,眼前陡然现出那个此地独有倒翻神坛的张五郎的形象……神秘的湘中文化便混在这湿热的空气里,浓浓地把我包裹起来。我知道,只要这文化的气息一出现,那种古老的生命便会活生生地来到面前。

我的心一阵阵激动起来。

来到隆回,我首先奔着滩头的木版年画。不仅因为滩头的画好,还由于心里一直怀着一种歉疚。

虽然我们为隆回的滩头年画做过一点事——曾将其列入中国木版年画抢救的主要目标之一,帮助他们启动了田野普查,并请深谙湖湘民间美术的专家左汉中先生协助他们编撰了滩头年画的文化档案。这项工作为滩头年画进入国家非物质文化遗产名录起到了关键作用。然而,我自己却没到过隆回的滩头。多糟!前两年,滩头举办年画节,人家千里还迢迢来请我,我却因琐事缠身不得分身而婉拒了。滩头年画的活化石——钟海仙老人,两次托人带话请我去,我依旧未能成行。更糟!

我说钟海仙是"活化石",是因为一个世纪前拥聚在滩头镇小溪河两岸的大大小小数十家年画作坊,如今硕果仅存的只剩下钟李二家,而且都是井然有序的世袭传承。滩头年画的招牌作品有两种,一种是《老鼠娶亲》,它还是鲁迅先生心爱的藏品呢;再一种是各类门神。滩头的门神别具一格。在全国各地门神的印制中,门神的双眼多为版印,很少手绘,惟滩头是手工"点睛"。我曾看过钟海仙为门神点睛的录像。他手握粗杆的短毫毛笔,蘸着浓墨,在门神的眼皮下边一按,落笔凝重,毫不迟疑,笔锋随着手腕在纸上微微一颤,似把一种神气注入其间。一双大而黑、圆而活的眼睛立时出现,目光炯炯,神采照人也逼人。应该说滩头年画传承了数百年的画艺就保持在这位十八岁便成了"掌门师傅"的钟海仙身上。民间的手艺虽是代代相传,然而上辈的手艺好,并不一定准传到下辈身上。全要看下辈人的才气与悟性了。如果下辈的禀赋高,还能青出于蓝胜于蓝,后浪高过前浪呢。钟海仙就是这么一位。当时,我知钟海仙老人年事已高,还安排了一位研究人员跑到隆回去做他的口述史,尽可能多留下他的一些真东西。事情是做了。但时不待我,人也不待我,去年十月钟海仙老人辞世了。他会不会把身上那些出神入化的手艺也带去了?这也是我此行的最关切的事情之一。

钟家的老宅子依旧在河北边的小街上。临街的两层木楼,下店上坊。钟海仙的老伴高腊梅掌管着画坊。门口的牌匾是"高腊梅作坊"。这绝不是钟海仙去世后改了字号,而是在二十世纪的极"左"时代,老字号"成人发"不能用了。钟海仙名气大,年画又属古艺,不敢太张扬,便用了妻子的名字为店号。高腊梅是钟海仙一生的画伴。一位个子矮矮却稳重雅致的湘中妇女,生在新邵县高雅塘,自幼随母学习凿花,技艺高超;后与丈夫一同印制年画,又是画艺在身,但如今岁数也大了。我把最关心的问题说给高腊梅:现在谁是画坊的主力呢?高腊梅笑了,指指楼顶,意思是到楼上一看便知。

楼上是典型的手工年画作坊。高大而发暗的木板房内,一边高高低低架着一排排竹竿,晾满花花绿绿的画儿;一边是大画案,一男一女腰间系着围裙,正在面对面印画。房中充溢着纸香与墨香。文人的书房也常常是这种香味。不过文人这种香味清而淡,飘忽不定;画工这种香味浓而烈,扑面而来。印画的男子为中年,女子略小一些。待问方知,女子曾是钟家的帮工,后收为徒;男子是钟海仙的长子钟石棉。原在县自来水厂工作。自小在画坊长大,耳濡目染,通晓画艺。如今父亲去世,母亲年高,当地政府担心钟氏年画一脉由此中断,遂与钟石棉所在单位商议,让他提前退休,享受公务员的待遇,人却回到家中承艺,以使其艺术的香火不灭。

我无意间看到贴在墙上的门神蛮有神气,眼神也活,便问高腊梅这门神是谁作的。高腊梅指指钟石棉说:"他。"我对钟石棉说:"真不错呀!可得守你们钟家的绝技,还得往下传呵。"

钟石棉露出憨笑。我喜欢他这种笑。这笑朴实、踏实,里边还明显表达出两个字:当然!

据说,钟石棉还有个弟弟在县检察院做检察官,也被政府安排回家承艺。原单位的公职和薪水保持不变。有了两兄弟的"双保险",钟家画艺的传承何忧之有?

隆回的非遗保护竟然如此认真到位又如此专业!

此后,我又到小溪河边去看望金玉美作坊的艺人李咸陆。当今滩头镇开店印画的,除去钟家,再只有这位老艺人了。但他身患重病,见面时坐在椅子上,连站起身也不能了。很热的天,下半身盖一条被单,握手时他的手又凉又湿。他叫人在桌上摆了笔墨,请我留字。我便写了四个字:"画纸成金",以表达对这位李氏传人的敬意。我更关切的是金玉美的古艺怎么下传。李咸陆有四个孩子,都不肯接过父亲手中的画笔,这是民间文化传衍最要命的事。幸好冒出一位外姓的年轻人,愿意学习李氏的画艺,被李咸陆收为弟子。于是,县政府准备以命名"传人"的方式,鼓励这位年轻人担起历史交接中一副不能搁置的担子。

滩头之行使我颇感欣慰的是,虽然滩头年画和各地民艺一样,皆处濒危,但他们抓住了关键——传承。非遗是一种生命,活态的生命保持在传承中。这就必需有传人。只要保住传人,就保住了非遗的本身。

2009.7

追寻盘王图

初　遇

此事说来惭愧,初见盘王图并不是在国内,而是在异国他乡——维也纳一位奥地利朋友的家里。这位朋友是中国古代艺术的铁杆粉丝,古陶、傩面、刻石、老家具摆满里里外外几间屋;这些老东西倒是常见,但挂在墙上的一幅容貌怪异、瞠目龇牙、骑龙腾空的神像画从未见过,尤其这神仙右脚的长靴没穿在脚上,竟套在龙尾巴尖儿上。画面的色彩主要是黑墨、铅粉和浓重的朱砂,鲜艳又沉静;一种极浓烈又浑朴的乡土气息扑面而来,还有种神秘感和原始感牢牢把我攫住。我禁不住问:"这画是哪里来的?"

这位朋友说:"这是你们国家少数民族的画,哪个民族不清楚,我在北京潘家园买的。你知道是哪个民族吗?"

我摇摇头。为此,在他家整整一顿晚餐都甩不开惭愧和尴尬,还忍不住不时朝墙上那幅奇异的画瞄一眼,却觉得画中那位不知名的神仙似含讽刺地瞧着我。好像说:

"你算什么中国的文化人,连我都不认得!"

回国后我曾一度着意打听这种画的身份,由于不知其出处,中国民间美术又那么缤纷驳杂,有些艺术如荒山野岭的奇花异草,难知其名,难寻其踪。这便渐渐沉入记忆深处。直到三年后我到大理邀集当地文化学者启动"云南甲马"的普查时,在大理古城一家古玩店里忽看到一种异样的画,挂了半屋子,登时一种似曾相识的感觉,夹带着强烈的特殊的气息直冲而来。这不是我曾经在维也纳见过的那种画吗?那位右脚没穿长靴的神仙不正在其中吗?它们是云南这里少数民族的艺术吗?是呵,看它的模样就不像是中原汉民族的。

经问方知,此画出自湖南的瑶族,当地人叫"盘王图"。这古玩店的店主夫妇两人都是四川人,他们经常到湖南的瑶寨去搞这种画,所以才有这么多"盘王图"。据女店主说一般人看不懂这种画,不会买,但一个法国人倒是她多年来主要的买家。这个法国人已经收集到数百幅"盘王图",还将这种画印了一本书。说着她拿给我一本挺厚挺重的方形画册,随手一翻,里边全是这种画——各种各样的画面和形象,全是见所未见,十分诱人。这就不能不叫人佩服欧洲人对文化的见识与行动的迅捷。往往我们刚刚发现了某一种文化,欧洲人却早来干了许多年。这些年我见得实在太多!从纳西人的《神路图》到黔东南苗寨里古老的绣服与花冠,从皖赣黔川中的傩到关外的萨满,我们的足尖尚未探入,西方人和日本人早把脚印深深地留在那里。所有积淀数百年乃至千年的珍稀的遗存,只要能移动的早已被他们席卷而去。在二十世纪初,伯希和与斯坦因们曾经大规模地"发现"我们一次,在西部的遗址和废墟中搬走整车整车的中古时代的经卷与文书;近三十年他们又趁着中华大地上的开放之风再一次卷土重来,踏遍山山水水,到处淘宝与掘宝。而偏偏今天的王道士要比一百年前多得多。他们这次弄走的东西远远多于藏经洞那次。可是我们的学者们在哪儿呢？是更喜欢在书斋中坐而论道，还是害怕辛苦或无力为之？

我从法国人收集和编印的这本盘王图中还看到一些穿瑶族服装的人物以及上刀梯等场面，相信这是具有很高历史文化价值的瑶族的古代绘画。可是那天我口袋里的钱有限，和店主在价钱上说来说去，只买到两幅。画的都是那位右脚没穿靴的神仙。其中一幅画上题写着道光十四年（1834年）的年号，以及信主和画工的姓名。这都是很重要的历史信息。

如果转天有时间，我一定会为这些盘王图再来，但我必须赶往剑川参加一位白族锡制工艺的传人的认定活动，不能缺席，便请大理文联的同志代我把这批盘王画全买下来。至少有六七十幅之多吧。我知道瑶族的信仰是盘古和盘瓠，民间俗称"盘王"，并向例有"祭盘王"的古俗，但从不知他们还有这种风格特异的盘王图。况且，这种画在技法上相当成熟和老练，程式性强，色彩浓烈又沉静，应是职业画工之所为。我对大理文联的同志说我一俟返回天津，马上就把钱汇来。但一周后返津才知道，那家古玩店因为在大理的生意不好，在我买画的第二天就关了门，店主已经离开大理。他们姓甚名谁，去往何处，无人能知。有人说，我这才叫擦肩而过，但也算一种幸运，总还是见了一面。我却总觉得是遗憾，甚至是很深的遗憾！

由于此次知道了这种画出于湖南瑶族，便想到去请教研究湖湘民间艺术的专家左汉中先生。谁知左汉中听罢大惊。他说他在主编《湖南民间美术全集》时，曾为寻找盘王图费大力气，但所获寥寥，后来打听到湘南江华瑶族自治县的民族事务委员会收藏了一整套盘王图。江华祭盘王的古俗极盛，很讲究挂盘王图，但如今

《盘王图·把坛大师》清代 108×42cm 湖南江华

真正的古本盘王图在江华已经十分罕见。民族事务委员会对自己收藏的这一套盘王图视作珍宝。左汉中想了很多办法才将其拍摄下来，收入画集。"你怎么会见到这么多盘王图呢？"他的惊讶鲜明地表现在他的口气中。

我便深深感到，在大理这次，一宗极珍贵的瑶文化遗存与我失之交臂了。我十分后悔当时为什么不先把这批盘王图抓在手里，再设法付钱。如果说在维也纳那次是惭愧，这一次便是愚蠢。

然而我相信，如果你真心找一件东西，那件东西一定也会在找你。我与盘王图的缘分远不会终止于此。

转一年秋天我去广西考察壮族的天琴，随后便跑到滇北一带去探访壮、苗、侗、瑶的古寨。这些地方连接贵州的黔东南，有许多原生态的古村落。黔地重峦叠嶂，山路崎岖，由那边很难进去，但从滇北却好深入。考察中翻看地图时忽然发现，那个盛行盘王图的江华瑶族自治县竟然紧挨着滇北，并与阳朔的距离不算远。我便问同来的广西的朋友："阳朔有古玩店吗？"他们说，阳朔是旅游胜地，外国人多，古玩店自然多。我便兴奋起来，说："待这边考察结束后，我想跑一趟阳朔。"当然，我是为寻找盘王图而去。

我知道，当今的中国，凡是一个地方有独特的文化，其遗存在当地却根本见不到——早被淘宝的古董贩子淘得干干净净，但是在周围一些交通便利的城市的古玩市场上却常常能够遇到。比如在赣西的印刷中心四堡，再也找不到一块古版，但在不远的厦门的古玩市场却能见到许多。这样的例子举不胜举。这也正是我说的那种"文化空巢"的现象之一。

随后，在阳朔老街的一家专事经营少数民族文化遗存的古玩店里，果然找到了久违的盘王图，大大小小十二件！令我惊异的是,一幅《天师像》上题写的年号竟是嘉庆八年(1803年)。其年代之古老可见一斑。而且这批盘王图的题材内容十分丰富,譬如《天师》《三帝将军》《四府神将》《海番》(那位右脚没穿靴的神仙),乃至最具湘地巫教特色的《把坛大师》,一律全有。民族特色异常鲜明,画上边还有许多有价值的历史文化信息。我不会再犯当年在大理那样的错误,而是一网打尽买下来。回来之后,便将所有可以找到的图文资料全部汇集起来,进行研究,写了《盘王图初探》一文。事物的价值是在对它的认识中明确的。研究的成果告诉我,瑶族的盘王图是我国少数民族的一个十分珍贵又危在旦夕的文化宝藏。我想,尽管我很难比那个捷足先登的法国人见到更多的盘王图,但我已经把它列为一个专门的研究项目了。

初 探

依据我收藏的各种盘王图凡十二件和江华县民族事务委员会收藏的一套盘王图凡十七件(见《湖南民间美术全集·民间绘画》),合并起来进行整体研究,所获竟然颇丰,并基本弄清此图之究竟,下边分为内容、文本、特点和价值四部分,逐一表述。

一、内容

盘王图是瑶族举行祭祀时崇拜之偶像。瑶族自古崇仰盘瓠,关于瑶族和盘瓠的传说都可以从上古元阳真人所著《山海经》中找到确切的记录。瑶族人认为盘瓠是其始祖,然而在涉及世界的源起时,盘瓠又和"开天辟地"的盘古混同一起。不管学者们怎样寻找史据证明盘瓠并非盘古,但在瑶族代代传说中,一直把盘瓠和盘古认作他们共同崇拜的祖先,并称之为盘王,还以建盘王庙、过盘王节、举行"还盘王愿"等民俗活动来敬祀盘王。"还盘王愿"缘自瑶族远古的传说，据说瑶族先民迁徙渡海时遭遇到黑风白浪，船只三个月无法靠岸，危在旦夕，便乞求盘王显灵护佑，并许下誓愿。随后，盘王果然显灵，先民得以拯救。一个以还愿与敬祖为主题的习俗便越过千年，直至今日。

"盘王图"是举行这些节俗时必然悬挂的神像。需要说明的是，"盘王图"是湘南江华瑶族自治县的称谓。兰山县称之为"神轴"。还有的地方称之为"梅山图"。这里称之为"盘王图"应是盛行该图的江华地区习惯的叫法。

关于盘王图的内容，其中有很大成分是道教的。道教说，三清之首元始天尊在天地初开之时，曾传授秘道给诸神，以开劫度人。他这种创世行为与盘古的开天辟地极其相似，因而元始天尊又被称作"盘古真人"。在瑶族地区，就很自然被认作为他们的始祖"盘王"了。盘王图中最重要的一幅神像——盘王像，便有着道教第一神元始天尊的成分。

虽然我国各地民间信仰，多是佛道儒与地域崇拜融为一体，但在湖湘大地尤其瑶族地区，道教的影响远大于佛教的影响。在盘王图中除去盘王（也是元始天尊），其他的神像如灵宝天尊、太外、玉皇、许天师、张天师、赵公元帅、东岳大帝、丹霞大帝、四府神将、三元大帝、太上老君、龙王、十殿阎君及各种护法神将，大都是道教神仙，无一是佛门诸神。盘王图中有一幅《总圣》，看上去与中原各地常见的《全神图》几乎一样。在中原汉文化地区《全神图》中，佛道儒所有神佛，无所不包，但盘王图中的"诸神"除去盘王，其他一律为道教神仙和民间诸神。如"三清"、玉皇、三元大帝、北斗七星、南斗六星、王母娘娘、众天师、众护法元帅、十殿阎君、梅山五郎、张赵二郎、瘟使、虫皇等。在最下边还有两排乘龙驾虎、乘骑舞刀的本地的巫师,正在将妖邪驱赶出家门。巫师也属道教范畴。这是其他地方的《全神图》所没有的。它具有鲜明的地域性。

盘王图的地域性,还表现在其他几个方面:一是在画面上常常会出现一位披发舞刀、赤裸上身的人物。这便是湖湘地区历来最盛行的巫教中施展法术的巫师(当地称作师公)。有的画面还有师公们"上刀梯"的场面。显然,盘王图要借用这些在当地极具信服力的巫教的法力,以张其威。二是画面上的世俗人物,大多穿着瑶族的服装,这种穿着的人物无疑会增加画面的亲切感,拉近了当地百姓与画中神像的关系。三是海番。海番坐骑原本是南蛇,传说南蛇脱壳后即成龙。海番因此被称作龙神,甚至被称为龙王。但盘王图中的海番与汉族的龙王形象相去千里。据瑶族文化学者张劲松先生考证,这位海番全名叫"海番张赵二郎刀山祖师"。在度戒仪式上,他骑龙而来,帮助度者上刀梯。至于他脱去右脚的靴子,套在龙尾上,是为了表示"海水奔波不溅身"。这位海番是一位湖湘南部瑶族的地方神。

在盛行"祭盘王"的湘南江华,还有一种《众神赴坛图》,它不同于一般的立轴的盘王图,而是一种手卷形式的图画,长达三米左右,其作用是把天上众神请入神坛。这属于具有独特功能的一种盘王图。

特别应该指明的是,在瑶族的始祖盘王崇拜与道教信仰之间,盘王是主体。不管它吸收了多少道教的成分,它在性质上还是自己民族的祖先崇拜而非宗教,所以在盘王图中明确地将自己的始祖盘王作为主神。

二、文本

这里先将我收集到的盘王图十二件中各方面信息列表如下：

盘王图原件一览表

编号	画名	画幅尺寸	画心尺寸	年　代	内　容	功德记文字	备注
1	海番	115×48cm	103×40cm	清代道光十四年（1834年）	关于"海番张赵二郎刀山祖师"记载甚少。蓝山县有一传说，在张姓和赵姓两家共用的地里长一个南瓜，瓜熟裂开，从中蹦出一个娃娃，两家争说自家娃娃，后取名张赵二姓，争执方息。后来这娃娃成了海番神，神名还保持着"张赵"二姓。	信士香主赵法印合家人口，自发成（诚）心，彩绘神像四轴，入于赵氏门庭，子孙供奉为记，保又（佑）人口青（清）吉，五谷丰登。道光十四年九月一日吉旦崇宁丹青，李宗彩笔。	购自云南大理古城
2	海番	118×48cm	110×42cm	清代	同上。此画中海番右脚脱下来的靴子不像其他盘王图那样套在龙尾上，而是用剑尖挑着，海番衣覆的花纹明显是瑶族的图案。画面上还有一披发挥刀、正在施法的巫师形象。		同上
3	三帝将军	136×54cm	122×44cm	清代道光二十六年（1846年）	三帝将军当地又称作"上元将军"，乃道教三元大帝（天官、地官、水官）的护法神。		购自广西阳朔老街

4	四府将军	136×54cm	122×44cm	同上	道教中"天、地、阳、水"四府的护卫神。下边乘骑者是这四府的"四值功曹"。中间还有一乘骑者手持牛角和尖刀,似在施法,方还有一披发赤臂者,应是巫师。		同上
5	总圣	136×54cm	122×44cm	同上	道教诸神尽在其中。下方两排巫师,正在驱赶一恶鬼,深具本地特点。《总圣》中的神仙数目多少不一,最多可达一百零八位。		同上
6	海番	136×54cm	122×44cm	同上	同上	信仕(士)香主××氏男法合家人口,出(诚)心彩画神像四轴,人兴才(财)旺,五谷丰登,香门兴旺。道光二十六年丙午十一月初一日吉旦。	同上
7	圣主	120×48cm	108×42cm	清代嘉庆八年(1803年)	原件背面署名"圣主"。其说不一。一说盘王,一说玉皇。待考。		购自广西阳朔
8	太上老君	120×48cm	108×42cm	同上	即道教三清中的道德天尊,亦老子。道教尊其为祖师,以其《道德经》为经典。太上老君手持一扇,绘有阴阳镜,象征太极分两仪。		同上

9	天师	120×48cm	108×42cm	同上	即张天师。张道陵,东汉人,道教创立者,后被神化,民间奉为降伏镇宅之保护神。	信士家冯姓合家诚心请匠到家,彩画满堂圣像共十四轴,天桥已度,保佑子孙,人丁兴旺,遗后子孙,远永(永远)流传,福有所归。丹青陈连,李肇兴笔立子(字)。嘉庆八年岁次癸亥仲夏月朔九起手望五月开光完笔。	同上
10	把坛大师	120×48cm	108×42cm	同上	掌管阳界祭祀之神。画中有本地的巫师、"上刀梯"场面、吹乐和穿瑶服的人物,都极有研究价值。		同上
11	总圣	130×50cm	110×43cm	清代	此图中道教诸神,俱在其中。下方众巫师供一牌位,上书"香门兴旺"。画面上方有"福佑民"三字。		购于广西阳朔老街
12	众神赴坛图	20×286cm	16×280cm	清代	此为手卷形式由右至左,展示天上众神在法师们的鼓乐声中,来到神坛。护法神将乘骑挥刀,鼓师乐手皆着瑶装。其中有瑶族传说"黄斑饿虎咬邪精"的情节。		同上

在将我收藏的盘王图(下文称冯藏盘王图)与江华民族事务委员会收藏的盘王图(下文称江藏盘王图)进行比较分析和整体研究后,得出的认识如下:

1. 江藏盘王图是整套,共十七幅,原物主是一个人;冯藏盘王

图十二幅,只有其中四幅(3—6)为一整套,其余皆为失群画作,其时代与原物主皆不相同,但所有神像在江藏盘王图中都有,这表明江藏盘王图是一套较为齐全和完整的盘王图。它包含着多组神像。每组三幅,一幅神像居中,左右神像相配。如《盘王》《水府》和《地府》为一组,盘王居中,水府与地府一左一右;再如《灵宝天尊》《玉皇》和《太外》为一组,灵宝天尊居中,玉皇和太外一左一右。此外,还有两幅一组的,多为护法神。如《四府神将》和《三帝将军》为一组,《许天师》和《张天师》为一组,都是左右相配。所谓左右,就是左幅画中人物的脸朝右,右幅画中的人物脸朝左。这样才好与主神搭配。一般是主神居中,正襟危坐,左右两幅的神仙面朝中央。

盘王图悬挂时,整体要讲究对称,每一组也要求对称。这样才能庄重肃穆,井然有序。

从现有资料看,江藏盘王图是幅数最多的了,凡十七幅。在冯藏盘王图中包含两套,幅数却各自不同。一为冯藏盘王图(3—6),画面上的"功德记"中写着"合家人口,出(诚)心彩画神像四轴",说明这套盘王图总共只有四幅,但也是完整的一套;二为冯藏另一组盘王图(7—10),画面上的"功德记"中写着"合家诚心请匠到家,彩画满堂圣像共十四轴",表明这套盘王图原为十四幅,现只剩下四幅,属一组失群画作。但由此表明,一套盘王图的数量是不固定的,可多可少。

瑶族人祭盘王的形式有两种,一是在盘王庙或较大空间进行的公祭(一称众愿),一是在家中私祭(一称家愿)。《盘王图》在祭盘王时悬挂,要求"满堂众圣"。由于受空间限制,空间大的厅堂可挂十多幅,空间小的厅堂只能挂少数几幅。比方冯藏盘王图

（3—6），就可能因为空间小而只选择了其中的四幅。然而，不管多么少，其中必有一幅主神。这套盘王图的主神是《总圣》。因为《总圣》囊括了天地间所有的神仙，也包括盘王。所以在盘王图中，《总圣》又被称为"正坛"，是要挂在中间的。在《总圣》之外，还要配上一左一右两幅护法神像。这套冯藏盘王图（3—6）选择的护法神是《三帝将军》和《四府神将》；此外还有一幅则是最具瑶族色彩的骑龙挂靴的海番像，可见这位海神在瑶族信仰中地位的重要。

这种按自己需要来选择神像的方式，很像河南滑县的神像画。在滑县，画工也是根据主家的需要来提供不同的神像组合。

2. 从冯藏盘王图（7—10）画面上的"功德记"里的一句话"请匠到家"，可知在当地有一种以画盘王图为职业的画匠。从盘王图的画技上也能看出，这种画非常专业。特别引起我注意的是，冯藏盘王图（3—6）和江藏全套盘王图，不仅画风一致、画稿完全一样，内容细节乃至用笔技法也完全一致，甚至连功德记的词语与书法亦如出一辙。由此表明，这两套画无疑出自一个画工之手。江藏盘王图画于道光十六年，冯藏盘王图画于道光二十六年，前后相距十年，这说明一位名叫王家义的画工一直在江华一带瑶乡从事画业。这位画工使用民间惯用的粉本来作画，设色、用笔、图案都是程式化的，技法熟练并很讲究。再以江藏道光十六年（1836年）的《天师》与冯藏嘉庆八年（1803年）的《天师》相比较，就显然不是同一画工所作的了。两幅《天师》相距三十多年，非同一代人之所为，但彼此之间很多基本元素——构图、造型、开脸、图形和花边装饰都具有鲜明的传承性。由这些研究可以确信，盘王图在瑶族（尤其在江华）是一种历史悠久、传承有序的民间绘画，内容确定，形式独特。当然对其文化与艺术的特征还要进一步做具体分析。

三、特点

盘王图的特点极其鲜明,一望便知。倘未见过它,会立即产生异样之感。这表明它在艺术上已自成体系。

盘王图使用地方土纸,从纸的色泽(淡褐色)与柔韧性分析,应为湘地特产——手抄竹纸。关于手抄竹纸,本文"湘中三事"中有详述。

盘王图的形式为立轴,上下以草秆为天地杆。用时打开悬挂,用后卷起收藏。画幅尺寸为高130厘米左右、宽48厘米左右。画心内缩数厘米。每套尺寸统一。

画心外的四边绘有花饰。上端以墨笔画云团三朵,粗大雄厚,内卷外旋,其他三边饰以简笔花草,此为盘王图一明显特色。

盘王图最鲜明的特色在色彩上。以浓重的朱砂为主色,神仙的衣服、背光、火焰皆用朱砂,其间杂以黑、黄、蓝、白,都是瑶族喜欢的颜色。衣纹用笔粗重,面部勾线细柔,粗细对比,很有质感。染色的方法很像木版年画,以短锋粗笔一边蘸色一边蘸水,一笔可画出浓淡,有立体感。深色的轮廓线的内侧,常用白粉复勾,不仅使形象明快醒目,也使事物厚重。由于画工是职业化的,运笔相当老到,画面生动鲜活,与庄重浓烈的色彩浑然一体,画面血肉丰足,气氛雄健传神。以此为准,在至今所见到的盘王图中,冯藏盘王图(1)应为艺术上难得的珍品。

在结构上,作为主角的神立在画的正中,非常突出,下边多有胁侍的神仙或护法神将。护法神骑在马上,表示求之即来。盘王图的画面上最常见的是两种图案,一是红色火焰,一是褐色云团。前者表示法力,后者表示神在天上,高不可攀。于是满纸云烟飞动,火焰熊熊,肃穆崇高,甚至强烈。

一套盘王图,不论多少幅,都有一幅画面上用朱砂线条勾出一长形的空白,约10厘米见方,上书题记。类似壁画中的榜书和造像上的发愿文和功德记。上边记载主人的姓名、神像的幅数,以及心中的愿望;此外还要题写画工的姓名以及该画完成与开光的日期。物主一般自称香主、信士,其家庭自称香门,愿望多是"人丁兴旺"和"五谷丰登"等,具有极强的农耕生活的色彩。这种"功德记"的形式源于寺观的"庙画",而盘王图的艺术特色却来自其独有的民族文化了。

四、价值

盘王图的价值是多方面的。

一是历史文化价值。盘王图与其原始的崇拜和古老传说紧密相关,是其民族精神生活的重要内容和历史见证。盘王图是瑶族自己绘制出来的他们心中的祖先形象,它应是一种崇高的理想形态。再一点便是与道教及巫道文化的融合,形成了瑶人的理想天地与信仰世界。古老瑶族的宇宙观、生命观、价值观尽在其中。

二是风俗价值。盘王图是瑶族特有的节日(盘王节)与特有的民俗(还盘王愿)的主要的祭祀用品,是祭拜偶像。它悬挂于院堂中央,在整个民俗活动中处于核心位置,也是民俗仪式中必不可少的核心载体,民俗意义至关重要。

三是艺术价值。盘王图是瑶族人绘制的神像类的绘画。它鲜明地反映瑶族人共有的审美与集体性格。在本文,已对其造型、结构、设色、画法,做了分析。可以说,如果缺少盘王图,我们对瑶族的民族文化的认识便会减少和变得有限。

然而,近二十年随着外国学者的文化考古和古董商贩的淘宝,瑶族盘王图已处于飘零失散、几近消亡的境地。尽管瑶族年年还在过盘王节,使用的盘王图已多为仿制品。失去了历史见证的文化一定会变得轻飘与表浅。这也是全国各族各地域民间文化日渐稀薄与弱化的缘故。

在本文写到这里,刚刚忽有一个朋友拿来一堆照片,说四川一商贩手里有川北傩面与戏偶上千件。其中不少当称绝世精品,其年代,上及元明。四川各地的傩戏如梓潼戏、端公戏、鬼脸壳戏等,以及民间木偶戏如提线偶、杖头偶、掌中偶、被单戏等,应有尽有。我相信在这些文化的家园里,已经找不到它们的身影。就像上边说的盘王图,在江华无迹可循,可是竟然全跑到大理的古城中挤成一堆,此后再在什么地方露上一面,随即就不知被什么人弄到哪里——最终谁也看不见。

当一种文化消失了,它最后就保留在一些残存的遗物上。如果这些遗物再离开它的故乡故土,剩下的惟有虚无。但这是我们自己把自己搞成虚无的。其缘故是我们无知,或我们只是抽象地"热爱"自己的文化而已!

可是,我们能叫后人也落入这种历史和文化的虚无中吗?谁来做?怎么做?!

2009.8

大理心得记

两团浓浓的文化迷雾安静地停在滇西大理一带的田野中，一动不动，绵密而无声，诱惑着我。这迷雾一团是甲马，一团是剑川石窟中那个不可思议的阿姎白。

我第一次见到云南的甲马纸时，便感到神奇至极。一种巴掌大小的粗粝的土纸上，用木版印着形形色色、模样怪异的神灵。这些神灵只有少数能够识得，多数都是生头生脸不曾见过。其中一位"哭神"，披头散发，嚎啕大哭，浑身滚动着又大又亮的泪珠，使我陡然感受到一种独特又浓烈的人文习俗隐藏在这哭神的后边。这是怎样一样特异的风俗？怎样一种幽闭又虔诚的心灵生活？至于阿姎白——那个白族人雕刻的硕大的女性生殖器真的就堂而皇之置身在佛窟之中吗？两边居然还有神佛与菩萨侍立左右？能相信这只是一千年前白族雕工们的"大胆创造"？

虽然我的高原反应过强，超过两千米心脏就会禁不住地折腾起来。但对田野的诱惑——这些神秘感、未知数和意外的发现，我无法克制；它们像巨大的磁铁，而我只是一块小小的微不足道的铁屑。何况在大理还要召开一个学术性座谈会来启动甲马的普查呢。

4月16日我和中国民协一些专家由北京飞往滇西。其中杨亮才是专事民间文学研究的白族学者,精通东巴文字的白庚胜是一位纳西族专家。有他们引导我会很快切入到当地的文化深层。

甲马上的本主们

这种感觉不管再过多久也不会忘记——

车子停在路边,下车穿过一条极窄极短的巷子,眼睛忽然一亮,豁然来到一个异常优美的历史空间里。手腕表盘上的日历忽然飞速地倒转起来,再一停,眼前的一切一下子回复到三百年前,而这一切又都是活着的。两株无比巨大的湛绿的大青树铺天盖地,浓浓的树荫几乎遮蔽了整个广场。这种被白族人奉为"神树"的大青树,看上去很像欧洲乡村的教堂——村村都有。但周城这两棵被称作"姐妹树"的大青树据说已经五百岁;围在小广场一周的建筑也不年轻。雕花的木戏台、窗低门矮的老店以及说不出年龄的古屋,全应该称作古董。广场上松散地摆放着许多小摊,看上去像一个农贸的小集。蔬菜瓜果花花绿绿,带着泥土,新鲜欲滴;日常的物品应有尽有。然而人却很少,无事可做的摊主干脆坐在凳子上睡着了,鸡在笼子里随心所欲地打鸣,一大一小一黄一白两条觅食的狗在这些菜摊中间耷拉着舌头一颠一颠走来走去;白族妇女的一双手是不会闲着的,用细细的线绳捆扎着土布。这是扎染中最具想象力和手工意味的一道工序。一些染好而出售的布挂在树杈上,在微风里生动地展示着那种斑斓和梦幻般的图案。在外人看来这些花布大同小异,但每一家的扎染都有着世代相传的独门绝技。只有她们相互之间才能看出门道,却又很难破解别人的奥秘与诀窍。

这儿，没有现代商场那种拥挤和喧嚣，也没有人比比画画、吆五喝六地招揽生意。似乎集市上的东西都是人们顺手从田野或家里拿来的，没人买便拎回去自己享受。一种随和的、近于懒散的气氛；一种没有奢望却自足的生活；一种农耕时代特有的缓如行云的速度；一种几乎没有节奏的冗长又恬静的旋律。

一个意外的发现，使我几乎叫出声来。在广场西边一家小杂货铺的几个货架的顶层，堆满一卷卷粉红色和黄色的小小的木版画。要来一看，正是我此行的目标——甲马！这种在内地几乎消失殆尽的民俗版画，在这里居然是常销的用品，而且种类多不胜数！

店主是位老实巴交的姑娘，头扣小红帽，不善言辞，眼神也不灵活。我问她这铺子卖的甲马总共多少种、都怎么使用、哪种人来买等。她一概说不好。只说一句："谁用谁就买呗。"

"这么多甲马是从哪里批发来的？"我问。姑娘说，是她父亲自己刻版印制的。她父亲是本村人，六十来岁，叫张庆生。大理的甲马历来都是本村人自刻自印。目前周城村还有三四家刻印甲马呢。我对她父亲发生兴趣，再问，不巧，她父亲有事外出去洱海了。

我决定每种甲马买两张。价钱低得很，每张只有三角钱。我边挑选边数数，最后竟有九十多种。这使我很惊讶。店铺里卖的东西必定是村民需要的。这周城人心中有如此众多的神灵吗？都是哪一些神灵？

云南的甲马不同于内地的纸马。但它是从纸马演化或分化出来的一种。纸马源于远古人最深切的生活愿望——祈福与避邪。那时人们无力满足自己这种愿望，只有乞求神灵的帮助。在汉代人们是通过手绘的钟馗、门神、桃符以及爆竹来表达这种心理的,并渐渐地约定俗成。等到唐宋雕版印刷的兴起之后,这种广泛的民俗需求便被木版印刷的纸马承担起来。北宋时期的纸马就有钟馗、财马、钝驴、回头鹿马、天行帖子等很多种了,《水浒传》中神行太保戴宗的靴子上不也贴着纸马吗?一些像开封这样的大城市还有专门销售纸马的铺子,就像此刻眼前周城这家卖甲马的小店铺。这难道是中古时代留下来的一块活灵活现的"活化石"?

一千年来,纸马的风俗流散全国。几乎各地都有这种小小的自刻自印而神通广大的纸马。纸马走到各地,称呼随之不同。河北内丘叫"神灵马"、天津叫"神马"、广州叫"贵人",北京还有一种全套的神马,被称作"百分";云南便称之为"甲马""马子"或"纸火"。所谓"纸火",大概由于甲马在祭祀过后随即就要用火焚烧,但内丘的神灵马却任其风吹日晒,自然消失。各地纸马上的马多是神灵的坐骑,云南甲马的本身就是快速沟通凡世与天界的一种神灵了。

中国的地域多样,文化上都很自我,相互和谐的古老方式便是"入乡随俗"。纸马的随俗则是依从当地的心理。这就不单因地制宜地改变了纸马使用时的习俗,各地独有的神灵也纷纷登上这天地三界神仙的世界中来。

我拿起一张甲马。灰纸墨线,刀法老到。中间挺立一人,佩刀执弓,颇是英武。上书二字:"猎神"。我问这是白族的神吗?

杨亮才挺神秘地微微一笑说:"这人叫杜朝选,我们就去看他。"

我像听一句玩笑,笑嘻嘻随着亮才走进一条蜿蜒的长街。这街又窄又陡,路面满是硌脚的碎石头,好像爬一座野山。走着走着便发觉街两边一条条极细的巷子全是寂寥深幽的古巷;临街上的窗子形制各异,有的方而拙,有的长而俊,古朴又优美,好似窗子的展览。一路上还有废弃已久的枯井、磨台、风化了的石门礅、老树、残缺的古碑、墙上插香用的小铁架以及浸泡着板蓝根的大染缸……我忙伸手从裤兜里掏出手机赶紧关掉,生怕这种全球化的物件打破我此刻奇异的如梦一般的感受。在一条深巷尽头,出现一座松柏和花木遮蔽的宅院,不知哪户人家。亮才推门进去,竟然是一座小庙。正房正中供奉一位泥塑大汉,威风八面,双目如灯。亮才说:"这位就是猎神杜朝选,周城这村的本主。"我忽然明白,这是一座本主庙。正是那张传说可以接通神灵的甲马纸——猎神,把我引入白族奇异的本主文化中来。

我读过一些白族本主文化研究的书。我对这地远天偏的白族特有的民间崇拜好奇又神往,但没想到自己毫无准备,已然站在一座本主庙里。我向庙中各处伸头探脑,所有物品全都不懂不知没有见过。书本上的东西在现实中往往一无所用。只有历史文化的浓雾将我紧锁其间。

不管白族的本主是否上接原始的巫教,不管它从佛教和道教中接受多少祭祀的仪式,在直觉的感受上它并非宗教,分明还是一种纯朴的民间崇拜。在周城附近慧源寺中一座本主庙里,我看到当地的一个民间组织莲池会正在祭祀本主。头包各色头布的妇女与老婆婆们手敲长柄木鱼,齐声诵经;身边竹编的盘子上,恭恭敬敬地摆着茶壶、小碗、茶水、瓜果、干点、米酒、松枝与鲜花。没有铺张,只有真切;没有华丽,只有质朴的美;一句话,没有物质,只有精神。那种发自心灵的诵经之声宛如来自遥不可及的远古。什么原因使它穿过岁月的千丛万嶂来到眼前?

本主崇拜是以村为单位的。一般说,一个村庄一个本主。也有几个村庄供奉同一个本主,或者一个村庄同时敬祀两三个本主的。周城就有两个本主。南本主庙供赵本郎,北本主庙供杜朝选。本主又称本神,即"本境之主"或"本境福主"。用现代汉语解释就是"本村保护神"。按《本主忏经》的说法,本主可以给予人们"寿延绵,世清闻,兴文教,保丰年,本乐业,身安然,龄增益,泽添延,冰雹息,水周旋,安清吉,户安康"。故而,村民对本主信仰极虔,凡生活中生育、婚姻、疾病、生子、耕种、盖房、丧葬、远行,等等,都要到庙中告知本主,求得吉祥。甚至连买猪买鸡或杀鸡宰猪,也要到本主面前烧几根香,直把心里的事都说给本主,方才心安。从生到死,一生都离不开本主的护佑与安慰。

这些独尊于一个个村落中的本主,彼此无关,没有佛教道教的神仙们那种"族群"关系。至于本主成分之庞杂,真是匪夷所思。大致可以分为七类。一是自然物本主,包括太阳、山、雪、古树、黄牛、灵猴、白马、鸡、马蜂、神鹰、壁虎等。有的村庄会把一块石头或一个大树疙瘩奉为本主,当然一定是"事出有因"。比如大理阳乡村的树疙瘩本主相传曾经阻挡洪水,为该村建立过宏勋。二是抽象物本主。比如龙和凤。白族是崇拜龙的。即汪士桢说的"大理多龙"。龙是雨水的象征。但传说中龙的家庭十分庞大。比如龙王、龙母、黄龙、白龙、赤龙、母猪龙王、独脚龙王、温水龙王、马耳龙神,等等,不胜枚举。不同的龙因为不同的原因成为本主,不一定都和雨水洪水有关。三是历史人物本主。其中不少是南诏国和大理国的帝王将相,爱国名将段宗膀和李宓都是著名的本主。人们敬重这些历史人物,甚至连李宓手下的爱将,还有大女儿和二女儿,也在不同的村子里被封为本主。四是英雄本主。他们是百姓敬仰的为民除害的英雄豪杰。由于年代久远,在民间已成为神话传说的主人公。周城的猎神杜朝选就是其中一位。其余如柏洁圣妃、洱海灵帝、海神段赤城、南海阿老、除邪龙木匠、赤崖老公、挖色秀才、药神孟优、独脚义士阿龙,等等,多不胜数。五是民间人士。这些人士曾经都是实有其人。或做过好事,或极有个性而令人羡慕,或品德高尚被视为楷模,因被立为本主。这种本主属于"人性神身"。六是为白族熟知的其他民族的人士,比如诸葛亮、韩愈、傅友德、忽必烈,等等。七是佛道神祇。虽然本主中有佛道诸神,但本主的主流还是从白族自己的土壤中生出的令人崇敬的人物。只要全村的百姓普遍认可,便封为本主,立庙造像,烧香敬奉。由于本主曾是活人,每个本主的生日都要大事庆贺。

　　本主没有严格的教规,但在村内却有极强的凝聚力。他们的事迹村中百姓无人不晓。比如周城本主猎神杜朝选,谁都知道此地曾有一条巨蟒兴妖,掳去二女子,杜朝选与巨蟒血腥拼杀,最后斩蟒救女。这二女子知恩必报,一齐嫁给杜朝选。故而周城北本主庙杜朝选的神像旁,还有二位夫人以及孩子一家人的塑像。在白族的本主庙中人性和人间的味道极浓,这是其他宗教寺庙中没有的。特别是一些本主还带着"人性的缺欠"。比方邓川河溪口一位本主白官老爷,性喜拈花惹草,人极风流,但后来幡然醒悟,改邪归正,村民不仅原谅他,将他封为本主,还在他身边塑了一个美女。另一位身居鹤庆的风流本主东山老爷,常与邻村小教场村的女本主白姐夜间幽会。由于贪欢,天亮返回时慌慌张张穿走白姐的一只绣鞋。人们便让这两位本主将错就错,神像上各有一只脚穿着对方的鞋子。洱源南大坪的本主曾因偷吃耕牛的肉,被人揪去一只耳朵。庙中他的神像也缺一只耳朵,便是尽人皆知的"缺耳朵本主"。从教化的层面说,这些故事具有告诫的意义。但从人类学角度看,它们表现出白族特有的宽容、亲和与自由。这一点对于我下边研究和认识阿姎白很有帮助。

白族的本主庙不像佛庙道观深藏于山林之中。它们全在村内老百姓的中间。村民心中有事,如同到邻居家一样,出门走几步,一抬腿就进了本主庙。用自己创造的神灵来安慰自己的心灵,便是古代人类最重要的精神生活的方式了。白族的本主与汉族的妈祖有些相似,每年都要把神像抬出庙宇,以示"接神到人间",同时歌之舞之,既娱神也娱人,沟通人与神的联系,使心灵得到安全感和满足感。但比较起来,白族人与他们的本主之间更具亲情感。他们连本主的脾气、性情、爱好、吃东西的口味,全都一清二楚,并像关爱亲人一样照顾本主。每个本主都有一个传说。每个传说都是一篇美丽的口头文学。收集起来便是一部民间文学沉甸甸的大书。这些本主的"本生故事",大多是曾经在人间的种种美德。白族人便以此来传承他们的生活准则、伦理模式、道德理想与价值观,以及审美。

白族人与本主沟通和祈求保护的另一种方式,是通过甲马。许多村庄的百姓把他们的本主刻印在灵便又灵通的甲马纸上。当白族的本主们登上甲马,我们就深知甲马纸的分量了。这也是云南甲马不同于其他地区纸马并具神秘感之关键。

我将云南甲马的神灵与白族的本主做比较。其结果告诉我,甲马上的神灵并不都是本主，本主也并没有全部登上甲马。其缘故有二：一是本主崇拜只有白族才有，而甲马遍及云南各族。二是甲马的精神本质源自原始崇拜的"万物有灵"。它超出本主范围。在"万物有灵"这一点上，甲马与全国各地的纸马又是一致的。

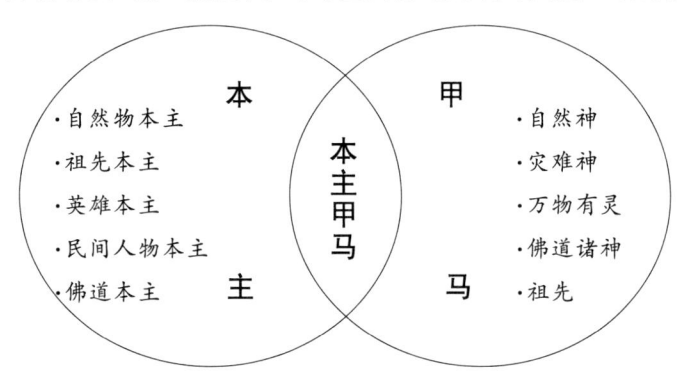

```
     本                        甲
  ·自然物本主            ·自然神
  ·祖先本主      本主    ·灾难神
  ·英雄本主      甲马    ·万物有灵
  ·民间人物本主          ·佛道诸神
  ·佛道本主              ·祖先
     主                        马
```

在甲马汪洋恣肆的世界里，除去大量的白族的本主之外，其他神灵大抵分为两部分。一是与物质生活相关，一是与心灵生活相关。

与物质生活相关的甲马，可以对生活——畜牧、农耕、狩猎、行路、家居、建屋、生育、健康、衣食、天气等施加全方位的保护。比如五谷神、水草大王、地母、风神、水神、树神、火神、猎神、井神、放羊哥、圈神、粪神、送生娘娘、河舶水神、金花银花、桃花夫人、土公土母、安龙奠土、张鲁二班，等等。品类之多，难以穷尽。由于在人的祈望中避祸比得福更为深切，所以原始崇拜中对灾难神的祭拜要重于吉祥神。在这里，各种制约不幸与疾病的甲马应有尽有。比如二郎神（冰雹）、火神（火灾）、瘟司（瘟疫）、夜游神（噩梦）、巫蛊（神志迷乱）、虹神（小孩口吃）、哭神（小孩啼哭）、瘟哥（医神）、姑奶奶（生疮长疖）、罗昌阁大王（眼疾）、耗神（腰酸背痛），等等。

比起河北省内丘的纸马,云南甲马要广泛得多。也可能内丘地处中原,生活较之开放,许多古纸马早已消失,于今存之无多。

较之与物质生活相关的甲马,另一部分与心灵生活相关的甲马就更加丰富了。这是甲马真正价值之所在。

从这一类甲马中,可以看到古代白族对大自然的亲和与崇敬(岩神、太阳神、山神等),对不可知的自然力量的畏惧(火龙、巫师、三木天王、太岁等),对人间祥和的向往与追求(匹公匹母、小人子、解冤结等),对意外不幸的担忧(命符、退扫、床神、平安大吉、六贼神和驱鬼等)。还有很多甲马体现人们对死者灵魂安宁的企望,这一切使人想到原始祭祀中的招魂。这些甲马无疑都与博物馆里远古先人的祭器相关相连。

甲马几乎渗透到人们现实生活和心灵生活的所有角落!

在大理我邀集了一些本主文化与甲马的专家座谈。最令我吃惊的是,其中两位专家收藏的甲马都达到一千多种。他们展示其中的一小部分,已使我如醉如痴。那种神奇又神秘的气氛、怪异荒诞的形象和莫名的由来,使我感受到与其之间,一如大漠荒原,空荡旷远,无法计量。那种粗犷与野性,近乎原始。然而其中生命与灵魂的张力,犹然令人震撼。经他们介绍,其中不少是早已不再使用的古纸马。当我们了解到每种甲马都承载着一种古俗或一个使用的传统,更为白族文化的深厚和博大而震惊!

由此,回到本主文化来说,白族现存的本主庙有 413 座。而历来就有 500 神主之说。每一个本主后边都是一大片的背景;都有各自的故事传说和一整套特立独行的祭拜习俗,甚至连祭祀哪位本主的食品必须使用什么、禁忌什么,都有规定。这些习俗只在本村适用,互相决不通用。我们常说的"五里不同风,十里不同俗",在大理的本主文化中表现得非常突出。最珍贵的是,这一切都是活着的。前些年一位村长为人民做了好事,被本村人立为本主。他的庙和神像在村里,他本人如今也生活在村里。

可是,本主文化的另一面是悄悄地消解与中断。

在鹤庆的新华村,传统的银器工艺正在引发旅游热。村口的广场上停满了花花绿绿的大巴,游客们抱着亮闪闪的银器横冲直撞,东冒一头,西冒一头。我问一位年轻的干部该村的本主情况,他已经张口结舌说不出来,随后居然用港腔说一句:"不好意思。"在周城,南本主庙赵本郎的故事早就不为人们所知,更别提浩如烟海的甲马,一不留意,即刻随风飘去。

在文化遗产中,我更重视非物质的部分,因为它的口传性决定了它相当脆弱的命运。实际上所有物质文化遗产中都包含着非物质的内容。比如敦煌石窟中各朝各代画工们作画时的习俗和技法,谁还能说出?由于那些口头和非物质的内容中断了,剩下的只有洞窟中物质性的壁画和泥塑了。非物质遗产主要是人的内容,或是通过人传承的内容。它保留在口头记忆里。如果有一天,我们对甲马上的大量的灿烂的口传故事与习俗忘记了,那么白族留给未来的最多只是一大堆茫无头绪、百思不得其解的民俗图画而已。

所以,在启动甲马抢救和普查的会议上,我们特别强调,一定要把每一张甲马的身份、背景及承载的各种记忆性的信息调查清楚。说到这里,我忽然想到它既是民间艺术,又是民间文学和民俗呢。但是至今,我们对白族各村的本主并没有彻底摸清,对甲马更是如此,究竟它是一千多种、两千多种、三千多种还不得而知呢,更别提它无形地承载多少历史与文化的信息了。这件事多么浩大与沉重！然而几位本地的研究甲马与本主文化的专家却说他们一定会做好这件事。他们没有慷慨激昂,点头承诺时却没有半点犹豫。我知道,承担的另一面一定是爱。而文化遗产只能在自觉的爱中才能保存下来。

解密阿姎白

去剑川石窟看阿姎白真费了不少周折。本该从大理直抵剑川,由于鹤庆那边有事,下一站又是丽江,只能另走一条路,便与剑川擦肩而过。人在丽江时,心里仍放不下阿姎白。最终下决心放弃了泸沽湖之行,掉转头来,翻山涉水,来到剑川的石宝山。

在白族语言中,"阿姎"就是姑娘;"白"是掰开和裂缝的意思。"阿姎白"是姑娘开裂地方,即女性的生殖器。但世界上还有哪个民族把它雕刻成一个巨大的偶像,赤裸裸一丝不挂地放在石窟中供人祭拜？前几年,世界妇女大会在北京召开,一些西方代表专门跑到剑川,来见识见识闻名已久的阿姎白。真的看到了,全都目瞪口呆。

说实话,我并没有这种好奇心。吸引我来的缘故,是我不相信那种通用的解释——它是云南佛教密宗思想的产物。甚至追根溯源,说它来自于印度教中具有性力崇拜的湿婆神。我第一次看阿姎白的照片时,照片拍得模糊,那阿姎白黑乎乎的,分明是一尊佛。

车子进石宝山,即入丛木密林。外边树木的绿色照入车窗,映得我的白衬衫淡淡发绿。还没来得及把我这奇异的发现告诉给同车的伙伴,沁人心肺的木叶的气息,已经浓浓地渗入并贯满车厢了,真令人心旷神怡。跟着,车子进入绿色更深的山谷。

陪同我的一位剑川的朋友说,每年的七八月,著名的石宝山歌会就在这里。到这时候,大理、洱源、鹤庆、丽江、兰坪一带的白族人,穿戴着民族服饰,手弹龙头三弦,聚会到这里唱歌、对歌、比歌、赛歌,用歌儿一问一答,寻求臆想中的情侣。动听的歌声贯满这深谷幽壑,翠木绿林为之陶醉。一连几天纵情于山野,人最多时达到数万。这位朋友还说:"在这期间,不少女子——有结了婚的,也有没结婚的,跑到山上阿姎白那里,烧香磕头,还用手把香油涂在阿姎白上,祈求将来生育顺当,不受痛苦。一会儿你就会看到,阿姎白给摸得黑亮黑亮,像一大块黑玉!"

剑川这位朋友的话,叫我在见到阿姎白之前,已经朦胧地理解到它的由来。

剑川石窟凡十六窟。石窟自道边石壁凿出,石质为红沙石,这颜色深绛的石头与绿草相映,颇是艳美。阿姎白为石钟寺第八号窟,窟形浅而阔,大大小小的造像与佛龛密布其间,都是浮雕和高浮雕,上敷五彩,斑斓华美。中开一洞形佛龛。就是阿姎白的所在地了。第一眼看上去,便让人起疑。龛外一左一右为一对巨大的执刀佩剑的天王。难道阿姎白也需要天王守候吗?龛楣莲花宝盖上有墨书题记。年深日久,字迹漫漶,缺字颇多。所幸的是竟残留着建窟年代,为"盛德四年",乃是大理国第十八代王段智兴的年号。这一年是宋淳熙六年(1179年)。值得注意的是,墨书题记中没有阿姎白及相关的记载,却有"观世音者""天王者""造像"等字样。那么洞内的雕像就应该是佛像,而非阿姎白了?

探头于洞中。中间即是阿姎白。一块巨石,上小下大,端"坐"石座上。此石极其粗粝,貌似自然石,中开一缝,缝沟深陷,两边隆起,如同花瓣,由于人们长期用手抹油,日久天长,亮如黑漆。这样一个巨大的女性生殖器立在这里,的确是天下的奇观!这样直观和直白的表现,亦是世上无二。

然而,细看龛内两边石壁上,浮雕着两组佛像。左为阿弥陀佛,右为毗卢佛。造型严谨,雕工精整,明显是汉传佛教艺术的风格。于是,问题就出来了:阿姎白的雕刻完全是另外一种方式,好似刀劈斧砍,极端的写意,既粗犷又粗糙,绝非雕工的手法。而从阿姎白上那一条条生硬的刻痕看,无疑是石匠之所为。这说明,阿姎白与龛内外的佛像完全是无关的两回事。绝不是同时雕刻出来的。那么阿姎白是怎么跑到佛龛上去的?

我忽然发现,阿姎白下边的石座是一个莲花座。莲花座前边的雕花已经剥落,但靠在里边的复瓣莲花却完好如初,刻得很好,打磨得也柔细和光滑,与龛内石壁上那两组佛像的浮雕属于同一种语言;但与莲花座上连为一体的阿姎白却风马牛不相及。

我已经明白了!于是,离开佛龛后退几步,再远观一下。这阿姎白分明是佛的形状。上小下大,稳稳坐在须弥座上。而阿姎白——女性生殖器的形状应该上大下小、上宽下窄才是。原来这里本是一座佛的坐像,是不是后来佛像残了,被后人改造成这个样子?

进一步再从历史和艺术上进行推论:

剑川石窟的兴建是在白族政权南诏国和大理国时代。按洞窟中的纪年,由公元850年至1179年,前后三百年。这期间,正是佛教大举进入云南的时期。白族人南诏和大理的政权和历史上西北的许多少数民族政权一样(如鲜卑的北魏、党项的西夏、蒙古的元朝等),都曾利用佛教作为精神统治的器具。兴建寺庙与洞窟是普及佛教最重要的方式。南诏与大理都是"政教合一",剑川石窟的兴建就是一种官方行为了。这也表明为什么石窟中会出现南诏大理王朝政治生活的浮雕画面。如此弘扬佛教的石窟无论如何也不可能出现"阿姎白"的形象。

再从剑川石窟的雕刻风格上看,从南诏到大理这几百年间,虽然有时代性的变化,但都是一脉相承,并明显地与四川大足、广元等地石刻如出一辙。这恐怕与南诏国多次对四川发动战争并掳掠大量艺人工匠有关,这在《通鉴》的"唐纪"中有许多记载。因此,无论造像的整体造型、形象特征,还是衣纹的刻法,剑川的石雕都像是出自大足的刻工之手。这种风格是严谨的写实主义的,绝不可能从中冒出具有强烈象征意义的阿姎白。

剑川石窟的开凿终结于南宋,至今八百年。在漫长历史的磨难中,有自然消损也有人为破坏。窟中造像破损甚多,有的缺失佛首,有的臂断身残。许多造像上都有后代人修补时榫接的洞孔。这便是再造阿姎白的背景。没有疑问了,阿姎白是利用一尊残损的佛像改造和再造的。很清楚了,阿姎白不是云南佛教的密宗思想使然。不是佛教的创造,而是再造。那么是谁再造的?是民间;这再造的精神动力来自哪里?来自民间——一种民间的精神。

这民间的精神,在上一节关于白族本主文化的阐述已经说得很明白,那便是信仰选择的自由和对于人间情爱的宽容。而这种精神,在一年一度石宝山歌会如此浪漫而自由的天地里,更加无拘无束,恣意发挥。阿姎白的出现,势所必然。

然而,阿姎白可不是性崇拜,而是生殖和生命崇拜。

远古时代的人,无力抵挡各种灾难的伤害,生命的成活率很低,为了补充自身的缺失,生命的繁衍便是头等大事。人自身的生殖的器官变得至高无上,而渐渐演化为一种生命的图腾。几乎所有古老民族都出现过生殖——生命的崇拜。但这个具有原始意味的生命崇拜缘何一直保存到今天？每逢七八月，它依然被人们顶礼膜拜？人们抹在阿姎白上新鲜的香油使得这片山野飘动着奇特的芬芳。

从这个意义上说，阿姎白是个奇迹，是如今还活着的极古老的文化。它活着，不是指阿姎白这块不可思议的"石头"，而是人们对它的崇拜，是它亘古不变的灵魂。那就是对生命的热爱与虔诚。此外，白族人还用一代代人传承下来的各种风俗——本主信仰、绕三灵、三月街、青姑娘节、火把节等来诠释他们对生命的理解。同时又依靠风俗这种共同的记忆，把他们的民间精神像圣火一样传递下来。

别看我对阿姎白有一个"突破性"的发现，但它告诉给我的更多。那就是，如果我们遗弃了有关阿姎白的口头记忆，最终它留给后人的只是一块被误解的胆大妄为的疯狂的性的石头。

就像一些古村落，将其中的百姓全部迁出，改做商城。其中一切人文积淀和历史记忆随之消散。也许在建筑学者的眼中它风貌依存，但在文化人类学者的眼里，它们不过是一群失忆的、无生命的古尸而已。

有形的文化遗产可以作为旅游对象而被豢养，不能被消费的无形的文化遗产怎么存活？市场可以使没有市场价值的事物立足吗？纯精神的历史事物注定要被人们渐渐抛弃吗？

2004.7 天津

长春萨满闻见记

在四川广汉看三星堆时,一位研究古蜀文明的学者望着我惊异不已的面孔说:

"如果叫你选择一项研究的题目,首选一定是三星堆吧。"

我摇头笑道:"不,是萨满。"

我把此中的理由告诉给这位朋友:三星堆是死去的远古之谜,萨满是依然活着的远古之谜。死去的谜永无答案,活着的谜一样无人能解;我还说,我从三星堆的祭祀坑中嗅出萨满的气息。这句话,把我脸上的惊异挪到了他的脸上。

然而,不单单为了这个缘故,我才奔往吉林长春。更使我感兴趣的,是要与来长春参加第七届国际萨满文化学术研讨会议的中外萨满学者,一同去市郊一座典型的旅游设施——龙湾民俗村,去看萨满特意为这次国际会议做的表演。表演者是著名的吉林市乌拉街的张氏家族和九台市东哈村石氏家族。自乾隆十二年(1747年),朝廷颁布《钦定满族祭天祭神典礼》,明文取消了萨满的自然崇拜,改为以祖先崇拜为主的家祭。这两个家族的萨满家祭则属正宗,不仅传承有序,整套的请神仪式一直完好地保存着。据说他们仍然可以做到"请神附体"。可是,这种郑重不阿的祀神祭祖的萨满仪式也能表演吗?怎么表演?我知道眼下这一来自母系氏族社会的神秘莫测的远古文化已经进入一些旅游开发商的视野。商业化能成为这种濒危文化活下来的保护伞吗？是一条生路还是不得已的出路？从中是继续闪耀着历史的光芒还是失却了自己的精魂？这正是我关注和关切的问题。

在一座水泥建造的露天舞台上，摆放着一排动物的石雕像。虎、豹、熊、狼以及立在中间铜质的图腾柱上的雄鹰，都是萨满崇拜的对象。但这里的雕像只是现代人粗糙的仿制品，亮光光没有时间感和历史感。两张铺着红绸的供桌摆在中央，崭新而廉价的镀铜香炉锃亮刺目。临时制作的旗幡在风中猎猎飘摆，一些穿着花花绿绿满族服装的少男少女分列两边。看来这水泥舞台就是萨满即将献演的神坛了。这会不会是一场如今各地旅游景点中常见的那种浅薄又粗俗的民俗表演？

然而，台下的各国萨满学者却按捺不住心中的激动，举着照相机和摄像机，离开舒适的座席和遮阳伞，簇拥台下，等待萨满们将不曾见过的神灵请到眼前。当然，也有人坐着不动，将信将疑。

万物有灵是人类祖先对大千世界共同的感受，也是对陌生而神秘的世界最初始的解释。在远古，我们的祖先脆弱得有如蝼蚁。无论是酷烈的太阳、肆虐的风雨、狂暴的江河、冷漠的崇山峻岭，还是凶残的猛兽、无情的烈火、骤然而至的疾病和中毒以及想象中的种种厉鬼，都对他们构成伤害，使得他们恐惧、担忧和日夜不宁。他们试图通过人神交往，请求无所不在的神灵的同情、宽恕、息怒、悲悯、关爱、庇护和恩赐。萨满就是最早出现的专职的人神中介。萨满学者认为这个时间是距今近万年以上旧石器晚期。在属于那个时代的美丽而奇妙的母系氏族社会里，具有这种通天能力的氏族的保护神一定是女人。所以从中国辽西出土的女性石像（8000年前）到奥地利维伦道夫出土的维纳斯（24000年前）都是神圣的裸体女性。我们无法知道一万多年前，人们用什么方式与神交往。但我们知道在人类所有与神交往的方式中，只有萨满能够把神灵请到人间，并使神灵神奇附着在自己的身上。这因为萨满有独自的神灵观和灵魂观。

最使萨满学者感到自豪的是，这个源自母系氏族社会的萨满文化——从仪式到方式，如今还活生生地保存在地球的北半部。就像地球日趋变暖，寒冷的坚冰犹然封冻着北方一些疆土。从北欧到北美，萨满的世界像烟雾一般缭绕不已。这中间是我国北部以及朝鲜半岛与俄罗斯。萨满几乎覆盖着我国阿尔泰语系的所有民族。从古代民族匈奴、鲜卑、勿吉、靺鞨、女真、乌垣、突厥、契丹、回鹘、高句丽、吐谷浑，到近世的通古斯语族的赫哲族、满族、鄂伦春族、鄂温克族、锡伯族；突厥语族的维吾尔族、哈萨克族、柯尔克孜族；蒙古语族的蒙古族和达斡尔族等，全都是代代相传，至今依然可以看到丰富而斑驳的原生态的萨满遗存。因而被国际萨满学者视为奇迹，甚至把我国北方认作世界萨满的故乡与核心。这核心的状态如今究竟如何？

不管那些首先登场、身着满族服装的青年男女的表演如何虚假、生硬和充满旅游色彩，乌拉街汉军张氏的萨满们一亮相，一种古朴又神秘的气息扑面而来。这种萨满的神堂通常都摆在家庭的院落或堂屋，此刻香案却置于洋人的包围中。萨满们挥动鼓鞭击打长柄的太平鼓，扯着脖子唱歌时，那声音像是从数百年空空洞洞的时间隧道传来。两位老人一高而瘦、一矮而胖，身穿长裙神服，头扎神帽,额前垂着一道流苏珠帘遮住面孔,很神秘,他们的情绪全由随同腰肢有节奏地哗哗摆动着的腰铃声表达出来。这种喇叭状的腰铃又大又沉,重达三十斤,声音低沉而雄厚。萨满迈着程式化的菱形步子。左脚迈出,右脚跟上,右脚迈出,左脚跟上;一步向左,一步向右,极富韵致,又十分老到。在鼓点和腰铃声愈来愈紧的催动中,步子愈来愈疾。先是那位瘦高的萨满用开山刀的刀刃狠砸自己的裸臂,虽然刀口又薄又快,却丝毫不能伤及他的手臂;跟着那位矮胖的萨满身子猛然抖动起来。他闭目咧嘴,似很痛苦。这便是神灵附体了。他失控一般跑到香案后边不住地向上蹿跳,好像有什么东西钻进他的体内又要往外挣脱。两位俗称"二神"的萨满助手上去又按又压他。一位壮汉走上来一只手抓住他的下巴,另一只手将两根粗如铅笔的尖头银针,从他口内穿腮而出,亮晃晃形同獠牙。这便是张氏萨满有名的"放泰尉"。传说唐王猎取野猎时,曾经奉猪为神。此刻附体在这萨满身上的正是野猪神。待请神完成,在那位瘦高的萨满一边击鼓一边高歌的引领下,两位萨满相互呼应,以同一节奏表演一段萨满舞,动作刚劲有力,腰铃声整齐而震耳;口唱的萨满歌于激越中带着一种悲凉。此时的气氛颇具感染力。我想如果不是这群洋学者频频将闪光灯射在他们身上,如果这表演是在乌拉街古老而湿漉漉的庭院里,我们可能会幻觉到无形的神灵在空气中游动。就像远古的萨满所说的"游魂"。

使萨满学者深感惊讶的,是当那两根银针从腮部取下后,两腮不但没有淌血,竟然连一点痕迹也没有留下。

此后,九台满族石氏萨满在请来祖先英勇神之后,便表演他们拿手的"跑火池"。传说,第一代石氏与敖姓萨满斗法时,曾赤脚踩着厚厚的燃烧着的炭火池中跑过。从而,火炼金身,驰名四方。今天,这位出场表演的石氏大萨满极具风度,威严又文静。他面对长白山方向摆上升斗,朝天举香,伫立很久,肃穆得像一株长长的杉木。随后他的萨满舞与汉人明显不同,轻盈飘忽,出神入化。在舞动神杖急转身体做"旋迷勒"时,身上五彩的梭利条和子孙绳四散飞旋,铜镜片、卡拉铃和腰铃发出一阵美妙悦耳的和声。窾坎镗鞳,宛如仙乐。经过一整套严格的仪式,终于请来祖先英雄神,大萨满跟着便挥动枪戟,光着双脚一次次跑过两三丈长的火池。两只赤足跑过火池后,还带着一些亮晶晶、烧红的炭块,但双脚就像涉过沙坑那样若无其事。然而我想,如果萨满只是执有这样的本领,并不能令我深信他们真的能够"神灵附体"。

曾经一位民俗学者对我说,他在四川凉山的彝族村寨里看到一位能够通神的毕摩,用舌头去舔烧红的铁铧,还口嚼火炭。我知道鄂伦春族的一位女萨满也有同样的"神功"。其实自称能够通神的巫师,大都通过这种不可思议的绝技表示他们具有超自然的能力。义和团就曾经在坛口表演这种刀枪不入的硬气功,以号召人们以肉身去与船坚炮利的殖民者一决生死。至于舌刀舌火、吞食玻璃、身卧刀板、油锤贯顶,以掌劈卵石这种软硬气功以及轻功,历来为江湖艺人所擅长。有些属于独门绝技,决不外传。应该说,这属于民间文化的一部分,但还不是萨满文化的真谛。

也许来到二道龙湾的萨满知道他们只是一种纯粹的表演,没有认真进入领神的境界——昏迷。那便是依据萨满的原理,灵魂可以走出物质的身体出游,与神交往,并引领神灵进入自己的身体。在那种非凡的时刻,萨满表现出真正的歇斯底里,冲动难抑,陷入半昏迷状态。在重视从宗教体验来研究萨满的西方学者看来,这种被称作"北方癔病"的古老的方术与巫术,具有神经病学和宗教心理学的研究意义;他们甚至认为萨满是一些具有易于冲动的遗传基因的人。

萨满的昏迷,到底是一种用想象创造的人神相通的幻境,还是用理智完全可以控制的精神状态?在萨满们"放大神"时,他们的助手的责任便是负责节制适度,以免萨满走火入魔,昏死过去。

从历史演变的过程看,愈靠近早期蒙昧时代,萨满的昏迷愈接近于想象;愈接近现代社会,"术"的意味就愈强。术的目的,是要人为地制造出萨满非凡的能力。但是,一旦这种超绝的技能具有征服效应,自然就会被一些狡黠的人,作为赚取钱财的骗术。所以,对萨满的关注,应该是这种原生态的宗教现象深藏着的人类初始时的心灵,而不是形形色色怪诞的技能与功法。

民间文化的历史像一条万里江河。在漫长的流程中,不断因山势而曲转,不断有其他河流汇入其中。千千万万传承线索有如江中大大小小的舟船,时而走上一段路,靠岸停泊,抵达终点;时而一些舟船扬帆启程,驶入中流。萨满发自母系氏族社会,时至今日,已经历经千折百转。由母系氏族到父系氏族,由酋邦到国家社会,由渔猎采集到农耕生产,再加上不同的民族的文化改造、佛教的冲击、汉文化的浸入,以及二十世纪后半期被当作迷信而严加废止和近十多年又作为民俗而复苏。在这历时万年的嬗变和不断的被冲击中,哪些是它原生的元素,哪些已然发生质变?今日上台表演的吉林市乌拉街的汉军张氏萨满,虽然传承久矣,但满人将汉人编入汉军旗也不过三四百年而已。

他们可以称作原汁原味的萨满吗？

然而，这些遗存至今的萨满，从神灵观和灵魂观，到祭祀与领神的仪规，却都遥遥通向远古。尤其是神灵附体之说，乃是在危机四伏的荒野与遮天蔽日、漆黑如夜的森林间，远古人类在精神力量上伟大的自我创造。不管如今它的形式与细节变得怎样面目全非，但本质没有改变。萨满请神的全过程——由设坛请神到神灵附体，再到代神立言，最后还原为人，依然保持着远古祭祀请神的整套程序。世界上还有比这更古老的活态文化么？三星堆遗存的只是远古祭祀的器具，萨满仍保留着千万年前的仪式与精神。所以，有的学者称萨满是人类文化的基因库。

也许万里长城造成的错觉，使我们一直把中华民族文明的发源地，放在黄河流域与长江流域；忽略了长城之北那片广袤的大地——黑龙江流域。其实，文明的晨光早早就降临在这块土地上。萨满便是其中一道最夺目的人文曙照。它使我们感受到中华文明的初始感。

在如今尚存的萨满这个载体中，还鲜活地存储着大量古老的民间文化。除去萨满本身的神服和神器（神鼓、神杖、地毯、供具等）之外，还有具有奇效的民间医药、气功和迷人的传统艺术。诸如面具，图腾、剪纸、绘画、刺绣、雕刻和鼓乐。满族几乎被汉文化同化了，但满人的服饰与艺术却在萨满的屋檐下开着花朵。满语大半失传，满族萨满的人神对话却严格地使用满语。北方民族的许多古老的神话传说都在萨满中有姿有态地活着。此外还应该提到的是更辽阔的背景上那些远古的祭祀遗址和岩画遗存了。

但是这一切现在都陷入危机。

在历史上，民间文化一直存在于被漠视甚至蔑视之中。当全球化迫使人们需要它担当自身个性化的标志时,市场一眼相中它的商业价值。于是,民间文化被重新打造,包装上市。市场根本不管民间文化的历史真实性及其内涵,只需要它表面的特色,愈强烈、刺激、吸引人愈好。因而,市场对于萨满感兴趣的是奇异的服装、听不懂的歌、诡秘的气氛和匪夷所思的各种神功。我想,将来萨满在市场上最大的魅力恐怕就是"神灵附体"了,不管是真是假。市场文化全是快餐式的,看罢一笑而已。文化对于市场只是一颗果子。市场粗壮的手将它野蛮地掰开,取出所需,其余的随手抛掉。这便是当前的市场对民间文化的破坏。那么萨满怎么办?

萨满一边仍然被视做迷信,得不到应有的在历史文化价值上的认识,甚至还被地方官员们遮遮掩掩,担心弄不好出错;一边却有许多旅游开发商蹲在那里,对其虎视眈眈,寻得时机,一拥而上,剥下它光怪陆离的皮毛来,把萨满趣味化、粗浅化、庸俗化,最后变味、变质、毁掉。

所以在国际萨满会议上我说:

萨满应进入学术,萨满文化应该走出学术。萨满只有走入学术,从文化的意义上加以认识,才能看到它真正的价值;同时,学者们的萨满观只有成为大众的共识,这一珍贵的遗产才会得到真正的保护,不至于被旅游业糟蹋得面目全非。当前萨满学最重要的工作仍是全面的普查与记录,而且要抢在它被旅游化之前。

为此,我们把对萨满的抢救性普查列为中国民间文化遗产抢救工程北方地区的重点,将中国萨满文化研究基地设在长春,并与国际萨满学会合作召开了这次会议。以行动实现思想。

记得年初应李小林之约,写这个名为"田野档案"的专栏时,我说要在今年有限时间里,为《收获》的读者切下一块"生命蛋糕"。我信守诺言,却为此到了压榨自己的地步。这因为我所从事的民间文化抢救千头万绪,拥塞我所有的时空;一边又被"零经费"逼入绝境,必须奔波四方向一位位地方的父母官们恳求援助,往往却劳而无功。这便只有作画义卖,自我支援,做起一介书生惟一能做的事。

然而,谁料此时此刻的作画与写作,竟使竭制已久的创作情感得到喷发。我感受所有挥洒的水墨都飘溢着灵性之光,一切文字都是从笔管迸发与弹射出来的,它们带着滚动在我心中发烫的激情——无论是爱还是愤怒。我与一种久违了的写作的原动力重新碰撞。我喜欢这种写作,不受技术制约,一切来自心灵的压力。附带的收获是使我将这一年多半在田野中种种珍贵的发现与思考如实地记录了下来。当然远远没有全写下来——从纳西族的"神路"到瑶族的"盘王图",从川北年画作坊中的传人到南通民间的蓝印花布博物馆,从白沙壁画到万荣的笑话。但是我不能在稿纸上停留太久。我必须返回到田野里,因为我要做的事远远比我重要。于是——现在,我把这个储藏田野档案的门轻轻关上了。

2004.10

贺兰人的唱灯影子

一个唐代的罐子放了上千年,如果不碰它,总还是那个样子不会变;可是一种戏一种舞一种民俗艺术就不一样了,甭说千年,就是经过百八十年,因时而变因人而变因习尚而变,就像女大十八变那样不断地改变,甚至会变得面目全非,你说京剧、时调、年画、清明节近百年有多大的变化?这便是物质与非物质文化遗产最大的不同。物质遗产是静态的,非物质遗产是动态的、传承的、嬗变的。在这动态的演变过程中,对其影响最直接的是传人。

传承人最大的特点是水平有高有低。如果这一代艺人禀赋高、悟性好,甚至还有创造性,家传的技艺便被发扬光大;如果下一代天赋低、悟性差,缺少才气,水准便一下子滑坡滑下来。有些地方的民间艺术尽管名气挺大,一看却颇平庸,便是此理。为此,看各种民间艺术当下的水准,也是我重要的考察点之一。由此而言,如今贺兰人的皮影——唱灯影子就叫我喜出望外了。

我国的皮影遍及各地,唱腔各异,材料不同,各有各的称呼。诸如北京的"纸窗影"、湖南的"影子戏"、福建的"皮猴戏"、甘肃陇原的"牛窑戏"、黄河流域的"驴皮影"等;宁夏的贺兰人则叫它"唱灯影子"。这"唱灯影子"的叫法非常形象。首先是"唱",戏是唱出来的,"唱"就演戏;然后是"灯影子",皮影戏不是人直接演的,而是借助灯光把羊皮或驴皮雕刻的戏人照在布单上的影子来演。瞧,贺兰人多干脆,用"唱灯影子"四个字儿就把它说得明明白白。

皮影的表演有在室内也有在室外。皮影要用灯光,在室外必需要等到天黑下来才能演;室内就好办了,不管什么时候,只要拿东西遮住窗子,再吊一条白被单(一称布幕,贺兰人称之为"亮子"),后边使光一照,便可开演。看戏的人坐在布幕前边,演戏的人在布幕后边。

演皮影戏的人不算少,拉弦、操琴、司鼓、吹号、碰铃、伴唱等,至少得七八个人一同忙。但主角是站在布幕后边正中央的"师傅"。他主说主唱,两只手一刻不停地耍着皮影,同时兼演全戏所有角色。戏的好坏全看他的了。

我每次看皮影,都要跑到布幕后边瞧上几眼。因为那些在布幕上神出鬼没、又哭又笑的灯影子都是在后边耍弄出来的。严严实实的布幕后边总是充满了神秘感,给我以极大的诱惑。

今儿主演这台戏的师傅是贺兰县无人不知的金贵镇潘昶乡的张进绪,所演的戏目叫作《王翦平六国》,说的是秦代名将王翦辅佐秦始皇横扫六国、统一天下的故事。这个故事现今很少有人知道,是张进绪从他父亲张维秀手里原原本本接过来的。张维秀在三十多年前就已去世,如今张进绪也是六十开外;个子矮矮,灰衣皂裤,头扣小帽,神色平和,然而他往布幕后边一站,立时好像长了身个儿,一员大将似的,气度不凡。

布幕后边的地界挺小,不足一丈见方,叫拉琴击鼓的乐队坐得密不透风。布幕下边是一条长案,摆着各种道具;其余三面使竹竿扎成的架子,横杆上挂了一圈花花绿绿、镂空挖花的皮影人。张进绪这些皮影人儿和全套的乐器,都是祖上一代代传下来的老物件,摆在那儿,有股子惟老东西才有的肃穆又珍贵的气息。尤其这上百个皮影人,生旦净丑,一概全有。好似人间众生,都挂在那里等候出场。但他们不是被无序或随意挂在那里的,而是依照着出场的前后排次有序。别看他们面无表情,神色木然,只要给张进绪摘下来在布幕前一耍,再配上锣鼓唢呐,以及那种又有秦腔又有道情又有当地的山花的腔调,便立时声情并茂地活蹦乱跳,眉飞色舞,活了起来。

身材矮小的张进绪一旦入戏,便有股子霸气,好似天下事的兴衰、戏中人的祸福,全由他来主宰。后台是他的舞台。他略带沙哑的嗓子又唱又说又喊又叫,两只手把一桌子的皮影折腾得飞来飞去。看他的表情真像站在台上唱戏演戏一般,给我以强烈的感染。但在布幕那一边,却早化成戏中一个个性情各异的灯影子了。

当我回到布幕前边,坐下来细细品赏,便看出他演唱的高超。他不单唱得味儿如醇酒,大西北的苍劲中,兼有黄河滋育的柔和;那些灯影子的举手投足,则无不鲜活灵动,神采飞扬,而且居然能随着说唱和音乐的节奏,摇肩晃脑,挺胸收腹;甚至连同手指头也随之顿挫有致。一时觉得,这唱不是张进绪唱,分明是灯影子在唱。于是,灯影、乐声和剧情浑然一体。如今的贺兰还有多少人有这种功夫?

据说,此地的皮影是一百多年前由一位名叫赵小卓的满族人从陕西带到宁夏来的,后来由贺兰县几位颇具才情的村民接过衣钵,继承发扬,在皮影制作、演唱风格上融入本地的文化与气质,深受百姓热爱。昔时,交通不便,钱太少,戏班子很难深入到穷乡僻壤。老百姓便用这种简朴又优美的影戏自演和自娱。这应是一种原始的"影视艺术"。这种"唱灯影子"不单在贺兰县这一带扎下根,成了气候,影响还远及银南、隆德、盐池和内蒙鄂托克旗等地。据说,当时传承赵小卓皮影戏的有刘派(刘有子)和张派(张维秀)两家。但刘派后继无人,人亡而歌息;张派却传了下来。难得的是今儿的传人张进绪的禀赋依然很高,又深爱这门古艺,所有家传皮影和演奏器具都好端端保存至今。时下,逢到各乡各村举办节庆或喜事的时候,都会请他去演出助兴。届时,他弟弟、妹妹、孩子全是伴唱奏乐的成员。如今这种家庭化的影戏班子,已经非常罕见,传承人的水平又如此之高,真叫我们视如珍宝了。

于是,我扭头对坐在身边的贺兰县的县长低声建议,要全力保护好张家的皮影戏。一是要在经济上贴补传承人的后代,保证其薪火不断。二是设法将张家的老皮影保存起来。演出使用的皮影,可以到陕西华县按照本地的老样子定做一批新的。希望县里考虑给张氏皮影建个小小的博物馆,保存和见证贺兰人"唱灯影子"的传统。三是为张家皮影多创造一些演出机会,使其保持活态。四是把皮影送进当地学校,送进课堂,培养孩子们的乡土文化情感。

话说到这里,忽见白晃晃布幕上,秦将王翦向敌军首领掷出手中宝剑。这宝剑闪着寒光,在布幕上飞来飞去。一时,锣鼓声疾,唱腔声切,气氛颇是紧紧与急迫,忽然哐地一响,飞剑穿透敌首脖颈,顿时身首异处,插着宝剑的首级在空中停了一下,然后"啪"地掉在地上。这一幕可谓触目惊心。满屋看客都不禁叫好。我忽想到:

这么好的贺兰人的唱灯影子,可千万别只叫我们这代人看到。

2009.8

草原深处的剪花娘子

车子驶出呼和浩特一直向南,向南,直到车前的挡风玻璃上出现一片连绵起伏、其势凶险的山影,那便是当年晋人"走西口"去往塞外的必经之地——杀虎口。不能再往南了,否则要开进山西了,于是打轮向左,从一片广袤的大草地渐渐走进低缓的丘陵地带。草原上的丘陵实际上是些隆起的草地,一些窑洞深深嵌在这草坡下边。看到这些窑洞我激动起来,我知道一些天才的剪花娘子就藏在这片荒僻的大地深处。

这里就是出名的和林格尔。几年前,一位来自和林格尔的蒙族人跑到天津请我为他们的剪纸之乡题字时,头一次见到这里的剪纸,尤其是一位百岁剪纸老人张笑花的作品,即刻受到一种酣畅的审美震撼,一种率真而质朴的天性的感染。为此,我们邀请和林格尔剪纸艺术的后起之秀兼学者段建珺先主持这里剪纸的田野普查,着手建立文化档案。昨天,在北京开会后,驰车到达呼和浩特的当晚,段建珺就来访,并把他在和林格尔草原上收集到的数千幅剪纸放在手推车上推进我的房间。

在民间的快乐总是不期而至。谁料到在这浩如烟海的剪纸里会撞上一位剪花娘子极其神奇、叫我眼睛一亮的作品。这位剪纸娘子不是张笑花,张笑花已于去年辞世。然而老实说,她比张笑花老人的剪纸更粗犷、更简朴,更具草原气息;特别是那种强烈的生命感及其快乐的天性一下子便把我征服。民间艺术是直观的,不需要煞费苦心地解读,它是生命之花,真率地表现着生命的情感与光鲜。我注意到,她的剪纸很少故事性的历史内容,只在一些风俗剪纸中赋予一些意味;其余全是牛马羊鸡狗兔鸟鱼花树蔬果以及农家生产生活等身边最寻常的事物。那么它们因何具有如此强大的艺术冲击力?于是这位不知名的剪花娘子像谜一样叫我去猜想。

再看,她的剪纸很特别,有点像欧洲十八、十九世纪盛行的剪影。这种剪影中间很少镂空,整体性强,基本上靠着轮廓来表现事物的特征,所以欧洲的剪影多是写实的。然而,这位和林格尔的剪花娘子在轮廓上并不追求写实的准确性,而是使用夸张、写意、变形、想象,使物象生动浪漫,其妙无穷。再加上极度的简约与形式感,她的剪纸反倒有一种现代意味呢。

"她每一个图样都可以印在T恤衫或茶具上,保准特别美!"与我同来的一位从事平面设计的艺术家说。

这位剪花娘子到底是怎样一个人,她生活在文化比较开放的县城还是常看电视,不然草原上的一位妇女怎么会有如此高超的审美与现代精神?这些想法,迫使我非要去拜访这位不可思议的剪花娘子不可。

车子走着走着,便发现这位剪花娘子竟然住在草原深处的很荒凉的一片丘陵地带。她的家在一个叫羊群沟的地方。头天下过一场雨,道路泥泞,无法进去,段建珺便把她接到挨进公路的大红城乡三犋夭子村远房的妹妹家。这家也住在窑洞里,外边一道干打垒筑成的土院墙,拱形的窑洞低矮又亲切。其实,这种窑洞与山

欣赏康之儿剪纸

西的窑洞大同小异。不同的是,山西的窑洞是从厚厚的黄土山壁上挖出来的,草原的窑洞则是在突起的草坡下掏出来的,自然也就没有山西的窑洞高大。可是低头往窑洞里一钻即刻有一种安全又温馨的感觉,并置身于这块土地特有的生活中。

剪花娘子一眼看去就是位健朗的乡间老太太。瘦高的身子,大手大脚,七十多岁,名叫康枝儿,山西忻州人。她和这里许多乡村妇女一样是随夫迁往或嫁到草原上来的。她的模样一看就是山西人,脸上的皮肤却给草原上常年毫无遮拦的干燥的风吹得又硬又亮。她一手剪纸是自小在山西时从她姥爷那里学来的。那是一种地道的晋地的乡土风格,然而经过半个世纪漫长的草原生涯,和林格尔独有的气质便不知不觉潜入她手里的剪刀中。

和林格尔地处北方游牧文化与中原农耕文化的交汇处。在大草原上,无论是匈奴鲜卑还是契丹和蒙古族,都有以雕镂金属皮革为饰的传统。当迁徙到塞外的内地民族把纸质的剪纸带进草原。这里的浩瀚无涯的天地、马背上奔放剽悍的生活,伴随豪饮的炽烈的情感,不拘小节的爽直的集体性格,就渐渐把来自中原剪纸的灵魂置换出去。但谁想到,这数百年成就了和林格尔剪纸艺术的历史过程,竟神奇地浓缩到这位剪花娘子康枝儿的身上。

她盘腿坐在炕上。手中的剪刀是平时用来裁衣剪布的,粗大沉重,足有一尺长,看上去像铆在一起的两把杀牛刀。然而这样一件"重型武器"在她手中却变得格外灵巧。一沓裁成方块状普普通通的大红纸放在身边。她想起什么或说起什么,顺手就从身边抓起一张红纸剪起来。她剪的都是她熟悉的,或是她的想象的,而熟悉的也加进自己的想象。她不用笔在纸上打稿,也不熏样。所有形象好像都在纸上或剪刀中,其实是在她心里。她边剪边聊生活的闲话,也聊她手中一点点剪出的事物。当一位同来的伙伴说自己属羊,请她剪一只羊,她笑嘻嘻打趣说"母羊呀骚胡?"眼看着一头垂着奶子、眯着小眼的母羊就从她的大剪刀中活脱脱地"走"出来。看得出来,在剪纸过程中,她最留心的是这些剪纸生命表现在轮廓上的形态、姿态和神态。她不用剪纸中最常见的锯齿纹,不刻意也不雕琢,最多用几个"月牙儿"(月牙纹),表现眼睛呀、嘴巴呀、层次呀,好给大块的纸透透气儿。她的简练达到极致,似乎像马蒂斯那样只留住生命的躯干,不要任何枝节。于是她剪刀下的生命都是原始的、本质的,膨脖又结实,充溢着张力。横亘在内蒙草原上数百公里的远古人的阴山岩画,都是这样表现生命的。

她边聊边剪边说笑话,不多时候,剪出的各种形象已经放满她的周围。这时,一个很怪异的形象在她的笨重的剪刀中出现了。拿过一看,竟是一只大鸟,瞪着双眼向前飞,中间很大一个头,却没有身子和翅膀,只有几根粗大又柔软的羽毛有力地扇着空气。诡谲又生动,好似一个强大的生命或神灵从远古飞到今天。我问她为什么剪出这样一只鸟。她却反问我"还能咋样?"

于是她心中特有的生命精神和美感,叫我感觉到了。她没有像我们都市中的大艺术家们搜出枯肠去变形变态,刻意制造出各种怪头怪脸设法"惊世骇俗"。她的艺术生命是天生的、自然的、本质的,也是不可思议的。这生命的神奇来自于她的天性。她们不想在市场上创造价格奇迹,更不懂得利用媒体,千古以来,一直都是把这些随手又随心剪出的活脱脱的形象贴在炕边的墙壁或窑洞的墙上,自娱或娱人。没有市场霸权制约的艺术才是真正自由的艺术。这不就是民间艺术的魅力吗?她们不就是真正的艺术天才吗?

然而，这些天才散布并埋没在大地山川之间。就像契诃夫在《草原》所写的那些无名的野草野花。它们天天创造着生命的奇迹和无尽的美，却不为人知，一代一代，默默地生长、开放与消亡。那么，到了农耕文明在历史大舞台的演出接近尾声时，我们只是等待着大幕垂落吗？在我们对她们一无所知时就忘却她们？我的车子渐渐离开这草原深处，离开这些真正默默无闻的人间天才，我心里的决定却愈来愈坚决：为这草原上的剪花娘子康枝儿印一本画册，让更多人看到她、知道她。一定！

2008.9.20

青州藏佛窖之谜

中国的考古发现在二十世纪的一头一尾,各出现一个伟大又神秘的事件。在世纪之初(公元1900年),是敦煌莫高窟藏经洞的发现;在世纪之末(公元1996年),则是青州龙兴寺藏佛窖的发现。

这一头一尾又极为相似。

首先是这两次巨大又珍贵的发现都是前所未有,价值无可估量。敦煌藏经洞出土的五万件中古时代的遗书,引发了世界范畴的敦煌学的建立;青州藏佛窖出土的四百件佛教石造像,精美绝伦,造极登峰,特别是其中北齐的造像,一下子将佛教艺术史中一个至关重要的时代灿烂又迷人地填满了。

其次,它们都是由无关的人在偶然中发现的。前者是为此而闻名天下的小道士王圆箓,后者则是一些挖地刨槽的民工。

再有,它们都属于一种秘藏。前者是洞藏,后者是窖藏。

还有,这些秘藏大部分又都是残品。敦煌遗书绝大部分是残卷;而青州佛像造像几乎全遭到过严重破坏,无一完整之作。这叫人百思莫解!

进一步说：

它们被秘藏的时期,正正好好都在一个时代——北宋。敦煌藏经洞被封闭的时间至早在北宋景德二年(公元1002年),因为洞中文献最晚一份的纪年是景德二年;青州藏佛窖被掩藏的时间则在北宋天圣四年(公元1026年)之后,这由于最晚一件石刻题记的纪年就是天圣四年。真是太奇妙了! 它们几乎是在同一时间被秘封起来的!

而且它们被秘藏的原因又都是无史可查、无据可考。幽灵般的历史在完成这些宝藏的密封之后,把钥匙也带走了。我站在青州博物馆的凉台上,远望藏佛窖的遗址,那里平坦寥廓,野草漫漫,虚无又令人神往。到底是谁,出于什么原因,将这数百件优美的佛造像打得粉碎,又是谁把这些残破的石像埋藏在这里? 我忽觉曾经在哪里也有此同感。原来几年前站在敦煌17号窟门前,向着黑影幢幢、空荡荡的洞内望去时,亦是这般感受呵!

于是,敦煌藏经洞和青州藏佛窖最终引来的结果就完全一样了:都是猜测纷纭,莫衷一是!

对于敦煌藏经洞被封闭的原因,历来有避西夏之乱说、曹氏封闭说、宋绍圣说、废弃说、书库改造说,等等。但是每一种说法刚被提出来,就立即遭到否定。没有一种说法靠得住。没有任何一种说法能够立于不败之地。

如今,对于青州藏佛窖的直接原因也已经有了多种说法,每一种说法也同样难以成立:

一种说法是"古神库说"。执这种说法的理由是,在六十平方米的青州藏佛窖中,这些佛像残件排列得井然有序。方向全部是坐西朝东,而且分三层摆入。除去石雕,还有铁、木、泥、陶等材质的佛像。摆放好的佛像上边盖着草席,撒放铜钱。这说明,此处窖藏是按计划、井井有条做的。执"古神库说"者认为,佛像的破损为"三武灭法"所致。而佛教向例极其尊重佛像,凡有破损者不能随手丢弃,必须由寺院统一"库藏"。据说寺院的古神库之设,始自于北魏。青州藏佛窖就是这种"古神库"。这说法是有些依据的。

但是"古神库说"一成立,相反的道理跟着就来了。反对者认为,从出土的这批造像纪年看,上至北魏永安二年(公元529年),下至北宋天圣四年(公元1026年),横跨近五百年,其间历尽沧桑变迁。这漫长岁月中怎么可能将一代代不断损坏的佛像积存起来,然后一起埋藏?既然古神库在北魏就有了,为什么早不埋藏?这一来,"古神库说"就靠不住了。

另一种说法是"宋徽宗崇道说"。执此见者认为,宋徽宗赵佶崇信道教,登基之后,盲听盲信道人林灵素。昔时林灵素云游四方,曾丐食于僧寺,受到轻侮。他得势后为了报复,撺掇赵佶兴道抑佛。赵徽宗曾下诏改佛为道,态度十分严厉。连寺院的名称、僧尼的称呼,以及僧服全都要更换。执"宗徽宗崇道说"者认为,在如此大背景下,毁坏佛像势所必然。并依此推断出毁佛时间应为颁布诏书的宣和元年(公元1119年)之后。这样就正好与窖藏的时间(公元1026年之后)紧紧扣上了。

这种分析与推论看来既严密又合理。但也有质疑者说,在窖藏造像残件中,还有大量的碎块,最小的只有拳头大。有的是造像的耳朵或手指,有的只是衣角袖边。这样,问题就出来了。虽说宋徽宗扬道抑佛,却没有把佛教视为异端,对峙如仇。怎么会把佛像破坏得这样"粉身碎骨"?这一诘问,便使"宋徽宗崇道说"又动摇起来。

再一种说法则是"宗教冲突说"。执这种说法者认为,青州龙兴寺的遭遇,如同新疆克孜尔和龟兹一带石窟佛教壁画的遭遇是一样的,应为宗教因素。在历史上,佛教东渐与伊斯兰教东渐为同一条路线——都是丝绸之路。丝绸之路东端之一就是青州。连这批出土的北齐时代石佛身上的彩绘人物,还有胡人的形象呢!可见青州是佛教东渐也是伊斯兰教东渐的终点。伊斯兰教是"认主独一"的。龙兴寺的造像难免碰到麻烦,而只有宗教冲突才会这样彻底。这说法听起来似乎挺有说服力。

然而,相对的说法却是,伊斯兰教东渐的过程,是与华夏之文化相互和谐化的过程。伊斯兰教在新疆毁佛是它"东渐"的初始阶段。比如克孜尔石窟遇到破坏则是蒙古族察哈台汗国强行推行伊斯兰教时发生的;然而伊斯兰教进入河西与中原之后,渐渐融入博大宽和的多民族共创的华夏文明,很少再有毁佛事件。青州已是丝路末端,也是华夏文明的腹地,更不会发生这样强烈的异教冲突。显然,这种说法也属臆断之列。

于是,只有各种听来有理的说法,却没有真正牢牢站住脚的论断。青州藏佛的真正缘故,实际上是一片空白。到底在北宋年间,这里发生过怎样一个突发的变故,竟将所有佛像一律砸得粉碎。过后又怎样被佛教徒虔敬地埋藏下来?其中隐藏着叫人浮想联翩而匪夷所思的故事,或是错综复杂又酷烈非常的历史事件。我们期待着一个确凿的历史发现,以撩开蒙在青州这些举世无双的造像上神秘的纱幕。但也许它真的和敦煌藏经洞封闭的缘由一样,是一个永恒难解的谜了。世界上许多重大的文化遗址都带着巨大的谜团。从埃及的狮身人面像到南美玛雅人的遗迹。历史的由来与人类的去处总都是一片令人神往的谜。也可以说,正是这些无法破解的历史之谜,才使青州龙兴寺藏佛窖这样的文化遗址充满了无尽的魅力。

2001.11

活着的木乃伊

在晋中绵山中有一种神奇的造像,叫作包骨真身像。这种彩塑的造像的内部不是一般的木制的支架和黄泥,而是真人的身体。

这是我国的一种独特的宗教造像方式。所造的偶像不是神佛,而是具有极高修行的修炼成功的僧人。这种高僧通常在生命将尽时,禁食禁水。在坐化圆寂之后,如果身体不坏,形神不散,被视为修成正果,便由弟子们请来彩塑艺匠,以其肉身为胎,包塑成像,供人信奉。

关于"包骨真身",其说不一。佛教典籍中也没有确切的说法。只是《菩萨处胎经》中将修行高深的高僧不腐的遗体称作"全身舍利"。从现有的史料看,至迟唐代就有把全身舍利制成真像的了。最著名的要算六祖慧能(638—713)的真像,至今保存在广东韶关的南华寺中,被佛教徒看作"圣物"。但他的真身成像的材料,是用胶漆和香粉。此外九华山的几尊"肉身",也是使用这种妆漆和妆金,与绵山的以泥包塑不同。然而除绵山之外,再没听说别的地方有这种以泥包塑的真像。这是否与山西自古盛行泥塑造像有关呢?

为此我两上绵山,考察取证。能够证实此地关于"包骨真身"像的说法的有两处。一是此地流传甚久的绵山《十景歌》,就有多处直接说到包骨真身。一是至今尚存的《大唐汾州抱腹寺碑》的碑文中,明确写着唐代云峰寺的住持田志超圆寂后被"包塑真容",而且是唐太宗敕赐的。这表明绵山的包塑真身也是始于唐代。

更值得注意的是,山西这种包塑真身的泥塑的手法与安徽九华山在肉身上直接妆漆敷金不同。九华山的方法没有"雕塑"成分,而山西的包塑真容是要依照高僧生前的容颜进行塑造的,具有艺术塑造的成分,属于一种肖像式的雕塑。

现保存在绵山云峰寺、正果寺和乾坤塔的十六尊包骨真身像,近及元明,远至唐宋。不仅有佛教僧人,亦有道教道士,都是具有极高的修炼境界者。再经民间高手的包塑,神态各异,宛如活生生坐在面前,令人心生敬畏。尤其是现供奉于云峰山顶正果寺中的唐代高僧师显真身像,其神情之沉静淡定,目光之深邃幽远,看上去使人心觉纯净,了无尘埃。一位在一千多年前即已坐化的高僧,其精神至今犹存。这不比埃及的木乃伊更奇妙吗?埃及的木乃伊徒具形骸,绵山的包骨真身的精神犹在——是活着的木乃伊。

由于绵山宗教自明代已走向衰落,庙宇寺观渐渐荒芜,数百年日趋沉寂,佛道中包塑真身之举早就中断了。及至"文革"后,绵山的宗教遗存多与断壁残垣一同埋没于草莽之间。谁也不知还有大量历代精美的彩塑遗存,尤其这十余尊包骨真身之像,居然存于世上!

绵山开发时的主持者阎吉英先生,是这一历史和宗教遗存的发现者。由于他对佛教的一往情深,使数百尊彩塑造像包括这十余尊僧人与道士的真身得以保护。这次修复是尊重历史的,其原则是一切遵循原本的位置,加固寺庙,补缀塑像。为保持历史的原真，刻意将部分残破处绽露的僧袍、筋骨和指甲，不予复原，以彰显岁月之沧桑。

现存绵山包骨真身像共十六尊。其中三尊在山间抱腹岩下的云峰寺，十二尊在五龙峰的正果寺。这些相传有序的真身像在二十世纪九十年代中期，都经过当时云峰寺住持力正和尚一一指认，并口述其历史。这些历史皆已被记录立档。此外还有一尊，原在龙头寺下朱砂洞内。本世纪初发现后，因山势险峻，难以保护，又担心被盗，便用山石将洞口堵住，后整体移至五龙躔乾坤塔内保护起来。这尊包骨真身像长脸大手，肌沉肉重，目光姿烁，张着嘴巴，似在谈话，神色逼人，应为神品。但由于所处偏远，失传太久，究竟是哪位高僧，无人认知，亦无资料，连年代也无法断定，应为绵山一谜也。

现将收集到的各种资料汇编一起，做初步研究。然而绵山的包骨真身像仍是一个期待进一步深究的文化课题，它既是宗教史、民俗史和地域文化史的，也是艺术史的。切望本书作为引玉之砖，能使包骨真身这一神奇的历史文化现象，渐渐揭开面纱。

2009.12.6《〈绵山包骨真身像〉序言》

一个古画乡的临终抢救

临终抢救是医学用语,但在文化上却是一个刚刚冒出来的新词儿,这表明我们的文化遗产又遇到了新麻烦。

何止是新麻烦,而且是大麻烦。

十多年来,我们纵入田野,去发现和认定濒危的遗产,再把它整理好并加以保护;可是这样的抢救和保护的方式,现在开始变得不中用了——因为城镇化开始了。

谁料到城镇化浪潮竟会像海啸一般卷地而来。在这迅猛的、急切的、愈演愈烈的浪潮中,是平房改造、并村、土地置换、农民迁徙到城镇、丢弃农具、卖掉牲畜、入住楼房、彻底告别农耕,然后是用推土机夷平村落……那么,原先村落中那些历史记忆、生活习俗、种种民间文化呢?一定是随风而去,荡然无存。

这是数千年农耕文化从未遇过的一种"突然死亡"。农村没了,文化何有?皮之不存,毛将焉附?无皮之毛,焉能久存?

刚刚整理好的非遗,又面临危机。何止危机,一下子就鸡飞蛋打了。

那么原先由政府相关部门确定下来的古村落呢?

只剩下一条存在的理由:可资旅游。很少有人把它作为一种历史见证和文化财富留着它,更很少有人把它作为文化载体留着它;只把它作为景点。我们的文化只有作为商业的景点——卖点才有生路,可悲!

不久前,我铤而走险,纵入到晋中太行山深处,惊奇地发现连那些身处悬崖绝壁上一个个小山村,也正在被"腾笼换鸟",改作赚钱的景区。这里的原住民都被想方设法搬迁到县城陌生的楼群里,谁去想那些山村是他们世世代代建造的家园,里边还有他们的文化记忆、祖先崇拜与生活情感?然而即便如此,这种被改造为旅游景区的古村落,毕竟有一种物质性的文化空壳留在那里。至于那些被城镇化扫却的村落,则是从地球上干干净净地抹去。半年前,我还担心那个新兴起来的口号"旧村改造"会对古村落构成伤害。就像当年的"旧城改造",致使城市失忆和千城一面。

然而,更"绝情"的城镇化来了!对于非遗来说,这无疑是一种连根拔、一种连锅端、一种断子绝孙式的毁灭。

城镇化与城市化是世界性潮流,大势所趋,谁能阻遏?只怪我们的现代化是从"文革"进入改革,是一种急转弯,没有任何文化准备,甚至还没来得及把自己身边极具遗产价值的民间文化当作文化,就已濒危、瓦解、剧变,甚至成为社会转型与生活更迭的牺牲品。

对于我们,不论什么再好的东西,只要后边加一个"化",就会成为一股风,并渐渐发展为飓风。如果官员们急功近利的政绩诉求和资本的狂想再参与进来,城镇化就会加速和变味,甚至进入非理性。

此刻,在我的身边出现了非常典型的一例,就是本文的主角——杨柳青历史上著名的画乡"南乡三十六村",突然之间成了城镇化的目标。数月之内,这些画乡所有原住民都要搬出。生活

杨立仁讲解他家古版上的奥秘

了数百年的家园连同田畴水洼,将被推得一马平川,连祖坟也要迁走。昔时这一片"家家能点染,户户善丹青"的神奇的画乡,将永远不复存在。它失去的不仅是最后的文化生态,连记忆也将无处可寻。

我们刚刚结束了为期九年的中国木版年画的抢救、挖掘、整理和重点保护的工作,才要喘一口气、缓一口气,但转眼间它们再陷危机,而且远比十年前严重得多,紧迫得多。十年前是濒危,这一次是覆灭。

我说过,积极的应对永远是当代文化人的行动姿态。我决定把它作为"个案",作为城镇化带给民间文化遗产新一轮破坏的范例,进行档案化的记录。同时,重新使用十五年前在天津老城和估衣街大举拆迁之前所采用过的方式,即紧急抢救性的调查与存录。这一次还要加入多年来文化抢救积累的经验,动用"视觉人类学"和"口述史"的方法,对南乡三十六村两个重点对象——宫庄子的缸鱼艺人王学勤和南赵庄"义成永"画店进行最后一次文化打捞。我把这种抢在它消失之前进行的针对性极强的文化抢救称为:临终抢救。

我们迅速深入村庄,兵分三路:研究人员去做传承人与村民的口述挖掘;摄影人员用镜头寻找与收集一切有价值的信息,并记录下这些画乡消失前视觉的全过程;博物馆工作人员则去整体搬迁年画艺人王学勤特有的农耕时代的原生态的画室。

通过这两三个月紧张的工作,基本完成了既定的目标。我们已拥有一份关于南赵庄义成永画店较为详尽的材料。这些材料有血有肉填补了杨柳青画店史的空白;而在宫庄子一份古代契约书上发现的能够见证该地画业明确的历史纪年,应是此次"临终抢救"重要的文献性收获。

当然,最重要的还是我们亲历了中国城镇化背景下农耕文化所面临的断裂性破坏的严峻的现实。面对它,我们在冷静地思考——将采用何种方法使我们一直为之努力来保证文化传承的工作继续下去。

应该说,这是我们面对迎面扑来的城镇化浪潮第一次紧急的出动。这不是被动和无奈之举,而是一种积极的应对。对于历史生命,如果你不能延续它,你一定要记录它。因为,历史是养育今天的文明之母。如果我们没了历史文明——我们是谁?

一、如雷轰顶

辛卯腊月二十四日,春节迫近,寻个空隙,提两瓶酒,奔往城西张家窝的宫庄子,去看看画缸鱼的艺人王学勤。近十年里已经记不得多少次去到他家。那黄泥墙围着的小院、生气盈盈的藤萝架、散着特殊气味的牲口间和幽暗的画室,那种贫穷又亲切的生活气息,混合着大红大绿炽烈的年画色彩,一直不变地在我心里。可是这次车子一纵入张窝镇往南乡那些林岗沟汊交错的小村子,感觉似乎有些异样,有一种一时说不清的不舒服的感觉。是光秃秃的冬天里那种凄凉感吗?应该不是。记得曾经一次还是大雪中来到这里呢,大地白茫茫,河沟里全是坚冰,但一接近这些画乡即刻感到一种乡土文化的温馨。今天怎么了?

见到王学勤,他的神气似乎也不对。写作的人对人总是多一些敏感。近几年快到年根的时候,他的缸鱼画卖得好,他总是龇着牙笑,可今天脸上像是门帘子那样肃然地垂着,脸的皱纹全是竖线。没等我设法叫他说出实情,他开口便说:"村里叫我们搬走,年一过这村子就全拆了。"对了,他是有话就说的人。他的话叫我一惊,真有如雷轰顶的感觉。我知道拆这村子对他意味着什么。

"那你这儿怎么办?"

"我有嘛办法。卖牲口、卖草料、卖东西,走人呗。我正找房子呢。村里给每户每月六百块租房钱。"

"那你的画打算怎么办?"

"哪还顾得上画,房子还没租到呢。村里只给六百块租房钱。这点钱租不上房呵。"

那怎么办?这灾难性的困难也像是加在我的头上。

但我没蒙。因为这些年我遇到得多了。我们的文化不断遭遇的都是非正常死亡。

跟着我听他说南乡这片村子全要斩草除根,一起推平,而且就在这两三个月里。我马上想到还有南赵庄那个著名画店"义成永"的传人杨立仁呢。电话一联系,南赵庄那边果然也在"城镇化"之列,也面临灭顶之灾。电话那边说,老人很想和我见一面。他已经八十八岁了。

匆匆暂别王学勤,赶紧转向南赵庄。一路上的景象已经颇有当年城市的"旧城改造"的气氛。一片片村舍全都变成瓦砾,不少树木被横七竖八压在建筑的碎块下边,显示着一种突如其来的力量之威猛与势不可当。我们在这片完全不辨方向、没有任何道路的废墟上磕磕绊绊地向前行驶。忽然眼里出现一幢房子,它立在一片废墟中。一问方知,正是杨立仁老人的住所。完全无法与我原先对它的印象重合——十年前隐匿在那条曲折的深巷中幽静的院落不在了。现在老人的房舍远远看去更像一座孤零零的碉堡,弹痕累累兀自立着,有一点悲壮感。据老人说他家人坚持不拆。刚刚在屋外,还见墙上写着"此房不拆,勿扰"几个字,肯定是他们写上去的,表达他们的意志。但他们的话有用吗?待往深处一谈,他们对自己的"决心"似乎并无多大信心。在城镇化面前他们是绝对的弱者。老人说他不愿意离开祖祖辈辈"义成永"这块土地。这里深藏着他生命的记忆,这便是中国人说的"故土难离"了。但是他又说,二十世纪六十年代搞"四清"时,他在屋子当中掘了一个坑,埋了一些古画版,他一直想挖出来。虽然时间很久,半个世纪了,可能早已朽烂;但只要画版在土里,人就总惦念着。如果人走了,不能把祖先精神的骨灰留在那里。倘若叫别人用推土机平地时发现了,可能就给扔了,也可能卖了。那怎么办?看来这件事是老人的一个心病。

在折返回去的路上,我心情郁闷中有些伤感。实际上我们致力抢救出来的民间文化,并没有多少人真心去维护。私人遗产后人争,公共遗产大家抢——这便是当代人的"遗产观"。而且,在人们从这些"遗产"上或名或利地各取所需之后,它依旧孤立无援。只是等待着一个个由经济利益驱动的狂潮迎头袭来,无力招架,任其冲垮。

我想,此刻我应做些什么?

南乡,究竟曾经是杨柳青年画的一半江山,一块神奇的土地,一片"家家能点染,户户善丹青"的画乡。

我可是这个画乡衰亡时期的见证人。

这个见证人既是幸运的,又是痛苦的。所谓幸运,是我终究看到农耕文明真正又美丽的活态;所谓痛苦,是我眼见它们所遭遇的各种不幸和一步步走向消亡的全过程,却无能为力。

近二十多年，我看着它从"文革"的死亡谷中一点点苏醒过来的景象，一次次跑到这一带探访昔时的文化遗踪，并在十年前"中国木版年画普查"启动时，带着一个专家小组到这"南乡三十六村"搜寻一遭，居然查访到四位艺人，即古佛寺的董玉成、房庄子的房荫枫、南赵庄的杨立仁和宫庄子的王学勤。我把这些收获与感知写进《三地年画目击记》《南乡问画记》《探访缸鱼》等多篇文章中。在当时，这四位艺人中董玉成年事已高，封笔不画；房荫枫已搬到张家窝镇新盖起来的公寓式的楼房里，改画国画。至今，依然生活在本乡本土的只有两位，他们就是上边说的画缸鱼的王学勤和"义成永"的传人杨立仁了。他们是数百年这个神奇的画乡的"硕果仅存"。可是现在他们遭遇到一次更大的冲击，被一场"城镇化"的狂风卷走，无处躲藏；这个名垂于中国文化史上的古画乡将被夷为平地，了无遗迹。我们是否应该为它做一个人类学的记录，以此个案见证时代转型期间民间文化悲剧性的命运？我们要一直坚守在田野第一线，做事件的亲历者，亲眼看着一个个古老文化生命从奄奄一息走向一片虚无，并在最后一刻挖掘它所有富于价值的东西。

忽然，我联想前些年对天津估衣街的抢救、老城和五大道的抢救、武强屋顶秘藏画版的抢救等。那种抢救的激情仿佛一直昂然地存于心底，召之即来。我立即兵分三路。一路人马是摄影，邀请多年来一直志愿随我做文化抢救的摄影师王晓岩和段新培，以镜头记录王学勤一家搬迁的全过程；另一路人马是我学院的研究人员与博士生，去做杨立仁的口述史，同时筹备发掘"义成永"古版的行动；还有一路人马去与王学勤商议，把他的小画室原封不动地搬迁到我学院跳龙门乡土艺术博物馆里，将这位农耕时代民间画工原真的文化情景定格。

事情比我们的计划来得更快更糟。过两天就得知王学勤把跟了他二十多年的骡子卖了,卖了四千块钱。我在电话里对他说:

"你平日耕地、拉东西全都是这骡子帮你。你怎么忍心把它卖了呢?我还和你这骡子合影过。"

"哎呀,老冯,这你哪知道,往后我不种地,住楼了,骡子不能上楼呀。再说,我也得用钱呵。"

还不知道他那里明天还要出什么事。我决定明天去他家。

转天去宫庄子的路上,听说王学勤出门不在家。后来才知道,这个看上去大大咧咧、凡事不走心的汉子,头天晚上一夜没睡着觉,他想他的骡子了。他去找买他骡子的牲口贩子,叫那贩子从他家里拉些草料去,他怕他的骡子饿着,但赶到贩子家,人不在,骡子也没见着,只看见那贩子当院一棵拴牲口的树下,有一堆骡子粪。原来那头骡子当天就转卖给外地人了,卖到哪儿谁也说不清,就像我们的文化。

我马上返回学院,研究下边要赶紧着手的事,正在急得手忙脚乱的时候,一位来做绘画方面采访的记者,急着想把我拉进他的话题,问我:"您为什么这么在乎南乡和那个画缸鱼的艺人呀?"

我忽想,我要先拿这个问题问问自己,弄得再明白一些,下边的事情就会办得清楚、有力,不留遗憾。

二、为什么关切三十六村

南乡是对杨柳青镇南张家窝一带村落的俗称。一称"镇南三十六村"。

　　它包括炒米店、周李庄、南赵庄、薛庄子、董庄子、张家窝、康庄子、房庄子、东流城、古佛寺、宫庄子、阎庄子、小甸子、大沙窝、下辛口、中辛口、东碾砣嘴、西碾砣嘴、西马庄、谢庄、祁庄、郑庄子、西琉城、高村、老君堂、后桑园、木厂、宣家院、小杜庄、大杜庄、小沙窝等，多是小村子。在历史上不断更改的行政区划中，这些村子的管辖归属也不断被更改。如今这"三十六村"中，十六个村属张家窝镇——这十六个村当年都是杨柳青年画的原产地；还有其他一些小画乡则散布在邻近的中北斜乡和上辛口乡所辖的区域中。

　　别小看这三十六村，历史上可是著名的杨柳青年画的生产与销售的中心之一。杨柳青镇与南乡三十六村的年画是有区别的。一些历史悠久、驰名全国的年画大店在镇上，比如戴廉增、齐健隆、廉增利、爱竹斋等。这些大店集中了大量雕版和手艺高超的画师，常年不断地进行年画的创作、生产和销售。年年还有层出不穷的精美的新年画出自镇上这些大店。由于杨柳青畿近京津，受城市文化影响，审美上倾向于市井文化。

　　杨柳青镇南不远的三十六村则是另一番景象。这里才是名副其实的农耕时代特有的画乡。由于地势平坦低洼，河流（现称丰产河与自来河）自西向东穿过，地下水充裕，宜种小麦玉米，养鱼植果；这里盛产小枣，又多蒲苇；枣木可以雕版，蒲草是造纸的天然材料，都是年画滋生的上好条件。在杨柳青年画极盛时代的清代中晚期以来，许多声势赫赫的画店即已集中在炒米店村临街两侧；这个只有140户人家的小村子，年画店竟然近百家。给炒米店画店提供货源的就是三十六村的农民。不论男女老少，十有七八善画。他们春天耕地种粮，秋后作画。一些村里还有画铺和作坊，以印画为主,作坊里一般只印线版,余皆交给三十六村的农民填色描花,施粉开脸。在这些农家常常可见,一位老婆婆带领着全家闺女媳妇舞弄丹青的场面;所谓"婆领媳作"就是从这三十六村来的。

三十六村里一些较大的作坊,除去本乡农民,忙时还要请武强等地的印画工来帮工。比如南赵庄的"义成永"和周李庄的"华兴隆"与"福兴隆",在炒米店都有店面。

炒米店村地处要冲,津保故道从中穿过,使得它成为杨柳青年画得天独厚的集散地。从清初到民国初年的两百年,杨柳青年画输送到最大的需求市场——东北和新疆内蒙古,就从这里发运。一时,武强、东丰台乃至杨家埠也要在这里争一席之地。

谁也夺不走三十六村的农民的"优势",不仅占据地利,而且人多势众,手艺高强;除去本地一些出名的画师如张曜临(张家窝村)、潘忠义(古佛寺村)、韩景贵(下辛口村)等,还有众多高手深藏在这些看上去普普通通的农家村舍之中,年年新画样,就是这些村里的"高人"画出来的。

可是,历史对南乡三十六村并不公平。翻遍历史文献,也很难找到关于南乡画业的任何记载。即便在杨柳青年画史家王树村先生的著作(如《杨柳青年画画版聚散记》)里,也略有提及而已。可是从这凤毛麟角般的寥寥数言中,却可获知早在清末南乡画业的衰败即显端倪。先是1900(光绪二十六年),八国联军突入杨柳青,致使古佛寺、老君堂、木厂一带作坊画版多半"被毁于火"。后来最惨烈的一次是1937年9月抗日战争期间,日军进犯杨柳青,时逢秋雨连绵,道路泥泞难行,日军便强以沿途各村画版铺路。此后,我们就找不到有关南乡画业的片纸只字了。直到二十世纪九十年代出现了一篇文章,名为"杨柳青南三十六村画业兴衰记",

它看上去更像一篇田野报告,但它极为重要。作者是张茂之先生。此文在南乡三十六村日薄西山那一刻,十分及时地将南乡三十六村画业残存的状况记录下来,看得出作者为此做了大量的调查并付出辛苦。他记下了二十多个村庄数十位知名的艺人及其师从脉络,擅长的画种、题材、技艺以及营销方式。使得南乡画业终于从历史的烟雾中现出一些生动的身影。尽管这身影历经劫难,飘零欲碎。如果没有此文,恐怕南乡彻底埋没在历史中。后来,王树村《中国年画发展史》中"杨柳青南乡诸画师"一节所载画师的姓名,也都出自此文。

九十年代那一阵子,我在杨柳青年画寻找木版年画时,能见到的只剩下《灶王》《全神图》《农家庄》和《缸鱼》数种。大都是信仰与应用类的年画。其中放在暗处——大概怕市场管理人员说他卖迷信品吧——有一种手绘的卷轴式的《五大仙图》,画艺老到;虽然风格是杨柳青的,然衣褶的染法和花饰的画法,竟是从高密的扑灰年画中"学"来的。我向卖画的小贩打听,据说出自一位居住在张家窝村的老妪之手,她画得不多,每年只出手数轴而已。她是一位当年从山东高密嫁到杨柳青来的媳妇吗?这引得我去暗访绘画者,一度走进那个极安静的村子,但还是在各种"摇头不知"中失去了寻找的方向。

进入本世纪,中国木版年画抢救启动,我们的专家小组,在南乡三十六村跑了一遍,只找到四位——即房庄子的房荫枫、南赵庄"义成永"传人杨立仁、古佛寺的董玉成和宫庄子画缸鱼的王学勤。如前所述,房荫枫搬到张家窝镇上的居民楼中,董玉成放下印画的刷子,杨立仁也只是每逢年根儿印一些灶王"过把瘾"而已,当时还没有下一代传人;真正还在坚持年画制作与销售的只有王学勤一人。

我能为这画乡做些什么呢?

看来只有支持王学勤了。跟着来的问题是——

三、为什么关切王学勤?

在有些人的眼睛里,王学勤的缸鱼虽有乡土气味,但终究很粗。根本不能与极盛时代那些堪与工笔国画相媲美的精湛的杨柳青年画同日而语。

然而,执这种看法的人显然不知杨柳青的年画分粗活与细活。细活多为职业画工在印好线版的画页上进行手绘,由于杨柳青近及京津,受城市文化影响,趋近于国画工笔技法。特别是清代晚期一些专业的画家钱慧安、高桐轩、张祝三、阎文华等介入了杨柳青年画,更推动这种在审美上推崇精工的细活。这使得杨柳青年画——特别是工细的手绘,在中国年画中一直占据很高的位置。

然而,杨柳青还有一种粗活,是农民的一种画艺,不尚精细,追求神采;类似中国画的写意,但又不是国画的写意画法,而是代代相传的一种程式性的画法,这种画法与效果,经过一代又一代的集体认同,便鲜明地体现此地特有的审美习惯。比如宫庄子的缸鱼,那种真率、火爆和浑厚,与静海、独流一带的缸鱼的风格就明显不同。

在王学勤的记忆中,他的手艺来自太爷,然后经爷爷王贵银、父亲王文明,直线地传到他身上。先人告诉他,太爷之上还有几辈人,但是不是也画画就不得而知了。他家的年画不只缸鱼,还有《薛仁贵征东》《龙生虎奶》《欢天喜地》《海市蜃楼》《鱼龙变化》

等。但到了王学勤手上,缸鱼是其代表作。

民间艺术在传承过程中,一种传统的既定的风格可能由于传承人个性的因素发生变化。倘若传承人性情平和持重,其艺术风格就不会变化太大;倘若传承人个性火暴爽直,其艺术往往随之变得强烈与真切。王学勤天性质朴、开朗、大大咧咧和不拘小节,便在不经意中给他祖传的技艺中加入了自己一些性情上的真率与气质上的放达。

他的笔触粗犷而雄健,很少顾及细部,这就给人一种浑然天成的整体感。色彩全是原色,异常纯朴和炽烈。赤红、鲜红、翠绿、湖蓝,相互对比又相衬。由于后工业时代的艺术追求天性与非理性,因此常有人感觉他有些"现代"色彩。

在画法上他还有一些自创的东西。比方祖传缸鱼的设色为前后十二遍,一遍一色,所谓"十二色缸鱼";这种设色的祖传法则是"红爱蓝绿,黄爱水红(玫瑰红)";但他的绿色中常常配一种俗名"鬼子蓝"的色精,蓝中有绿,特别抢眼,使画面鲜亮又有视觉冲击力。与其他地的缸鱼一比,王学勤的缸鱼就会"跳"出来。

他另一个自创的画法是给缸鱼"点睛"时,不用毛笔,改用高粱秆。他认为用笔画容易死板,用高粱秆去点则有活气。这说明他追求鲜活的生命感,也正是民间绘画的特点:生命感与情感化。

更重要的是直到今天,他从没有离开自己祖祖辈辈生活的土地,依旧按照千年来亘古不变的方式生活。日出而作,日没而息,农忙种地,农闲作画;他用老纸、老颜料、老工序、老画法;却不是自觉地保持"传统工艺",而是他没有进入现代社会。他不过还在农耕时代种麦子、打枣、磨颜料和画画罢了。他将画纸固定在门子上的"按钉",是用枣树枝子上的刺;他为防止门子相碰而玷污画面,则用玉米芯相隔。一切都是原生态。所以,我说他是农民年画的活化石。

自二十世纪五十年代以来,六十年间杨柳青或不断地受时风的熏染影响,或受"新年画运动"硬性的改造,早就发生质的变化,怎么可能一成不变?但是当我第一次见到王学勤的缸鱼便大吃一惊。他好像一直活在历史中,或者历史一直没有从他身上撤离,并把他鲜活而真实的一小块生命神奇地留在这"南乡三十六村"的田野里。

还有,缸鱼又是天津地区所独有的。由于海河水系充沛,天津又是九河下梢,鱼是最常见的动物,也是最重要的食物。在民间文化中,谐音是人们经常使用又喜闻乐见的手段;"鱼"与"余"同音与谐音,因此鱼的形象一直被人们作为生活富裕的象征。

缸鱼的意义远不止于此。

缸鱼在使用上还有实用的生活功能。

它通常只能张贴一个固定的位置,即水缸之上的墙壁上。

由于海河水系泥沙量大,从河里取来的水较浑浊;传统的净化河水的办法,是从河里挑水倒入缸中后,投入少量白矾,然后用竹竿或木棍搅匀。白矾有净化水的作用。在白矾的作用下,缸水中的杂质渐渐沉下,水便渐渐清亮。一旦贴在墙上的缸鱼映在缸水中的形象清晰可见,表明水已干净,即可饮用。

所以说,缸鱼有三个意义:

1. 作为净化水的标准。2. 满足人们过年时对富裕生活的向往的心理。3. 美化与装饰,并伴有趣味性。

缸鱼是天津地区特有的地域性年画品种,也是杨柳青年画中必不可少的题材。它在历经时代变迁之后,依然活态地存在,不是一种天赐吗?

故此,自我普查中发现王学勤后,一直致力通过写文章和在对媒体的谈话中介绍他,在组织各种民艺和非遗活动中邀请他参加,希望社会认识他的价值。因为在农村开始使用自来水后,缸鱼渐渐失去了实用价值。很希望在由过去的"生活的年画"转变为将来的"文化的年画"、由功能的年画转化为艺术的年画的过程中,不会因为不理解这种艺术的文化意味和审美特征而无人问津,那么缸鱼就会消亡。

这期间如我所愿,王学勤渐渐受到人们关注。一次去宫庄子看他,听他的邻居们笑嘻嘻地说,不断有各地访者乃至海外洋人也来求购他的缸鱼。

我为他高兴,却又担心他会因此受到现代文明的冲击,为了讨人喜欢,变了自己的味儿。愈是长久的封闭环境里存活的文化愈脆弱,一旦包在外边的壳儿打破,就会导致一种破坏与毁灭。

我这种担心一时也多余。

王学勤一如既往地拉着骡子耕地、收麦子、打枣、站在炕上印画,再到他小画室里手绘,然后捆成捆儿,赶在年前的集日,绑在自行车后衣架上,蹬车去集上卖画。

尤使我高兴的是他的儿子开始跟他学画。原先他儿子对父辈这种乡土的绘画毫无兴趣。现在有了传承,就有了希望。我还将王学勤列为中国木版年画代表性传承人口述史的对象,并把这事交给我的学院非遗中心的一名研究人员来做,以整理他的年画记忆。谁知这本书刚刚出版,还没来得及叫王学勤乐一阵子呢,他的家乃至村子便要被"连锅端"了。

大灾难往往是空降的。

在这场决意将南乡三十六村一举荡平的所谓的"城镇化"面前,刚刚亮起来的火苗"噗"一下——变得一片黑暗。

四、为什么关切"义成永"?

2002年对南乡年画普查中,来到南赵庄的杨立仁家。那次给我印象最深的有两点:一是年近八十的杨立仁对年画情怀十分深切;二是他家是南乡历史上数一数二、颇具规模的年画作坊,藏版甚丰,在历经劫难后,残余下的几块老版如《独灶》《增幅财神》《八仙》之类,雕刻十分精美,依然可见当年其家画业所臻之高度。

杨家的老字号叫"义成永"。我曾翻阅各种资料,看到得最多的是提到"义成永"的店名而已。别的一无所知。

在历来年画的研究上,只重画的本身,不重画的文化,故画店史是一个空白。包括戴廉增、齐健隆等这些名店,在它故人健在、记忆犹存的时期,也很少进行过调查,致使其画店的画工状况、技术讲究、制作习俗、营作方式、销售手段以及它本身的变迁史,都成了空白。

随后,一个发现引起我的兴趣,就是在杨柳青年画的产地普查中,西青区文化局马仲良等人组成专家工作小组经过三年努力,收获不菲,居然发现了为数不少、十分珍贵的古版,近四十块,皆属"细活",极其精美,且题材齐全,包括娃娃美人、神话传说、历史故事、各类神像、吉祥图案等,还有几块是罕见的贡尖版。其中《秦琼·尉迟恭》《天仙赐贵子·麒麟送状元》《状元·天仙》和具有鲜明的民国时风的《听话匣》和《自动车》等,都称得上是杨柳青年画中的代表作。

自二十世纪五十年代,杨柳青就是中国民间美术关注的重点,其遗存早已收罗殆尽,从哪儿冒出这么多经典性的宝贝?

问明方知,藏家姓杨,名仲达,是杨立仁本家的侄子。后来,从杨立仁的口中知道,光绪年间是义成永的极盛时代,由杨立仁的父辈杨永义、杨永成、杨永兴兄弟合伙经营,影响深远;逢到春节,京城各大门楼张贴的巨幅门神,多是义成永制作。民国初年,杨家兄弟分家,义成永的店号与千余块画版便由杨永兴继承。杨永兴有四子,民国中期杨永兴后代又分家,义成永便由杨立仁继承,其他兄弟也分得一些画版。此次杨柳青年画普查发现的画版就是杨立仁兄弟杨立德手中的一批家藏老版。杨立德已故,这批老版的主人便是其子杨仲达。由此说,这批版正是"义成永"的老版,有的版面上还刻着"义成永"的店名呢。

这样,南乡老店"义成永"便一点点变得"实"了起来。

接着,一个关于义成永的重要发现是在日本学者三山陵女士编入《中国木版年画集成·日本藏品卷》的画作中。这次发现竟有十幅之多,一律为署名"义成永画店"和"义成永本号"的年画。原先看到杨仲达所藏都是画版和线本,现在看到的已是五彩缤纷原版年画的本身了。

义成永年画的真面目看到了。

这批画绝大部分是贡尖。其中九幅为 $59×107cm$,一幅为 $30×51cm$ 线版彩绘。五幅是历史戏曲故事,有《拿白菊花》《收陆文龙》《八门金锁阵》《大破锁阳城》和《四杰村》;四幅是民俗与生活题材,有《打夯歌》《发财还家》《时来运转》和《士农工商庄家忙》;一幅是谐趣画《俏皮话图》。

画面场景都较宽阔,人物多,动态各异,景物繁盛;设色艳丽,但并不工细,多用类似国画的"小写意"画法,流水作业式的点染为主,这正是杨柳青南乡画风的特点,也是"清代中期"与"清末民初"的时风的相异之处——清代中期的手绘多为工笔,民国初年多为小写意。这批"义成永"的年画,显然是民国初年南乡的出品了。

这批年画作品为日本早稻田大学图书馆所藏。日本学者小林邦文在《早稻田大学图书馆所藏的中国民间版画资料》中认为这批画是二十世纪二十年代到三十年代杨柳青的作品,它的收集者可能是日本学者以会津八一博士。

我认为小林邦文先生对这批画作年代的推断大致正确。

令人饶有兴趣的是,如果将杨仲达的藏版与早稻田大学收藏的年画比较来看,杨仲达的藏版较为精细,年代略早一些,应为清代晚期;早稻田的藏画,虽然所用的版不一定是当时刻的,但画风却是民国时期较典型的小写意了,略晚一些,应是民国早期作品。

我顺藤摸瓜再翻阅其他资料,在《杨柳青年画线版画稿集》中又发现三幅署有"义成永"店名的线版。这样,前后加起来,义成永连画带版的遗存,已经六十余种了(见附录一)。义成永的画版有的有署款,有的无署款,还有一种画版下角只有一个长方形线框,框内空白,没有文字。这种版通常不是画店订制的,而是由刻工刻好卖给画店的,所以没有署款。哪个画店买去,把画制好,便在框线内加盖自家店名的图章。一般来说,无店名的画版往往多于有店名的画版。但我们这次普查发现了如此之多的"义成永"署款的画版,说明此店当年财力之雄厚、画业之强大。

这几天,杨家在清理院中的杂物时,意外发现一个巨型的研墨的石臼,约五六百斤重。杨立仁说这正是当年义成永的遗物。多么惊人的墨汁需求,才要用这么大的石臼?

看来"义成永"的根要往深处挖一挖了。

尤其是这些年,杨家有了自我复兴的希望。杨立仁老人健在,其子杨仲民与儿媳,以及其孙杨鹏,都能制作年画了,且具一定水准,并恢复了作坊,开门授徒,并且把"义成永"这个家传的老字号也写在屋外的墙上,他们想重振家族的雄风;然而老天不帮忙——义成永和王学勤的命运是相同的,同样面临了空降下来的城镇化的当头一棒。

又一个难题摆在我们面前。

五、救活缸鱼行动

这期间的一天,走过校园水池时,一个难看的画面跳进我的眼睛。一条红色的鲤鱼不知何时跳上岸边,时间久了,已经干死。僵硬的鱼身颜色刺目,散发出阴冷的金属般的光;鱼眼空洞无物,显然对这个世界已经毫无感觉。它为什么跳到岸上,受了惊吓?不知道。但我马上联想到宫庄子的缸鱼,并有种不祥之感。

这期间,在宫庄子负责口述调查的我学院非遗中心的研究人员与博士生,还有紧随拆迁跟踪拍摄的摄影家王晓岩,全都恪守职责,而且都有珍贵的收获。王晓岩以镜头为笔,记下宫庄子消亡前这一段日子令人惊愕的视觉日记,他有些照片很震撼。口述史注意加宽了工作面,从更多村民那里记录此时此刻的人们心理心情所思所想,并从记忆中挖掘其村落史。

像南乡这一片村子,基本属于由最初的聚落式自然村发展成的行政村,基本没有文献记载。它没有文本的历史,只有无形的口头史。口述调查便会成为其"历史"唯一的来源。

虽然此前在我院对王学勤进行口述史调查时,对宫庄子做过村落调查,由于这次调查是"终结性"的,必需做得更加透彻与翔实。

民间传说宫庄子的居民来自山西洪洞,经静海迁移至此。村民中有宫、王、展等几姓。宫姓最大。王姓一家(即王学勤)有家谱。二十世纪九十年代中期村民达180户、人口665人。种庄稼和枣树为生,收入有限,所以人人都学会印制一手好画。主要是给炒米店的名画店加工或提供货源。年画可以换来现钱,所以每至秋后,大多村民都在家中支版印画,调色挥毫,干起年画的营生。宫庄子知名的年画艺人除去王学勤一家,还有宫宝元、宫凤发、宫凤桐、宫作森等人,但其画作久已佚传,无从得见。如果我们再不详尽调查与记录王学勤,恐怕将来最多也只是一个空空的人名而已。

3月18日上午王学勤来电,说当地搬迁增加力度,他家马上要拆。

3月19日我赶到宫庄子王学勤家。他显得紧张、踌躇和无奈。一边乡里在加紧催他动迁,一边他还没有找到暂住房。我一头钻进他那个小画室,忽然往日那种魅力已然不在,好像只是待在那里,任人宰割。

我们应该马上对他伸以援手。转天便由去往他家做口述调查的人,捎去一万元。小小一点钱,他竟在电话里哭了半天。

这就促使我与区政府联系沟通,希望对王学勤给予照顾。我强调王学勤在当今全国各产地中皆属罕见的"活化石",如果被这次"城镇化"过程所泯灭,辄是重大损失。3月24日这天,我的希望和意见得到区政府的认同,政府决定给予帮忙,这使我心里踏实一些了。

我忙带人去王学勤家,研究将他小画室原状搬迁到我院跳龙门乡土艺术博物馆的具体办法,而且尽快动手来做,妥善保护这一珍罕的历史文化形态。

这几天,摄影家王晓岩已经天天守在宫庄子和南赵村,拍摄下大大小小各种动迁中的景象。王晓岩自觉采用"视觉人类学"方式,存录下一切具有见证价值的信息。

拆迁的速度快得叫人喘不过气来。两天之后(26日)王学勤就要搬迁了。这两天,他在南边一个村庄租到两间土坯房。周日(27日)就要搬走。据说宫庄子村民多半已经人去房空。而且房子都已卖掉。买主当然不是买房而是买料——砖瓦和木料,买价都很便宜,而且不等人搬完,就已经提着铁镐铁锤去砸墙破屋。

我想,27日我无论如何要送一送王学勤一家。这是他与祖祖辈辈创建的家园的永别,也是与生他养他的丹青热土的诀别。在他离去之后,这个家园会立即被推土机推平。对于我们来说,这是与农耕文明自然存留下来一块原生态的文化空间彻底的分手了。

这天天气尚好,只是风大。原本这种早春的风会把冻了一冬的僵直的柳条吹软,此时却将拆迁的瓦砾堆里扬起沙土,使人不敢迎面而对。

往日进了村子好似进入一种软软和无声的梦境。从村口到道路右边王学勤那条窄巷之间的一百米的路上,大多时间只有树影笼罩,偶尔才有一条狗几只鸡穿过,静静地罕见人影。此刻,村口已乱哄哄停了许多卡车,一群群人或坐或站聚在那里说话抽烟。这些都是闻讯赶来拆房买砖的外地人,也有本乡请来的搬迁人员。

这些搬迁人员由于"执行公务",显得硬气。往往来自外地折腾建材的人要和他们搞好关系才能从这大规模的动迁中得到好处。

今天车子是无法进村了。村中多家正在搬家装车,到处是人,而且谁也不管谁,都是自顾自,叫着喊着招呼着自家的人。

待进了王学勤的院子,颇有"散了架"的感觉。几间屋子里的家具物事都已搬到外边的车上,剩下的一片狼藉,全是一时弄不清是该要还是该扔的。王学勤有一种六神无主的神气,见到我上手一把抓住我的手,用他惯常的大大咧咧的口气说:"不要了,全是不要的了。"

像他这样贫穷的农民,破破烂烂的东西放在一起还是个满满腾腾、热乎乎的家,一旦拆开往外搬,好像全不成样。有如美丽的鸟巢拆散全成了一堆碎枝烂草。那么他失去的是什么?他此刻有从此改天换地过上好日子的感受吗?

我忽然想到他的画室那间小屋。

这画室已经整体地搬进跳龙门乡土艺术博物馆了。尽管是些竹筐、木凳、色罐、笔刷、门子、枣刺钉、玉米坠儿以及一些缸鱼的半成品,但它们却能立即组成农耕时代贫苦农民的罕见的一方艺术天地。

此时再入他的画室,已是人去楼空,只剩下一些花花绿绿、层层叠叠数十年作画时贴在墙上的老年画。我们原想把这些墙体或墙皮也保存下来,但墙皮松脆,技术上解决不了。这些历史的遗存注定不久就要化为尘埃。我便请王学勤与我在这神奇的小屋里合影留念。王学勤明白我的意思,他去取了一张缸鱼,与我拿着画,在闪光灯里告别历史,也定格历史。这一瞬,我扭头却见他苍老的脸上一片悲哀与苍凉。

据说这几天他在村里跑来跑去,给每一户世代同村的老乡送去一张缸鱼。可能我们不懂临别时为什么赠一张画,但惟他们才是真正的艺术的知己。在数百年间,这条通红的大缸鱼不是一直在他们心灵之间游来游去吗?缸鱼是宫庄人乡情特有的载体。

他告我从此不再种地了,农具也全扔了,卖也没人要。自家枣树还能再收一次枣,随后连枣树也不属于他了。这些老枣树给他家结了十多辈子的枣,今后也一定像他那头骡子一样——不知归谁了。

原本隐含在这个北方汉子满脸深深的皱纹里的一种悲凉夹着怒气,此刻散发了出来。

这次来送王学勤,没想到意外还碰到两件事,印象殊深。

一件事是一位本村的宫姓人家,听说我来,拿来约三十份契约书给我看。多数是分家契约。这些写在早已变黄的薄绵纸上的古老的契约,给他用手捏着,连个纸套也没有,从中看出宫庄子的贫困。他把契约铺在炕上,一份份打开给我浏览。时间较早的竟有清代乾隆的纪年。我从一份乾隆二十七年宫家(宫鸿业与其侄宫懋勇)的分家契约中,竟然发现有"老作坊"和"画铺"的字样。当即认定这份契约十分重要,它证实了宫庄子在乾隆年间已有作坊和画铺,表明宫庄子当时画业的规模。

在现有的杨柳青年画文献史料中,从来没有任何文字性材料可以佐证此地年画具体的历史状况。此文献应是首次发现。

也正是人们在离开故土故园时,才对自己的由来进行追究。这追究不正是要抓住自己的历史吗?不是由于城镇化浪潮冲击带来的心头的渺茫与失落,才迫使人们去寻找自己在这块土地的根吗?然而,愈是寻找就会愈痛苦愈失落,因为人们马上就与这块世代生存的土地"永不相关"了。

第二件事是一位六十多岁的男子找来。向我哭诉关于修建二道爷塔却一直得不到允许的事。

我知道宫庄子关于二道爷的传说。相传清代村里一位人称二道爷(本名宫天庶)的人,鳏寡孤独一人,然而人品高尚,一生做尽好事,死了之后,村中人集体捐修一座塔纪念他。这塔后来就成了村人心中的一座有求必应的神庙。人们把当年日本人没进村来祸害人,也归功于二道爷的灵验。凡心中有事相求,便到塔前烧香祈求。我曾见过一帧五十年代二道爷塔的老照片,式样很像佛教僧人的舍利塔。这座塔在"文革"中遭到捣毁,人们一直想恢复重建,却得不到村里同意。据说这座塔的根基还在。使我惊讶的是,多少年来,人们竟然一直把塔基作为祭拜之地。

我便请这男子和王学勤领我去看。它就在村口外的道边,一道倾圮的砖墙内,野木横斜,杂草丛生,藤条纠结,中间果然一座倾圮已久的砖塔的塔基,中间几块普普通通的灰砖围起来就是一个"香炉",里边积着厚厚的灰白色的香灰。强烈的心理需求与物质的贫困,使人们不避它的简陋寒酸。信仰心理在这里极其执着地表现着,使我受到很强的感染。

这男子对我含泪地说:

"我们不就是要这一点精神吗?有它我们心里就舒坦得多!为什么不给我们?现在,我们的村子给拿去了,能不能叫我们把塔建起来。您能不能帮我们说说话?"

此时,王学勤家装满家具物事的卡车已经从身边驶过。我和坐在车子上各种物品中间的王家老小招手作别。我感受到那招手中的可怜与无奈。

由此我更明白，当代农民遇到的真正的文化问题时，恐怕并没人去想，或为他们去想。

他们被切断的不只是一个物质贫困的历史，还有他们世世代代积淀在那里的看不见的东西——文化与精神。他们将失去记忆、特有的文化与习俗、与生俱来的劳作习惯与天人关系、土地里的祖先及其信仰。

年画只是他们这个世界中的一个外化的细节。如果他们活生生的世界没了，这个细节也一定变得虚无。

我还应该为王学勤做些什么？

六、挖掘义成永的根

经过对义成永遗存的版与画的调查，可以确定这个画店是杨柳青南乡历史上最重要的画店之一。其他画店——如周李庄的"两条龙"华兴隆和福兴隆早已无影无踪，现在可以实实在在抓到的只有义成永了。那么，我们最后要做的工作则有两项：一是对杨立仁进行详细的口述史调查。早在2月23日我对杨立仁进行过摸底性的口述史调查（具体细节见附录二），已发现杨立仁的记忆是一个宝库。这笔记忆遗产一定含有不为我们所知的杨柳青年画史重要资料。

二是根据杨立仁的要求，要对其家地里边所埋藏的老画版进行发掘。这使我想起2005年在武强南关旧城村发掘屋顶秘藏古版的那次行动。那次抢救的古版二百多块，多数腐烂，完好的十五块，有的很珍贵；但那些古版是在屋顶上，上有油毡防雨，下边是稻草可以透气。可是南赵庄杨立仁家的这些画版是直接埋在土里的。又时隔半个多世纪,我估计多半烂掉了。然而,结果究竟如何,只有挖出来才知道;何况它一直是杨立仁老人揣在心中的夙愿。

我派到义成永杨家去做口述史的博士生王坤的口述工作十分得力。她从2月24日到3月9日对杨家三代人的口述史调查共做了五次,重点是杨立仁。由于她有滑县年画产地口述的经验,口述的宽度和深度都达到一定程度。从村落史、画店义成永史、家族艺术传承史(传承谱系)、画店营销、技术诀窍,以及张贴习俗等,都获得了可贵的资料。尤其通过杨立仁所述义成永的营作方式的调查,可以清晰地看到一个画店生动而丰盈的昔日。我看了王坤的口述材料,认为我们确实做了一件极重要的抢救工作。杨立仁是如今健在的农耕时代杨柳青画店唯一的传人。他的记忆是活的历史。我们所做的工作是把这活态的、因人而在也会因人而去的历史,通过口述转化为文本的、确定的、永存的历史依据。

我坚定地认为,口述史是非遗调查与存录最重要的方式。

但是另一件事——挖掘藏版,得需要等天气转暖一些进行。连续的口述访谈使得年近九旬的杨立仁老人有些疲倦,染上了感冒。于是,一直等到3月17日,杨家打来电话,决定发掘古版。我提议在午后二时发掘古版,因为这个季节里午后的温度较为暖和,杨立仁老人肯定要亲自到现场来看的。

转天午后我赶到南乡南赵庄,感到既宽阔又荒凉,邻村古佛寺已经拆平,南赵庄又搬走一些人家。只见远远的一辆鲜黄颜色的铲车停在一片瓦砾与废墟之上。原本老版是埋在一间小屋里边地底下的,这次小屋拆了,地面就暴露在外。一些好事的记者闻讯赶来。杨立仁老人已经从家里走出来,他要将一直耿耿于怀的往事看个究竟。杨立仁之子杨仲民兼营挖方的铲车司机,待他轰隆隆发动起机车,挥起铲车的铲臂,就像舞动着他放大的胳膊,很快就把地上的碎瓦乱石清理干净并着手掘地;随着他一铲铲将泥土搬上来,杨立仁的双眼紧紧盯着挖掘得愈来愈深的土坑。本来我就对发掘结果不抱希望,此刻忽见距离这里十米开外是一个养鱼的水塘。水塘的水肯定要渗入这块土地,经过年深岁久,埋在土里边半个多世纪的木版还不早已烂掉?

忽然,我院非遗中心的马知遥和杨立仁的家人都跳进坑中,从中拣出一些泥土般的大大小小的碎块。拿过来一瞧,果然是朽烂的画版,混在泥土的朽木中还有一些清晰可辨的红色黄色。我扭身拿给杨立仁看,说:"即便烂了,也究竟看到它了。"我这话是想安慰他。老人冷静地说:"我知道它保不住,当初就是用油毡草草裹了裹,肯定烂掉了。知道它怎么回事就行了。"

我听得出这话里的苍凉。

一段伤心史就这么画上句号。

"年画的 DNA 留在这画乡的热土里了。"我对身边几位非要我说些什么的记者讲。我看了看杨立仁老人慢慢走回房屋的背影说,"这也了却了老人的一个心愿。因为,他们对祖传的东西是非常在乎的。"

这次行动的一个意外收获,是杨立仁的侄子杨仲齐为了给我看看他珍藏的那批古版,今天特意从杨柳青镇上搬了过来。这就是《中国木版年画集成·杨柳青卷》中冒出来的画版。对于今天来说,杨仲达这些珍藏似乎告诉我们几十年里烂在地下的画版究竟是什么样的。

杨家的这些古版叫我爱不释手,虽然先前已在图集中见过,然而唯实物才拥有真切的力量。这些版镌刻很深,"底"铲得干净,线条精整老到,其中一块贡尖版《空城计》,一群武士好似用笔画上去的,线条带着虎虎生气。非雕版高手,难有此作。我随即召集在场的杨氏全家开一个会。包括杨立仁、杨仲齐、杨仲民、杨鹏等三代人。

我说:"今天我们都看见了,埋在地里的版烂了没挖出来,但没挖出来也是一种收获,因为毕竟知道它是怎样了。可进一步,更加说明现在留在咱们老杨家的这批画版的重要。我在全国各地普查,还没见过哪家的家藏的画版比咱们杨家的版多,也没这么精。这些版可是祖先留给咱们和后代的。不仅是杨家的,还是杨柳青甚至是国家的。咱可得看好了,如果一散,就再也聚不到一块了。义成永可就真的彻底没了。'义成永'三个字到了今天实实在在就在这几十块版上了。回头我叫王坤帮你登记编号,做个资料库。不管这东西今后在谁手上,也不能叫它散了,是吧。"

我这番话得到他家三代一致认可,他们共同认可才使我放心。

这样,义成永的挖掘工作就算完成了。依我看,杨家的后人(杨仲齐和杨鹏)都有文化上的自觉,不会轻易放弃祖业和画业。这条线索和活态应该放心。只是在这城镇化的催迫下,南赵庄面临拆迁,坚持不离故土的杨家将何去何从?此时,南赵庄已停水停电,晚间没灯,更甭提电视,饮水要到别的村庄去运,而且此刻村中大半村舍已拆,遍地瓦砾,进出困难。他们能熬过今年夏日里的炎热与雨季吗?倘若顶不住,一旦搬走,数百年凝结文化的"气场"没了,这戏怎么唱法,谁听?

还是一个问号。

我们已经尽全力,把力所能及的事都做了。在"城镇化"浪潮前,我们势单力薄;即使力量再大,也只是螳螂之臂,怎么可能去阻遏"历史巨轮的前进"。我又想,还有许许多多遇到同样困境的文化的传承怎么办?

　　我忽接到缸鱼艺人王学勤的电话。他兴致勃勃地告我,西青区政府已派人来告诉他,区里将在镇上帮他解决居住与作画的实际问题。他的喜悦之情传到我的身上。我说等你搬入新居我提着两瓶酒给你去贺喜。像王学勤这样幸运的人不多,当然我们还要为他们继续出力。

2011.5.2

废墟里钻出的绿枝

车子驶入绵竹,这里好像刚打过一场惨烈的战争。零星的炮声——余震还时有发生。到处残垣断壁,瓦砾成堆,大楼的残骸狰狞万状;多么强烈的地动山摇,能够把一座座钢筋水泥建筑摇得如此粉碎?由车窗透进来的一种气味极其古怪,灭菌剂刺鼻的气息中还混着酒香。一问才知,剑南春酒厂的老酒缸全碎了。存藏了上百年、价值几亿元的陈年老酒全部化成气体无形地飘散在震后犹然紧张的空气里。

这使我想起五年前来考察绵竹年画时,参观过剑南春酒厂。那次,我是先在云南大理为那里的木版甲马召开专家普查工作的启动会,旋即来到绵竹。绵竹不愧是西部年画的魁首。它于浑朴和儒雅中张显出一种辣性,此风惟其独有。绵竹人颇爱自己的乡土艺术。那时已拥有一座专门的年画博物馆了,珍藏着许多古版年画的珍品。其中一幅《骑车仕女》和一对"填水脚"的《副扬鞭》令我倾倒。前一幅画着一位模样清秀、衣穿旗袍、头戴瓜皮帽的民国时期的女子,骑一辆时髦的自行车,车把竟是一条金龙。此画所表达的既追求时尚又执著于传统的精神,显示出那个变革的时代绵竹人的文化立场。后一幅是"填水脚"的《副扬鞭》,"副扬鞭"是指一对门神;"填水脚"是绵竹年画特有的画法。每逢春节将至,画工们做完作坊的活计,利用残纸剩色,草草涂抹几对门神,拿到市场换些小钱,好回家过年。谁料无意中却将绵竹画工高超的技艺表现出来。简练粗犷,泼辣豪放,生动传神。这一来,"填水脚"反倒成了绵竹年画特有的名品。记得我连连赞美这幅清代老画《副扬鞭》是"民间的八大"呢!

那次在绵竹还做了几件挺重要的事:去探望年画老艺人,召开绵竹年画普查专家论证会;这样,对绵竹地区年画遗产地毯式的普查便开始了。普查做得周密又认真,成果被列入国家级文化工程《中国木版年画集成·绵竹卷》。其间,中国民协还将绵竹评为"中国木版年画之乡"。这来来回回就与绵竹的关系愈扯愈近。

大地震发生时,我人在斯洛文尼亚,听说震中在汶川,立即想到了绵竹,赶紧打电话询问年画博物馆和老艺人有没有问题,并叫基金会设法送些钱去。那期间,震区如战场,联系很困难,各种好消息坏消息都有,说不上哪个更可靠。回国后,便从四川省民协那里得知年画博物馆震成危楼,没有垮塌,两位最重要的老艺人都幸免于难。但一个画乡棚花村已被夷为平地。更具体和更确凿的情况到底怎样呢?

这次奔赴灾区,首先是到遵道镇的棚花村。站在村子中央,环顾四方,心中一片冰冷。整个村庄看不到一堵完整的墙。只有遍地的废墟和瓦砾,一些印着"救灾"二字的深蓝色小帐篷夹杂其间。村中百户人家,罹难十人。震后已有些天,村民心情渐渐平静下来,开始忙着从废墟里寻找有用的家当,但没人提年画的事。人活着,衣食住行是首要的,画画的事还远着的。

茫然中想到,最要紧的是要去看另外两个地方:一是年画博物馆,看看历史是否保存完好。二是看看两位重要的年画传承人——老艺人现况到底如何?

年画博物馆白色的大楼已经震损。楼上的一角垮落下来,外墙布满裂缝。馆长胡光葵看着我惊愕的表情说:"里面的画基本上都是好好的,没震坏。"他这句话是安慰我。我问他:"可以进去看看吗?"眼见为实,只有看到真的没事才会放心。

打开楼门,里边好像被炸弹炸过,满地是大片的墙皮、砖块和碎玻璃,可怕的裂缝随处可见,有的墙壁明显已经震酥了。但墙上的画,尤其前五年看过而记忆犹新的那些画,都像老朋友贴着墙排成一排,一幅幅上来亲切地欢迎我。又见到《骑车仕女》和那对"填水脚"的《副扬鞭》了,只是玻璃镜面蒙上些灰土,其他一切,完好如昨。我高兴地和这些老相识一一"合影留念",然后随胡馆长去看"古画版库"。打开仓库厚厚的铁门,里边两百多块古画版整齐地立在木架上,毫发未损。看到这些在大难中奇迹般地完好无缺的遗存,我的心熠熠地透出光来。

当我走进老艺人居住的孝德镇的射箭台村,心中的光愈来愈亮。当今绵竹最具代表性的两位老艺人,一位是李芳福,今年八十五岁。上次来绵竹还在他家听他唱关于年画《二十四孝》的歌呢。他的画风古朴深厚、刚劲有力,在绵竹享有北派宗师的盛名。地震时他在五福乡的老宅子被震垮了,现在给儿子接到湖南避灾,人是肯定没事的,灾后一准回来。另一位是南派大师陈兴才,年岁更长些,人近九十,身体却很硬朗。我见到老人便问:"怕吗?"他很精神地一挺腰板说:"怕什么,不怕。"大家笑了。他的画风儒雅醇厚,色彩秀丽,多画小幅,鲜活喜人。这几年,当地重视民间艺术,老人搬进一座新建的四合院。青瓦红柱,油漆彩画,当然都是自家画的。房子很结实,陈氏一家现在还住在房内。北房左间是陈兴才的画室;右间里儿子陈云禄正在印画;东厢房也是作画的作坊,陈兴才的孙子和邻家的女孩子都在紧张地施彩设色。这些天,全国各地来救灾或采访的,离开绵竹时都要带上两三幅年画作为纪念,需求量很大,在绵竹市大街上还有人支设帐篷卖年画呢。绵竹年画反变得更有名气。

如今陈家已是四世同堂。两岁的重孙儿在画坊里跑来跑去,时不时也去伸手抓画案上的毛笔,他将来也一定是绵竹年画的传人吧。

我说:"只要历史遗存还在——根还在,杰出的艺人和传人还在——传承在继续,绵竹年画的未来应该没有问题。"

民间艺术生在民间。民间是民间文化生命的土地。只要大地不灭,艺术生命一定会顽强地复兴的。

在受灾最重的汉旺镇那几条完全倾覆的大街上考察时,我端着相机不断把发现的细节摄入镜头。比如挂在树顶上的裤子、死角中一辆侥幸完好的汽车、齐刷刷被什么利器切断的一双运动鞋、带血的布娃娃、一盘被砸碎的《结婚进行曲》的录音磁带和被纠结在一团钢筋中大红色的胸罩、时间正好定格在下午两点二十八分的挂钟……忽然我看到从废墟一堆沉重又粗硬的建筑碎块中钻出来一根枝条,上边新生出许多新叶新芽,新芽方吐之时隐隐发红,好似带血,渐而变绿,生意盈盈,继之油亮光鲜,茁壮和旺盛起来。它忽地唤起我刚刚在射箭台村陈家画坊中的那种感受,心中激情随之涌起,不自禁一按快门,咔嚓一声,记录下这一倔强而动人的生命景象。

2008.6.28

游佛光寺记

辛巳深秋,应邀赴晋中考察民居保护,奔忙一阵后,主人表达盛情,说要请我们北上去往五台山一游。我说五台山寺庙一百二十座,先看哪一座?我这话里自然是含着心中的一种期待。

主人如在我心中。笑着说:"先看佛光寺。"此语使我直叫出好来。好叫出声,乃是心声。

当然,这一切都根由于梁思成和林徽因那个中国文化史上闻名而神奇的故事。1936年他们先是在敦煌六十一号石窟的唐代壁画《五台山图》上,发现了这座古朴优美的寺庙;转年他们来五台山考察时,在五台县以北的深山幽谷中竟然发现佛光寺还幸存世上。于是,这座被忘却了千年的罕世奇珍一时惊动了世界。

那么,我们就要去这佛光寺吗?仰头就能看到唐人宁遇公写在东大殿顶梁上那一行珍贵的墨书题记?还有梁思成他们用照相机留下的那些迷人的画面?可是忽又想,如今旅游日盛,佛光寺也会变得花花绿绿吧。

车子穿过太原,经新城、阳曲一直向北,至忻州而西。过定襄、河边、五台,窗外景物的现代气息渐渐淡化。然后车子纵入山路。道路随山曲转,路面多是碎石,车子颠簸如船。透过车轮卷起的黄土,却见山野入秋,庄稼割过,静谧中含着一些寂寞,只有阳光在切割过的根茬上烁烁闪亮。偶见人迹，大都是荒村野店。时而会有一座小小的孤庙从车窗上一闪而过。这种庙全都是一道褪了色的朱墙，里边只一道殿，一两株古松昂然多姿伸展出来。这些都是早已没了僧人的野庙吧！原先庙中的老僧呢？无人能知能答。只有一些僧人的墓塔零星地散落在山野间。有的立在山坡，面对阳光，依旧有些神气；有的半埋草丛间，沉默不语，几乎消没于历史。这些墓塔有石有砖，大都残破，带着漫长而无情的岁月的气息。塔的形制，无一雷同。有的形似经幢，有的状如葫芦，有的如一间幽闭的石室。它们的样子都是塔内僧人各自的性格象征吗？每个塔内一定都埋藏着永远缄默的神秘又孤独的故事吧。

这时，我已是在时光隧道中穿行了。

恍恍惚惚间，我的车子变成了梁思成和林徽因所坐的马车。好像阎锡山还派了一小队士兵护送着他们。在那兵荒马乱的年代，他们长途跋涉来到这里为了什么？当时他们在这路上，对佛光寺还是一无所知呢！

车子一停，我的眼睛忽然一亮，一尊朱砂颜色古庙就在眼前。佛光寺！它优雅、苍劲、浑朴、高逸，像一位尊贵的老者，站在山坳间的高岗上含着笑意迎候着我。背面是重峦叠嶂、危崖巨石、长草大木。使我感到特别庆幸的是，这里的道路艰辛，来一趟十分不易。今日旅者多好游玩，不知访古与品古，佛光寺地处南台之外，没有人肯辛辛苦苦跑到这里来。而且，此处又属文保单位，不是宗教场所，没有香火，香客不至。所能买到的一种介绍性的小书，还都是八十年代初出版的。于是，它就与当年梁思成和林徽因初到这里时所见的情景全然一样了。

我感觉自己就像梁思成先生那样踏入寺门。站在寥廓而清静

佛光寺创建于北魏孝文帝(471—499年)。唐玄宗时遭到破坏,大中十一年(857年)重建。

的院中,一抬头,我实实在在感受到梁林二位当时的震惊!

东大殿远远建在高台之上。不必去品鉴它这举折平缓而舒展的屋顶、翼出的单檐、雄硕的拱架、阔大的体量,我想,单凭这雍容放达的气度,梁思成必定一眼就看出这是千年之前唐人的杰作!

殿门前,左右并立着两株参天的古松,不就像唐人塑造的天王力士把守门前?若要走进殿门,辄必穿松而过。除去佛光寺,哪里的寺庙会有这样奇观?虬枝龙干,剑拔弩张,力士一般的英武刚雄。繁茂的松叶鲜碧如洗,生机蓬勃,哪里的千年古松依然这样正当盛年?

哎,林徽因曾经站在这殿前拍过一张照片吧。好像她还在殿内菩萨和供养人宁遇公的塑像前也拍过一些照片呢!这些塑像虽然经过清代翻新的彩绘,但那形体、神态、形制、气息,以及发冠、服饰和面孔,一望而知,仍是唐风。且看佛前那几尊供养菩萨的姿态,不是惟唐代才特有的"胡跪"?至于殿内一块檐板上的壁画,简直就像从敦煌某一个唐人的洞窟搬来的。尤其画上翱翔的飞天,一准是大唐画工所为。那么,在大殿梁架上找不到寺庙建造纪年的林徽因,为什么还不肯善罢甘休?直到她在院中的经幢上切切实实地找到"大中十一年十日建造"这几个字,悬在心中的石头才算落地?

我忽然记起一本书记载着林徽因为了寻找这大殿的建寺题记,徒手爬上极高的梁架。她在漆黑的顶棚里,发现一个十分可怕的景象,上千只蝙蝠悬挂在上边!待她爬下来后,身上奇痒难忍,竟有许多臭虫。原来这些臭虫都是蝙蝠的寄生虫。

我还在一张照片上看到纤弱的林徽因登高弄险,站在院中一丈多高的经幢上。她正在丈量经幢的高度。

于是,面对着佛光寺,我很感动。正是梁林二位学者不惧艰辛的学术探求和确凿无疑的考古发现,才使得这座千年宝刹从历史的遗忘中被解救出来。否则,在近六七十年多灾多难的历史变迁中,谁能担保它会避免不幸!

中华之文物,侥幸逃过千年的,却大多逃不过这近百年。

于是,学者迷人的魅力与宝刹迷人的魅力融为一体。那美好的感觉如同身在春天,说不好来自明媚的春日,还是一如芬芳地亲吻于面颊的春风。但觉丽日和风,享受其中。

临行时,陪伴我的主人见我痴痴站着,说我被佛光寺迷住了。我笑了,却没说出那二位感染着我的先人的名字。因为那不只是名字,而是一种无上的文化精神。

2001.11

为周庄卖画

二十世纪九十年代初(1991年)冬天,我在上海美术馆举办个人画展,其间二位沪中好友吴芝麟和肖关鸿约我去远郊的周庄一游。

那时周庄尚无很大名气,以致我听了反问道:

"值得一去吗?"

二位好友眯着眼笑而不答,似是说:"那还用说。"

这眼神看来是周庄最好的广告——诱惑我去。

车子出了城还要走很长的路,随后在一片寂寞又灰暗的村落前停住。车门一开,湿凉的水汽便扑在脸上。水汽中分明还有许多极其细密、牛毛一般的水的颗粒。一股南方的柔情使我心动。

穿入一些窄巷,就是入村了。两边的房子大多关着门板,开了门的里边黑乎乎的也不见人。只有一只黑母鸡带着一群小鸡在巷子里跑来跑去地觅食。村里的人跑到哪里去了?

这天雾大。树枝、檐角、晾衣绳,到处挂着湿雾凝结成的亮晶晶的水珠。时而会有一滴凉滋滋落在头顶或脖梗,顺着后背往下滑。待到了江南水乡的生命线——那种穿村而过的小河边,竟然连河水也看不清。站在石板桥上,如在云端,四外白白的全是流烟,只听得水鸟的翅膀用力扇动浓重的雾气时扑喇喇的声音就在头上边。更奇妙的是,看不见河,却听得到船儿"吱呀呀"的摇橹声穿过脚下的石桥;声音刚在左下边,几下就到右下边去了,也像一只飞鸟。

下了桥,走进一条宽一些的街上,便能看见来来去去的人影子了。古村落的活力从来就是在这样的老街上。

那时候,周庄尚未开发,却有了一点点文化的觉醒。听芝麟说不久前,周庄刚刚度过九百年的生日,村民们还在村口立了一块纪念碑呢。芝麟请来当地的一位文物员带领我们走街串巷,一边滔滔不绝地讲着这古村的历史,话里边带着几分自豪。不像后来的旅游向导多是取悦于游客的"买卖腔儿"了。

走进一幢老宅,从砖木的精雕细刻中始知周庄当年的殷富。谁想到文物员一介绍,这老宅竟是江南巨贾沈万山的故居,我马上感觉与周庄有了一种异样的亲切。这缘故,来自童年时心爱的一本厚厚的小人书,叫作《沈万山巧得聚宝盆》。描写心地善良的沈万山贫困交加,走投无路,一头撞向家中破墙,不料在被他撞倒的老墙里,惊现一个巨大的煌煌夺目的聚宝盆——据说是祖辈为了怕家道衰落后人受穷,秘密藏在墙中的。沈万山靠着这个聚宝盆经商发财,并用赚来的钱财济困扶危,赢得一世的赞许。且不论这小人书里有多少虚构,由于它是我儿时崇拜的画家沈曼云所画,便将这本小小的图书视同珍宝。这书一直保存到"文革",抄家后再也找不到了。以后许多年,每次想起这本失去的书,都会生出一点点怅然,好像失去的不仅仅是这一本书。没想到这早已沉睡在记忆底层的一种情感竟在这湿漉漉而幽暗的老宅里被唤醒了。这老宅外墙的雕砖还刻着一个精巧的聚宝盆呢!

我情不自禁把这桩童年往事说给文物员听,他笑着对我说,他还能使我对沈万山印象更深一些——请我们一行吃一顿"沈家肘子"。

沈家肘子的确非同寻常。红通通、油亮亮、肥嘟嘟的大肘子端上来时，浓浓的肉香没有入口，已经先钻进鼻孔里。猪肘子有两根骨头，一根圆而粗，一根扁而细。文物员从肘子中将细骨头抽出来。这骨头头又扁又长，像一柄白色的刀。拿它在肘子上轻轻一划，毫不用力，肥肥的肉便像水浪一样向两边翻卷。肘子就这样被美妙地切开了。我说就像船桨在水上一划那样。关鸿说："划得大冯口水都出来了。"

中午过后，从沈家走出来，没几步就是河边。此刻，大雾已散。一条被两排粉墙黛瓦的小屋夹峙着的小河，弯弯曲曲伸向远方。周庄的景色真是晴时美、雾中奇——雨里呢？忽然，我注意到远远的有一座两层小楼略略突出岸边，二层的楼外有一条短短的木梯一直通到下边的水面，那里系着一条轻盈的扁舟。我指着这远处的小楼说，不用画了，这就是画。

文物员告诉我，这座如画的小房子，被称作迷楼。当年这里是个茶馆。柳亚子的南社诸友常聚在这里活动，被人误以为这些才子们叫茶馆主人的一个美丽又姣好的女儿迷住了，还闹出一些笑话来。我说："看来周庄无处无故事。"这话本该引来文物员更得意的表情，谁料他面露一丝忧愁，还叹了口气。我问他是何原因。这原因出乎我的意料！原来迷楼的主人想拆掉房子，用卖木料的钱去盖一座新房。这是此时周庄流行起来的改善生活的一种做法。很多老房子就这么拆掉了。

我一怔，马上问道："这座小楼的木料能卖多少钱？"

文物员说："三万吧。"

我便说："我来出这笔钱吧。现在正有两位台湾人在上海的画展上想买我的画。我不肯卖，但为了这座小楼我愿意卖。一会儿回上海马上就把画卖掉。咱把这迷楼留住。"

吴芝麟笑道:"大冯也被这迷楼迷住了。"

我也说着笑话:"茶馆老板的女儿至少也得一百岁了吧。"然后认真地对芝麟说,"这房子买下来就交给你们报社吧。今后再有文人来游周庄,便请他们在楼里歇歇腿、饮点茶,吟诗作画,多好。你们就拿这些诗画布置这小楼。"文人的想法总是理想主义的。

朋友们说我这个想法极妙。当日返回上海,联系那两位台湾人,把两幅心爱的小画《落日故人情》和《遍地苏堤》卖掉,得款三万五千元,马上与周庄那位文物员联系。没想到事情不顺,过了几天才有回信。原来房主听说有人想买这座迷楼,猜到此楼不是寻常之物,马上把价钱提高到十万以上。

我一听便急了,还要再卖画,吴、肖二友对我说:"这房子买不成了。等你出到十万,他会再涨价。不过你也别急,你不是怕这房子拆掉吗?这一买,一不卖,反而不会拆了。"

此话有理。如此迷楼还立在周庄。

我写此文,不是说我曾经为周庄做过什么努力——我并没为周庄花一分钱的力气——真正为周庄立下不朽功勋的是阮仪三先生。但在周庄遇到的事令当时的我惊讶地看到,在经济生活的转型中,我们的精神家园竟然在不知不觉之中悄然无声地松垮了。一个看不见的时代性的文化危机深深地触动并击醒了我。使我的关注点移到这非同寻常的事情上来。由此,才有了三个月后,在宁波为了保护贺秘监祠的第一次真正的卖画捐款。

我的文化保护是从周庄为起点的。从周庄思考,从周庄行动。

2006.9